Antoinette Lühmann
Sternengreifer

5 4 3 2 1
ISBN: 978-3-649-61535-4
© 2015 Coppenrath Verlag GmbH & Co. KG,
Hafenweg 30, 48155 Münster
Alle Rechte vorbehalten, auch auszugsweise
Text: Antoinette Lühmann
Umschlaggestaltung: Max Meinzold, München
Lektorat: Dr. Rainer Schöttle, Neufinsing
Satz: Sabine Conrad, Rosbach
Printed in Germany
www.coppenrath.de

Das @book erscheint unter der ISBN 978-3-649-62201-7

COPPENRATH

Für Jakob! Eines Tages wirst du fliegen!

»Der Aeronaut, Luftfahrer, Luftsegler
ist die Person, die mit einer aerostatischen
Maschine durch die Luft reiset,
und die Kunst selbst heißt Aerostatik.«
(Tiberius Cavallo, 1786)

Prolog

An einem sonnigen Freitag im September des Jahres 1852 gelang Henri Giffard das Unmögliche. Mit einem von ihm konstruierten Luftschiff flog er von Paris nach Elacourt, einem kleinen Dorf westlich von Paris. Obwohl er der erste Mensch war, der ein steuerbares Fluggerät gebaut hatte, konnte er seine Enttäuschung nur schwer verbergen. Als sich ihm unzählige Hände entgegenstreckten, weil jeder seiner begeisterten Anhänger dem Helden von der Plattform helfen wollte, beschäftigte sich Henri Giffard in Gedanken mit seiner Niederlage. Er war mehr als drei Stunden in der Luft gewesen und hatte nur siebenundzwanzig Kilometer zurückgelegt. Die Strecke hätte er in der gleichen Zeit auch zu Fuß bewältigen können. In der Tat hatten die Pariser, die ihm auf Pferden oder in der Kutsche gefolgt waren, das Luftschiff mühelos verfolgen können.

Während ihm die jubelnden Bürger Champagner reichten und ihn hochleben ließen, war Monsieur Giffard in Gedanken längst wieder in seiner Werkstatt in Paris.

Vor vielen Jahren hatte sich der Erfinder ein Versprechen gegeben, und er war noch weit davon entfernt, es zu erfüllen. Das nächste Luftschiff musste höher und weiter fliegen, und Henri Giffard würde alles tun, um dieses Ziel zu erreichen, das er sich in seiner schwersten Stunde gesetzt hatte. Nichts und niemand konnte ihn davon abhalten!

Teil 1
Der Ballon

»Ich fliege nicht!
Ich fahre durch das Luftmeer
und nur dorthin,
wo der Wind mich hinträgt.«
Der Mann rümpfte die Nase.
»Wo auch immer das ist.«

Kapitel 1

Wenn du dich wie ein Vogel in die Luft schwingen möchtest, brauchst du viele helfende Hände! Ein Mensch überwacht die Vorbereitungen und hat alles im Blick, was für die Sicherheit deines Lebens zu bedenken ist. Er wird »Ballonmeister« genannt.
(M. Bateaux)

Benedict breitete die Arme aus und hob die hölzernen Schwingen in die Luft. Der Wind strich durch die dünnen Streben und ließ die Federn erzittern, die er zwischen das Holz geklemmt hatte. Die Sonne schien durch die Baumkronen auf die Lichtung und der Abhang leuchtete grün vor seinen Füßen. Rasen und Moos würden seinen Sturz abfangen, wenn die Schwingen ihn nicht tragen konnten. Benedict schloss die Augen und trat ein paar Schritte zurück. Hinter ihm schlug ein Specht mit dem Schnabel hektisch auf eine dicke Eiche ein und Spatzen und Meisen zwitscherten vergnügt. »Wie ein Vogel«, murmelte Benedict und lief dann auf den Abgrund zu.

Weich federten seine Schritte auf dem Waldboden und der Wind zerrte an den hölzernen Schwingen. Mit aller

Kraft stemmte er sich dagegen und streckte die Hände weit von sich. Auf keinen Fall durfte er dem Drängen des Windes nachgeben, der versuchte, Benedict die Arme an den Körper zu drücken. Direkt vor ihm fiel der Hügel ab und sein Bein zögerte einen winzigen Augenblick vor dem letzten Schritt. Doch dann wagte er ihn und beugte sich nach vorne. Der Wind fasste unter die Flügel an seinen Armen und trug ihn sanft den Hügel hinunter. Sein Freund Albert stand unten und winkte aufgeregt. Langsam bewegte Benedict die Arme auf und ab und bemühte sich, das Gleichgewicht zu halten. Seine linke Seite war tiefer, und er taumelte, doch als er seine Hände weiter ausstreckte, konnte er sich wieder gerade ausrichten.

Seine Arme begannen zu schmerzen, und er biss die Zähne zusammen, um dem zerrenden Wind nicht nachzugeben. Er sank unaufhaltsam, aber fiel nicht kopfüber den Hang hinunter. Albert drehte sich lachend und grölend im Kreis und Benedict juchzte. Doch dann griff der Wind plötzlich nach ihm und riss kraftvoller als je zuvor an seinen Armen.

»Albert, geh zur Seite!«, schrie Benedict und hielt mit letzter Kraft die Arme auseinander, die der Wind ihm an den Körper drücken wollte. Doch er durfte nicht zu einer Seite einbrechen, sonst würde er gegen die Eichen geschleudert werden. Nur direkt vor ihm dehnte sich die Lichtung aus, auf der sein Freund noch immer munter tanzte.

»Weg da!«, brüllte er verzweifelt und segelte direkt auf ihn zu. Albert starrte ihm mit offenem Mund entgegen. Doch er bewegte sich nicht. Benedict strampelte mit den Beinen und versuchte, den Boden zu erreichen, der nur noch einen Meter unter ihm vorüberglitt. Dann stießen sie zusammen.

Holz splitterte, Albert schrie und Benedict rollte über den Rasen. Für einen Augenblick blieb er auf dem Rücken liegen und starrte in den blauen Himmel. Seine Arme brannten, aber sonst spürte er keine Verletzungen in seinem Körper. Rasch drehte er sich auf die Seite und setzte sich auf. Die hölzernen Schwingen hingen zertrümmert an seinen Armen und hatten ihm die Haut aufgeschürft. Mit den Stücken musste er Albert erwischt haben, denn ihm lief eine lange blutige Schramme über die Wange. Abgesehen davon schien auch er unverletzt zu sein. Aufrecht saß er neben ihm und grinste.

»Hat gut geklappt, oder?«

Benedict sah auf die Trümmer an seinen Armen, für die er viele Monate mit seinem Freund Holz gesammelt hatte.

»Immerhin konnte ich durch die Luft gleiten. Aber ich kam kein bisschen höher, als der Punkt lag, an dem ich abgesprungen bin.«

»Vielleicht haben Vögel mehr Kraft in den Armen«, überlegte Albert und wischte sich mit dem Ärmel über die blutende Wange.

»Das ist möglich.«

Benedict erhob sich und sammelte die Überreste seines Flugapparates ein. Seufzend betrachtete er das zersplitterte Holz in seinen Armen.

»Damit kannst du nicht noch einmal fliegen«, stellte Albert fest und trat neben ihn.

Benedict biss die Zähne zusammen und schüttelte enttäuscht den Kopf. Vielleicht wäre von dem Flugapparat noch etwas mehr übrig geblieben, wenn sie nicht zusammengestoßen wären. Aber er hatte sich schon vor sehr langer Zeit abgewöhnt, sich über Alberts Ungeschicktheit zu ärgern. Durch sie war zwar bereits einiges zu Bruch gegangen, aber schließlich träumten sie beide vom Fliegen, und es war sein Freund, der unermüdlich und mit großem Erfolg all die Dinge zusammensammelte, die Benedict für seine Experimente brauchte. Ohne ihn war er nur ein Träumer, aber zusammen waren sie auf dem Weg, große Erfinder zu werden!

»Lass uns die Reste trotzdem in die Hütte bringen, bevor wir zurückgehen. Ich will es mir noch einmal genau ansehen.«

Albert lief munter pfeifend neben ihm her. »Und wenn du nichts findest, können wir es noch als Brennholz verwenden.«

Seit einiger Zeit diente ihnen die verlassene Hütte eines Waldarbeiters als Werkstatt. Benedict öffnete die Tür und trat an den Tisch in der Mitte des Raumes. Hier breitete er die Stöcke aus und versuchte, sie wieder so anzuordnen, wie er sie als Flügel an seinem Arm befestigt hatte. Hinter ihm polterte es und er drehte sich um.

Albert hockte vor dem Herd und hob die verbeulten Töpfe auf, die er hinuntergestoßen hatte.

»Was hast du denn vor?«, wollte Benedict wissen.

Albert griff in seine Hosentasche und zog einen fusseligen Klumpen heraus.

»Hast du wieder das Wachs von allen Kerzenständern gekratzt?«

Albert nickte stolz. »Ich war dieses Mal sogar in der Kirche, nachdem die Messe zu Ende war. Niemand hat mich bemerkt.«

Als er auch aus der anderen Tasche krümelige Wachsreste klaubte, wandte sich Benedict wieder seinem Holz zu. »Aber nimm die kleine verbeulte Pfanne, die wir hier gefunden haben. Den Topf aus der Küche brauchen wir noch.«

»Ich nehme lieber den großen Pott.«

»Nein«, protestierte Benedict. »Die Wachsreste bekommen wir nie wieder raus. Wir wollten darin doch Wasserdampf untersuchen.«

Albert brummelte etwas Unverständliches, aber er nahm die kleine Pfanne, um sein Wachs zu schmelzen. Benedict überzeugte sich mit einem Blick über die Schulter davon.

Während sein Freund ein Feuer entfachte, sah sich Benedict in der Werkstatt um. Seit Jahren hatten sie abends in der Dachkammer des alten Klosters vor dem Einschlafen Pläne geschmiedet und sich Experimente ausgedacht, weil sie berühmte Erfinder werden wollten. Vor einigen Wochen hatten sie tief im Wald endlich diese alte Holzfällerhütte gefunden. Sie schien schon seit Jahren verlassen zu sein und die wenigen Gegenstände, die noch herumlagen, waren verrostet oder halb verfallen. Trotzdem war diese kleine Hütte für die beiden das perfekte Versteck, in dem sie, verborgen vor den anderen Kindern, forschen und träumen konnten.

Albert rührte mit einem Stock in der Pfanne die Wachskrümel im Kreis herum, während Benedict die Zeichnungen betrachtete, mit denen sie die morschen Wände verschönert hatten. Albert war handwerklich nicht besonders geschickt, aber er hatte jedes Bild, das er in der Bibliothek zu ihrem Lieblingsthema gefunden hatte, mit Kohlestücken an die Wände gezeichnet. Auf diese Weise waren sie zu Bildern aus griechischen Sagen gekommen, Skizzen von Flugschwingen und Himmelswagen, die mit den Armen oder Beinen angetrieben wurden, und sie besaßen ein Bild von dem ersten Ballon, der in Paris vor sechzig Jahren gestartet war. Albert pfiff leise vor sich hin, während Benedict sich fragte, ob sie wohl jemals eine Zeichnung von dem Luftschiff bekommen würden, mit dem Monsieur Giffard vor ein paar Jahren auf dem Dorfplatz des Nachbarorts gelandet war. Die beiden Jungen hatten das Ereignis verpasst und sich monatelang furchtbar darüber geärgert. Noch heute hätte Benedict alles dafür gegeben, wenn er den Tag hätte zurückholen und auf dem Dorfplatz von Elacourt verbringen können, um Monsieur Giffard und sein Luftschiff zu sehen. Doch natürlich hatte niemand ahnen können, wo das Luftschiff landen würde. Vor Giffard waren Dutzende in die Luft aufgestiegen und hatten es nicht geschafft, mit ihren Segeln und Rudern die Luftschiffe zu steuern. Der Wind wehte sie dorthin, wo es ihm gefiel, und sie hatten ihm nichts entgegenzusetzen. Im Dorf hatten die beiden Jungen immer mal wieder eine Zeitung in die Finger bekommen und von den missglückten Versuchen gelesen.

Ein leises Klopfen über dem Kopf riss Benedict aus seinen Gedanken. Er fegte die Holzstücke zusammen und warf sie zufrieden in den Korb neben dem Feuer. Der Wind hatte ihn für eine kurze Zeit getragen, auch wenn er sich nicht in die Höhe hatte schwingen können. Wenn Albert zur Seite gesprungen wäre, hätten sie vielleicht noch einige heile Stücke des Flugapparats gehabt. Aber trotz allem waren sie ihrem Traum vom Fliegen heute ein kleines Stück näher gekommen. Als Nächstes mussten sie über den Auftrieb nachdenken, denn er hatte kaum genug Kraft gehabt, um die Arme weit auszustrecken.

Das Klopfen wurde lauter. Benedict sah sich um. Das Dach musste irgendwo schon wieder undicht geworden sein. Albert tauchte geduldig seinen Hanffaden in den kleinen Topf und zog ihn an einem Stöckchen wieder heraus. Dann wartete er, bis das Wachs fest geworden war, und ließ den Faden wieder hinunter, bis sich Schicht für Schicht eine neue Kerze um den Faden legte. Dabei pfiff er weiter seine Lieder vor sich hin, schürte zwischendurch das Feuer und trommelte mit den Schuhen einen Rhythmus auf den Boden.

Benedict konnte das Loch in der Decke nirgends entdecken und schloss die Augen, um dem Geräusch auf die Spur zu kommen.

»Was ist das denn?« Albert griff sich an die Stirn. »Es tropft auf den Herd.«

Benedict wirbelte herum. Wie in Zeitlupe sah er die Wassertropfen durch das Loch in der Decke auf den Herd fallen und wusste, was nun passieren würde. »Mach einen Deckel auf die Pfanne«, brüllte er.

»Warum? Ich bin doch gleich fertig …«

In dem Moment tropfte Wasser in das heiße Wachs und verdampfte schlagartig. Es war wie eine Explosion, Flammen schossen aus der Pfanne hoch und verschwanden dann wieder. Albert zog schreiend den Kopf zurück, doch dann streckte er die Hand nach der Pfanne aus. Benedict schlug sie zurück und zerrte an der Schulter des Freundes. »Wir müssen hier raus!«

Albert tastete nach seinen versengten Augenbrauen und starrte unverwandt auf seinen Wachspott. »Wie ist das …?«

Da tropfte wieder Regen durch das Dach und explodierte in der heißen Flüssigkeit. Die Flamme war höher und breiter und leckte nach der Wand hinter dem Herd. Albert stolperte rückwärts gegen den Tisch und ließ den Hanffaden fallen, den er bereits zu einer dürren Kerze gezogen hatte.

Benedict zog den Freund zur Tür und ließ dessen Arm erst los, als sie sich mehrere Meter entfernt an eine alte Eiche lehnten und zu der Hütte zurücksahen. In immer kürzeren Abständen explodierten Wassertropfen in dem heißen Wachs, bis schließlich ein Teil des Daches einbrach und auf den Herd herunterfiel. Bei der letzten Explosion züngelten die Flammen durch das Loch im Dach hinauf und setzten es in Brand. Die beiden kleinen Glasfenster zersprangen in tausend Stücke.

»Können wir irgendetwas tun?« Albert griff sich mit beiden Händen an die Stirn, als wolle er seinem Gehirn beim Denken helfen.

Aber Benedict schüttelte den Kopf. »Der Fluss ist zu weit entfernt und wir haben keinen Eimer.« Er zeigte auf die brennende Hütte. »Für Sand oder Decken ist das Feuer schon zu groß.«

Benedict und Albert ließen sich stumm mit dem Rücken am Stamm des Baumes hinunterrutschen und hockten dort, bis der Regen stärker wurde und das Feuer in der Hütte endlich löschte. Es stand nur noch die Hälfte von der vorderen Wand, in der die Tür schief in den Angeln hing. Der Rest des kleinen Hauses war zu einem Haufen Schutt und Asche verbrannt.

Albert stand auf und reichte Benedict die Hand.

»Verflixt«, murmelte er und seine Stimme klang ungewohnt rau.

»Das kannst du laut sagen«, stimmte Benedict ihm zu.

»Gehen wir zurück zum Kloster«, schlug Albert vor und strich sich über seinen flachen Bauch. »Es ist bald Zeit fürs Abendessen!«

※

Marie zerrte an dem engen Kragen der Tracht, die die Nonnen in diesem Kloster seit ewigen Zeiten trugen. Vor vierzehn Jahren hatte sie die graue Kutte übergestreift und sich in diesen Mauern und zwischen den frommen Frauen vor ihrer Vergangenheit versteckt. Auch wenn die schmerzlichen Erinnerungen langsam verblasst waren, hasste sie die schlichte grobe Kleidung, die sie seitdem umgab, mit der gleichen Leidenschaft wie am ersten Tag.

»Sie sind noch zu jung für so ein finsteres Gesicht.«

Marie drehte sich um und sah in die blauen Augen der rundlichen Köchin.

»Da hast du wohl recht, Eugenie«, stimmte sie zu und erwiderte das freundliche Lachen der alten Frau, die ihre weißen Locken unter einem Kopftuch verbarg, bevor sie mit den Vorbereitungen für das Abendessen begann.

»Ach, da sind wieder diese Lausbuben«, schimpfte sie plötzlich und trat neben Marie an das Fenster.

Sie zeigte auf zwei Jungen, die den Hof überquerten. Der eine war klein und drahtig und hatte kurzes braunes Haar. Sein Gesicht war unnatürlich rot und seine Augenbrauen und die Haare auf der Stirn sahen merkwürdig struppig aus. Der andere war einen Kopf größer und trug auf seinem krausen schwarzen Haar eine speckige Mütze. Die Hemden der beiden waren an den Ärmeln eingerissen und ihre Hosen an den Knien und am Hintern voll schwarzer Erde.

Marie erkannte die beiden sofort. Es waren Benedict und Albert, die sich den ganzen Winter über in allen Gängen und Ecken des Klosters herumgetrieben hatten, sobald nur ein winziger Augenblick Zeit gewesen war zwischen den Mahlzeiten, der Schule und der Arbeit, die die Kinder aus dem Waisenhaus erledigen mussten.

»Alle Jungen in dem Alter sind neugierig. Sie toben herum und öffnen Türen, wenn keiner sie beobachtet«, murmelte die Köchin. »Aber die beiden sind anders. Sie wurden noch nie erwischt, aber sie sehen immer aus, als hätten sie gerade etwas ausgefressen.« Sie krempelte die Ärmel hoch und wusch das Gemüse in dem kalten Brunnenwasser.

Marie beugte sich nach vorne und beobachtete, wie die beiden Jungen stehen blieben und die Köpfe zusammensteckten. Es hatte fast aufgehört zu regnen und zwischen den feinen Tropfen schien zaghaft noch etwas Abendsonne durch die dunklen Wolken in den Innenhof des Klosters.

»Es fehlt auch schon wieder ein großer Kochtopf.«

»Wie bitte?« Marie riss sich aus ihren Gedanken und wandte sich der Köchin zu. »Ein Topf? Was sollten sie denn mit einem Topf anfangen?«

»Ich weiß es nicht.« Ratlos hob die alte Frau die Schultern und Falten kräuselten sich auf ihrem sonst so glatten und rosigen Gesicht. »Aber in der letzten Woche sind Kochlöffel und Lederschläuche verschwunden und seit gestern fehlt einer der großen Kochtöpfe.« Sie starrte nach draußen zu den beiden Jungen, die durch den Kreuzgang auf das Gebäude zuliefen, in dem die Waschräume und die Schlafsäle für die Waisenkinder untergebracht waren.

»Hast du die beiden bei dem Diebstahl beobachtet?«

»Nein, natürlich nicht.« Die Köchin schüttelte den Kopf. Dabei rutschten ihre weißen Locken unter dem Tuch hervor und fielen ihr ins Gesicht. »Sie sind viel zu gerissen.«

»Aber wenn es nur ein Verdacht ist, kann ich die Oberin nicht informieren. Womöglich ist es eine falsche Beschuldigung und das ist eine Sünde.«

Bei diesen Worten zuckte die Köchin zusammen, als wäre ihr der schwere Kochtopf gerade auf den Fuß gefallen. Sie starrte einen Moment nachdenklich aus dem Fenster und beugte sich dann über ihr Gemüse. »Ja, das wäre natürlich eine Sünde«, sagte sie leise und schrubbte die Möhren energisch.

Marie drehte sich um. Sie interessierte sich nicht für Sünde oder Ähnliches, was die Frauen hier beschäftigte. Und sie hatte kein Interesse daran, die Oberin auf die beiden Jungen aufmerksam zu machen, die sich in allen Gebäuden des Klosters herumtrieben und allerlei nützliche Dinge aufstöberten und in den Wald schleppten.

Sie zerrte noch einmal an ihrem engen Kragen. Benedict und Albert waren beide vierzehn Jahre alt, und es konnte nicht mehr lange dauern, bis die Äbtissin des Klosters eine Lehrstelle für sie fand oder sie zur Arbeit in die neue Fabrik am Rande des Dorfes schickte. Bis dahin musste sie ein Auge auf die beiden haben, damit die Geheimnisse, die sie in diesen Mauern versteckt hatte, verborgen blieben. Niemand durfte etwas erfahren über die Zeit, in der ihr Name noch nicht Marie gewesen war.

Kapitel 2

Der Ballonmeister breitet die Hülle flach auf dem Erdboden aus. Dann untersuchst du die Stoffbahnen und kontrollierst jede Naht. Der Seidenstoff muss überall unversehrt und mit Leinöl eingestrichen sein.

(M. Bateaux)

Am nächsten Morgen beugten sich Benedict und Albert tief über ihr Frühstück, damit die anderen Kinder ihre geflüsterten Pläne nicht hören konnten.

»Auf einem Bild sind die Flügel mit richtigen Vogelfedern beklebt. Willst du das ausprobieren?«

Benedict rührte in seiner Schale herum und überlegte. Dann schüttelte er den Kopf. »Lass uns noch einen Topf stehlen und die Kraft von Dampf weiter untersuchen. Oder wir bauen einen kleinen Ballon und verbrennen verschiedene Dinge darunter, bis er fliegt.«

»Ja.« Albert nickte begeistert. »Die haben in Paris nasses Stroh und alte Schuhe verbrannt, damit es ordentlich stank und der Ballon besser fliegen konnte.«

»Die Akademie in Dijon hat ein Schiff gebaut und darüber mit Seilen einen Ballon befestigt, der wie eine Wurst aussah.« Benedict zeichnete mit der Rückseite seines Löffels die seltsame Form in seinen Haferbrei.

Albert kicherte. »Ist das Schiff geflogen?«

»Ja, aber das Ruderwerk konnte gegen den Wind nichts ausrichten. Sie wurden wie die Ballons durch die Luft gepustet und konnten nicht steuern, wohin sie segeln wollten.« Hinter ihnen wurden Bänke verrückt und Schalen über die Tische geschoben, während die anderen Kinder sich gegenseitig ärgerten und Neuigkeiten austauschten. Aber Albert starrte verträumt auf den Brei, in dem die Umrisse des Luftschiffes langsam verschwammen.

»Nur der große Giffard …«

»Ja.« Benedict seufzte. »Er hatte eine Dampfmaschine an seinem Luftschiff. Wenn wir nur wüssten, wie er die gebaut hat.«

Ein kleiner Junge mit kurzem rotblondem Haar und unzähligen Sommersprossen lehnte sich zu ihnen herüber und berührte Albert an der Schulter.

»In der Zeitung wurde darüber berichtet.«

»Von wem redest du, Emile?«

»Giffard«, behauptete der Junge. »In der Zeitung stand ein Artikel darüber, wie er das Ding gebaut hat.«

Misstrauisch runzelte Benedict die Stirn, und Albert erhob sich und lehnte sich über den Tisch, bis sich die beiden Nasen der Jungen fast berührten. »Warum sollte er sein Geheimnis verraten? Das ist doch Schwachsinn. Wer hat dir diesen Unsinn denn eingeredet?«

Emile trat einen Schritt vom Tisch zurück und hob gleichgültig die Schultern. »Ich habe es selbst gelesen. Wenn wir nach der Schule auf dem Markt helfen, bin ich bei dem gehörlosen Fischhändler. Wenn nichts einzuwickeln ist, lese ich, was ich gerade in die Finger bekomme.«

Als Albert zu Benedict herübersah, spürte der, wie sein Gesicht rot anlief. Er hatte auch schon oft geräucherten Fisch eingewickelt, aber noch nie auf die Zeitungen geachtet, sondern stets das Treiben auf dem Markt beobachtet oder über Ideen für ein neues Experiment gegrübelt.

Emile bemerkte es und nickte ernst. »Stimmt. Du kannst ja nicht lesen.«

Benedict senkte den Kopf, nahm den Löffel in die Hand und rührte in seinem Haferbrei. Neben ihm schienen die Gespräche zu verstummen, aber er wollte nicht nachsehen, ob die anderen Kinder ihn anstarrten.

Albert richtete sich auf und stemmte die Hände in die Hüften. »Natürlich kann er lesen. Er ist nur etwas langsamer. Dafür hättest du gestern sehen sollen, als er …«

»Pssst!«, zischte Benedict und der Freund verstummte und ließ sich wieder auf seinen Stuhl fallen.

Emile hob noch einmal die Schultern und wandte sich ab, um zu gehen.

»Warte!«, rief Benedict ihm nach und zwang sich, dem Jungen ins Gesicht zu sehen, obwohl seine Wangen noch vor Verlegenheit heiß waren. »Kann ich die Zeitung haben?«

Emile schüttelte den Kopf, und Benedict sah sofort eine geräucherte Forelle vor sich, die aus der Zeitung lugte und von einer Hand zur nächsten gereicht wurde.

»Ich wollte die Zeitung mitnehmen. Aber Schwester Marie hat mich vom Markt abgeholt, und als sie den Artikel mit der Zeichnung von Giffard sah, schnappte sie nach Luft und riss mir die Zeitung aus der Hand.« Er trat noch einmal neben Benedict und fuhr leise fort. »Sie hat ihn mir nicht wiedergegeben, und am Stand auf dem Markt lag er auch nicht, als wir mit dem Wagen zum Kloster zurückgefahren sind.« Dann zwinkerte er ihnen zu und verließ den Speisesaal.

»Hmm. Bringt uns das voran?« Albert kratzte mit dem Löffel den restlichen Brei aus seiner Schale und sah sich um. Es wurde immer unruhiger im Raum. Die Zeit für den Unterricht nahte, und die Kinder brachten ihre Schüsseln in die Küche, die sich zwischen dem Speisesaal für die Kinder und dem Raum befand, in dem die Schwestern und die wenigen weiblichen Angestellten aßen, die sich um die Gebäude und die kleine Kirche kümmerten. Nach der vorübergehenden Auflösung der Ordensgemeinschaft vor fünfzig Jahren war nur noch die Hälfte der großen gemauerten Wirtschaftsgebäude des einst wohlhabenden Klosters übrig geblieben. Denn die Bewohner des Dorfes hatten auf Anordnung der Regierung die Steine abgetragen und sich daraus eine Stadtmauer gebaut.

Benedict starrte aus dem Fenster auf die Obstwiesen hinter der Küche. Den Teller schob er von sich. Albert zog ihn zu sich herüber und löffelte munter die Portion des Freundes in seine eigene Schale.

Über die Obstwiese wehte der Rauch aus dem Herdfeuer der Küche und stieg in den Himmel hinauf.

»Wir müssen endlich den Auftrieb von warmer Luft untersuchen und haben keine Werkstatt mehr.« Benedict stand auf und stützte sich mit beiden Armen auf dem Tisch ab.

»Was brauchst du für dieses Auftriebsding?«, wollte Albert wissen.

Benedict überlegte. »Nadel und Faden habe ich«, stellte er fest und klopfte auf den Beutel an seinem Gürtel, in dem er die wenigen Gegenstände aufbewahrte, die ihm allein gehörten. »Aber wir brauchen Stoff für eine Ballonhülle, Feuer und einen Ort, wo wir arbeiten können.« Benedict schüttelte hilflos den Kopf, denn er hatte keine Ahnung, wo sie diese Dinge auftreiben sollten.

»Es gibt noch einen Holzschuppen hinter den Eichen, aber da treiben sich die da drüben herum.« Albert deutete mit dem Kopf zu dem Ende des Tisches, das den Fenstern am nächsten war.

»Ich weiß, welche Hütte du meinst«, flüsterte Benedict und sah zu den drei Jungen, die wenige Monate älter waren als Albert und er selbst und sicher mit ihnen bald das Waisenhaus verlassen würden.

Während Benedict sie beobachtete, ärgerten sie alle Kinder, die ihnen zu nahe kamen. Ein rothaariges Mädchen, das sich schüchtern an ihnen vorbeidrückte, wurde an den Zöpfen festgehalten, und der kleine blonde Louis fiel über ein gestelltes Bein.

»Darum kümmere ich mich«, versprach Albert und grinste selbstbewusst. Die Herausforderung war ihm anscheinend gerade groß genug. »In der Waschküche findest du sicher, was du brauchst.« Er zwinkerte Benedict zu, erhob sich und ließ den Freund mit den Schalen zurück.

Die Waschküche lag direkt neben der Küche, und dahinter begann eine steinige Wiese mit Obstbäumen, wo früher einmal die Werkstätten und eine Brauerei gewesen waren. Benedict sah sich um. Der Speisesaal hatte sich schon halb geleert und immer mehr Kinder strömten auf den Ausgang zu. Benedicts Herz klopfte aufgeregter als bei jedem seiner Experimente, denn die hatte er vorher viele Male gründlich durchdacht. Doch jetzt war eine gute Gelegenheit, die verstreichen würde, wenn er erst begann, sich Gedanken über den Plan und die Ausführung zu machen.

Benedict nahm die Schüsseln vom Tisch und ließ sich von den anderen Kindern zur Küche schieben. Hinter den Bergen aus schmutzigem Geschirr standen drei Frauen über die Becken mit dem kochend heißen Wasser gebeugt und tauchten die großen Kessel hinein, in denen sie den Haferbrei für die Kinder gekocht hatten. Ein Junge, der einen Kopf kleiner war als Benedict, wurde angestoßen, stolperte gegen ein Regal und ließ die Schüssel aus den Händen gleiten. Sie zerbrach in tausend Stücke, die sich über dem Boden verteilten. Die Kinder sprangen zur Seite, und die Frauen eilten herbei, um dem Unglücksraben einen Besen zu bringen und ihn zurechtzuweisen.

Benedict konnte sein Glück kaum fassen! Er duckte sich hinter den Herd und schlich von dort in die Waschküche. Hier schlug ihm ein überwältigender Geruch entgegen, der ihm fast den Atem nahm. Quer durch den Raum waren feuchte Leinentücher und Laken gespannt. Das Feuer aus der Küche erwärmte auch die Waschküche, und die Luft war von einem feuchten blumigen Dunst erfüllt, der sich wie warmer Nebel unangenehm auf Gesicht und Hände legte.

Er lief unter der nassen Wäsche hindurch und suchte nach kleineren Stoffen. In einem Korb neben dem Waschzuber lagen dünne Tücher, mit denen sich die Erwachsenen die Nasen putzten. Benedict griff sich die obersten vom

Stapel, stopfte sie unter sein Hemd und rannte geduckt zurück. Trotzdem streifte er die feuchten Kleidungsstücke mit den Haaren und der Stirn. Bevor Benedict wieder in die Küche trat, spähte er durch den Türspalt. Die Frauen hatten ihm noch immer den Rücken zugedreht, doch es kamen kaum noch Kinder mit ihren Schalen herein. Er musste sich beeilen, sonst würden sie ihn in der leeren Küche erwischen.

Langsam schlich er sich in den Raum und kauerte sich hinter den Herd. Noch einmal würde es nicht so ein herrliches Durcheinander geben, in dem er unbemerkt blieb, deshalb musste er sich aus der Deckung wagen, sobald wieder mehrere Kinder gleichzeitig hereinkamen und ihr Geschirr abstellten.

Benedict wartete noch einen Augenblick mit hastig klopfendem Herzen und eilte dann mit gebeugtem Oberkörper zwischen den Schränken zu den großen Schüsseln, in denen die Frauen die Schalen spülten. Dann lief er neben zwei kleineren Jungen zum Eingang, als wäre er mit ihnen in ein Gespräch vertieft. Sie musterten ihn verwundert, weil er sich noch nie mit ihnen unterhalten hatte. Wahrscheinlich kannte er nicht einmal ihre Namen. Außerdem war sein Gesicht gerötet und seine Haare kringelten sich feucht von der stickigen Luft in der Waschküche und den warmen Tüchern, die er gestreift hatte.

An der nächsten Ecke verließ er die beiden ohne eine weitere Erklärung und entkam unentdeckt mit seiner Beute.

❃

»Nein, nein, nein!«, brüllte Henri Giffard. »Ich höre, wie die Luft entweicht. Stellt das Gas ab!« Schnaufend kletterte er von dem Gerüst herunter und baute sich vor seinen beiden Helfern auf. »Verflixt! Hatte ich euch nicht aufgetragen, die Nähte zu kontrollieren und die Seide noch einmal einzustreichen?«

»Haben wir doch!«, murmelte einer der Ingenieure. Der andere starrte auf die Spitzen seiner Stiefel und schwieg. Giffard beugte sich über die Schale, die jemand achtlos auf einem wackeligen Stuhl abgestellt hatte, und schnüffelte übertrieben laut daran. »Das riecht nach Gummiwasser!«, schimpfte er. »Ihr solltet aber Leinöl nehmen! Daran hatte ich keinen Zweifel gelassen!«

Unter dem wütenden Gebrüll des großen Erfinders schrumpften die beiden jungen Männer um einige Zentimeter, und als er sich von ihnen abwandte, zogen sie sich vollkommen lautlos in die hinterste Ecke der Werkstatt zurück.

Henri Giffard seufzte. »Warum tun sie nicht, was ich ihnen sage? Mehr erwarte ich doch nicht!« Mit geübten Griffen unterbrach er die Gaszufuhr. »Es kostet ein kleines Vermögen, die Hülle zu füllen, und nun müssen wir wieder von vorne anfangen.«

Aus der Ecke der Werkstatt kam keine Antwort, aber Giffard hatte auch nicht mit einer Entschuldigung gerechnet. Er kletterte auf das Gerüst, um das Ventil zu erreichen. Wie ein müde gewordener Wal zerrte der längliche Ballon halbherzig an den Seilen, die ihn zwei Meter über dem Boden der Werkstatt hielten. Erst wenn er prall mit Gas gefüllt war, spannte sich sein Körper kraftvoll, doch dazu würde es dank der Nachlässigkeit seiner Helfer heute nicht kommen. Zunächst musste die Hülle repariert werden. Giffard griff nach dem Ventil, um das Gas entweichen zu lassen, aber er zögerte, es zu öffnen. Vielleicht gab es eine Möglichkeit, den mühsam und teuer hergestellten Wasserstoff aufzubewahren, bis der Schaden beseitigt worden war.

»Monsieur Giffard?«

Die Stimme kam ihm nicht bekannt vor. Es war keiner seiner ausgezeichnet ausgebildeten Helfer, deren Mangel an Besonnenheit und Gründlichkeit ihn in seinen Forschungen immer wieder behinderte.

»Monsieur Giffard?« Der Rufende war näher gekommen und über ein Werkzeug gestolpert, das klirrend über den Steinboden rutschte.

Giffard fluchte leise. Heute war kein guter Tag für seine Arbeit. Er ließ das Ventil geschlossen und kletterte wieder von dem Gerüst herunter, um sich den Eindringling vorzuknöpfen, der es gewagt hatte, seine Arbeitsräume im Hinterhof zu betreten.

Es war ein kleiner rundlicher Mann mit einem buschigen Schnurrbart, der sich gerade den Staub von den Knien klopfte. Offensichtlich war er über die Werkzeuge gestolpert, die seine Helfer überall auf dem Boden liegen ließen, wo sie gerade gearbeitet hatten. Trotz allem, was sie bei ihm schon gesehen und gelernt hatten, würde er sie entlassen müssen, sonst richteten sie noch ernsthaften Schaden an.

»Oh, Monsieur Giffard!« Der kleine Mann hatte sich aufgerichtet und ihm in die Augen gesehen. »Bitte verzeihen Sie mir, dass ich Sie in Ihrer Werkstatt aufsuche. Ich hätte es nicht gewagt, wenn mein Anliegen nicht von besonderer Dringlichkeit wäre.«

Giffard runzelte die Stirn. Im Moment konnte er sich nichts Wichtigeres vorstellen, als darüber nachzudenken, wie er das Gas aufbewahren konnte, bis die Hülle geflickt und versiegelt war. Schließlich verriet ihm ein leise zischendes Geräusch, wie unaufhaltsam Gas in die Luft entwich.

»Nun, Sie kennen mich nicht? Nein? Mein Name ist André de Ricard. Ich bin der Direktor des Lycée impérial Bonaparte – und da Sie selbst einst diese Schule besucht haben …«

»Nein, da irren Sie sich, Monsieur«, polterte Giffard und sah sich nach seinen Helfern um. »Ich habe das Collège royal de Bourbon besucht.«

»Auf die Änderung des Namens hatten wir keinen Einfluss. Bedauerlicherweise. Ein Wunsch unseres Kaisers.«

Giffard nickte, aber er interessierte sich nicht für Politik. In Gedanken überschlug er die Menge des Gases, das er aus der Hülle noch würde retten können, wenn er umgehend handelte.

»… und dann habe ich natürlich sofort an Sie gedacht, Monsieur.«

»Natürlich«, murmelte Giffard.

»Passt Ihnen der kommende Donnerstag?«

»Wofür?«

»Für Ihren Vortrag, Monsieur.«

Giffard stutzte. »Über?«

»Nun, wie ich bereits sagte …« Der Direktor runzelte für einen Augenblick missbilligend die Stirn und fuhr dann geschäftig fort. »Wir würden uns freuen, wenn Sie vor den jungen Männern von Ihrem Flug berichten, der Ihnen vor einigen Jahren gelang. Außerdem sind Sie ja auch ein Experte, was die Neuerungen bei den Eisenbahnen angeht.«

»Ich arbeite nicht mehr bei der Eisenbahnlinie, sondern nur noch an meinen eigenen Forschungen.«

»Gewiss. Aber Sie haben schließlich die Dampfstrahlpumpe entwickelt, und wie ich hörte, nutzen Sie Ihre Erfahrungen auch in der Luftschifffahrt.«

Der kleine Mann wandte zum ersten Mal den Blick von Giffards Gesicht und sah sich in der Werkstatt um. Die jungen Ingenieure mussten sich wieder dichter herangewagt haben, denn der Erfinder hörte, wie sie laut nach Luft schnappten. Sie erwarteten Giffards Wutausbruch, denn er duldete keine neugierigen Fragen oder geistlosen Kommentare zu seiner Arbeit. Doch Henri Giffard sah nur einen Weg, den kleinen Mann unverzüglich aus seiner Werkstatt zu befördern: Er versprach, an seiner ehemaligen Schule einen Vortrag zu halten und schob dann Direktor André de Ricard mit einem freundlichen Gruß durch das große Tor in den sonnigen Hof hinaus.

Kapitel 3

Am »Nordpol« des Ballons befindet sich ein Ventil, durch das Gas entweichen kann, wenn du sinken möchtest. Außerdem muss eine Sollbruchstelle eingenäht und verklebt werden. Im Notfall kann das Gas dort in Sekundenschnelle entweichen.
(M. Bateaux)

Den ganzen Tag über hatten die gestohlenen Tücher unter seinem Hemd gebrannt wie glühende Kohlen, und sobald jemand Benedict im Unterricht oder beim Essen angesprochen hatte, war er erschrocken zusammengezuckt und im Gesicht feuerrot angelaufen. Schon oft hatten die beiden Freunde Gegenstände ausgeliehen, die sie für ihre Experimente in der Hütte gebraucht hatten. Doch heute hatte er das Diebesgut den größten Teil des Tages mit sich herumgetragen, und er wollte lieber nicht wissen, was ihm drohte, wenn er mit den Tüchern der Nonnen unter dem Hemd erwischt wurde. Nach dem Mittagessen hatte er zwei Stunden im Garten geholfen, weil er in dieser Woche dafür eingeteilt war, während Albert der Bibliothekarin vorlesen sollte, weil ihre Augen mit jedem Jahr schlechter wurden.

Als die Arbeitszeit endlich beendet war und Benedict Körbe voller Beeren in die Küche getragen hatte, eilte er zurück zum Gemüsegarten. Hinter der kleinen Mauer lag die Hütte, von der sie beim Frühstück gesprochen hatten. Albert stand neben den drei Jungen, und obwohl er mehr als einen Kopf kleiner war als die anderen, hörten sie ihm aufmerksam zu.

»Wir brauchen die Hütte, weil wir dort gewisse Dinge aufbewahren.« Der Größte von ihnen grinste frech und zog einige Zigarrenstummel aus seiner Tasche.

»Das verstehe ich und ihr sollt uns die Hütte auch nicht überlassen.«

Als sich die drei Jungen verständnislos ansahen, fischte Albert einen Gegenstand aus seiner Tasche.

»Was willst du dann von uns?«

Die drei waren auf Albert zugegangen, und Benedict beobachtete mit unverhohlener Bewunderung, wie sein Freund nicht einen Schritt vor ihnen zurückwich.

»Ich möchte euch einen Tauschhandel anbieten. Wir brauchen die Hütte und geben euch ein sicheres Versteck innerhalb der Klostermauern, wo eure … Schätze nicht nass werden.« Albert deutete auf die Zigarrenstummel in ihren Händen und auf das Dach der Hütte, das noch löchriger und baufälliger aussah als das Haus des Waldarbeiters, das gestern explodiert war.

Albert öffnete die Hand und hielt den anderen einen kleinen runden Spiegel entgegen.

»Wo hast du den her?«, wollte der eine wissen. Die anderen starrten zu den Mädchen hinüber, die hinter den Eichen auf und ab gingen und immer wieder leise kicherten.

Geheimnisvoll legte Albert den Finger an die Lippen und schüttelte den Kopf. Benedict nahm sich vor, dem Freund die gleiche Frage zu stellen. Schließlich hatte er sich schon oft darüber gewundert, wie viele nützliche Gegenstände er in den letzten Jahren aufgetrieben hatte.

Die drei Jungen gaben die Tür zur Hütte frei und verbargen sich hinter der Friedhofsmauer. Dort schlugen sie ein Zündholz an und zogen an den Zigarrenstummeln. Einige schüttelte ein fürchterlicher Hustenanfall, andere hielten den Spiegel in vielerlei Weise um die Ecke und versuchten abwechselnd, mit ihm die Mädchen zu beobachten und den Weg zur Kirche im Auge zu behalten.

Benedict eilte zu Albert, der die schiefe Tür beim Öffnen fast aus den Angeln gerissen hatte. Der Boden der Hütte war dick mit einer klebrigen weißen Masse bedeckt und es stank fürchterlich nach Hühnerkacke. Doch Albert schien das nicht zu stören. Während Benedict noch unschlüssig im Türrahmen stand und immer wieder nach draußen blickte, steckte sich sein Freund eine Hühnerfeder hinter das Ohr, riss ein paar Stangen und Bretter von der Wand, die den vorherigen Bewohnern als Schlafstätte gedient hatten, und errichtete einen kleinen Haufen, den er mit ein paar getrockneten Zweigen aus seiner Tasche ergänzte und dann anzündete. Benedict zuckte mit den Schultern. Der Ort war nicht besonders einladend, und der Gestank stach ihm in die Nase, doch er spürte auch das wunderbare Kribbeln, das sich in seinem Körper ausbreitete, wenn er dabei war, ein Geheimnis zu ergründen.

Das Experiment würde beginnen. Davon konnte ihn auch die Hühnerkacke nicht abhalten. Benedict riss ein weiteres

Brett von der Wand, kratzte den Dreck mit seinem Stiefel herunter und legte die Tücher darauf. In der Waldhütte hatten sie das Bild einer Montgolfière an der Wand gehabt, und Benedict versuchte, sich die Form des Ballons ins Gedächtnis zu rufen. Mit dem Messer schnitt er den Stoff in Streifen und nähte daraus eine Ballonhülle, die unten eine runde Öffnung hatte. Dann pustete er hinein, damit sich der Stoff nach außen wölbte, und hielt ihn über das Feuer, um die Luft im Inneren des Ballons zu erwärmen.

»Wir haben keine Stiefel, die wir verbrennen können, aber der Qualm stinkt trotzdem ekelhaft«, bemerkte Albert und hielt sich den Ärmel vors Gesicht. Leise hustend untersuchte er weiter die Hütte und fand eine kleine Schale mit Körnern, altes Stroh und Blätter von den Obstbäumen, die im letzten Herbst in die Hütte geweht waren. Er fegte es mit dem anderen Arm zusammen und warf es ins Feuer. Die Flammen züngelten hoch und griffen nach dem Stoff, der sofort lichterloh brannte.

Benedict ließ den brennenden Ballon fallen und trampelte mit den Füßen darauf. Als nur noch ein kohlender Rest übrig geblieben war, nahm er wieder die Nadel aus der Tasche und nähte eine weitere Kugel mit einer Öffnung. Er musste das Ganze stabilisieren.

Albert klopfte die Funken aus, die sich in der ganzen Hütte verteilt hatten, als die trockenen Blätter Feuer gefangen hatten und durch die Luft gesegelt waren. »Es tut mir leid«, murmelte er. »Ich besorge Holz aus dem Wald, damit das nicht wieder passiert.«

Benedict nickte und beugte sich über den Stoff. Da er Albert schon viele Jahre kannte, hatte er genug Tücher gestohlen, um mindestens drei kleine Ballons nähen zu können. Die Treue seines Freundes war ihm das Kostbarste auf der Welt, deshalb hatte er sich abgewöhnt, dem zerknirschten Freund dessen Fehler vorzuhalten.

Als Albert nach einer Stunde die Hütte wieder betrat, trug er unter beiden Armen Brennholz herein und schnaufte laut. Benedict hatte seine Arbeit längst beendet und aus dem zerbrochenen Fenster geschaut, während er über den Versuch nachdachte. Die Mädchen gingen noch immer hinter den Eichen auf und ab. Nachdem Albert seine Beute abgelegt hatte, schichteten sie gemeinsam Stöcke und Reisig auf.

»Ich brauche etwas, um die Hülle stabiler zu machen«, stellte Benedict fest und zeigte auf den schwarzen Stoffrest, der neben seinem Schuh auf dem schmutzig weißen Boden lag. »Mir will aber nichts Passendes einfallen.«

Albert nickte und steckte die Hände tief in die Taschen, die er überall in das Futter seiner Jacke genäht hatte. Dann holte er unzählige Schätze ans Tageslicht und breitete sie neben Benedict auf einem Brettchen aus.

✻

Milou Bellemare hob die Hand zum Türklopfer. Neben ihr stand ein Koffer, und hinter ihr fuhr die Kutsche davon, die sie hierhergebracht hatte. In ihrer Hand hielt sie einen Brief, den ihr Vater an seinen besten Freund geschrieben hatte, und als sie auf das Kuvert hinuntersah, bemerkte sie ein leichtes Zittern ihrer Finger. Schließlich hatte sie Henri

Giffard zum letzten Mal gesehen, als sie acht Jahre alt gewesen war. Mittlerweile war nach der Meinung ihrer Hauslehrerin eine anständige junge Dame aus ihr geworden, die sich in der Gesellschaft zu benehmen wusste.

»Kommen Sie herein, Madame.« Ein hübsches Hausmädchen, das in ihrem Alter war, öffnete die Tür und führte sie in ein Zimmer im hinteren Teil des Hauses. Fünf breite Fenster reichten fast bis zur Decke und nahmen die gesamte hintere Wand ein. Durch sie betrachtete Milou den sonnigen Hof, einen Stall und ein Gebäude, das sie an die Fabriken erinnerte, die außerhalb der Stadtmauern aus dem Boden sprossen wie Waldpilze. Als sie sich umdrehte, um die Schreibpulte und die Bücherregale zu betrachten, die an den Wänden aufgereiht waren, trat Henri Giffard ins Zimmer.

»Onkel Henri … ääh, Monsieur … Verzeihen Sie …«, stotterte Milou und spürte, wie ihre Wangen glühten.

Giffard schüttelte den Kopf und lächelte.

»Nein, Liebes, bleib doch bei Onkel Henri. Als Kind haben dein Vater und ich uns immer gewünscht, wir könnten Brüder sein, und es als Jugendliche auch oft behauptet. Das erinnert mich an eine gute Zeit.« Giffard betrachtete sie freundlich, aber als er sich seinem Schreibtisch zuwandte, lief ein dunkler Schatten über sein Gesicht und verdüsterte seinen Blick. Die eben noch weiche Stimme wurde wieder streng und kühl. »Das Mädchen zeigt dir dein Zimmer, und dann kümmern wir uns morgen um einen Klavierlehrer und was du sonst noch brauchst, solange du bei mir wohnst.« Er räusperte sich. »Sag mir, wenn es dir an etwas fehlt. Ich bin am Abend meist hier in meinem Lesezimmer.«

Milou trat zu den Bücherregalen und schritt an ihnen die Wand entlang, wobei sie mit den Fingern über die Buchrücken fuhr und leise die Titel murmelte.

Giffard schien sie längst vergessen zu haben und ordnete die Zeichnungen und Listen, die sich auf seinem Tisch stapelten.

Nach einer Weile zog Milou ein Buch aus dem Regal, legte es auf ein Stehpult und schlug es auf.

»Was hast du dir ausgesucht?«, fragte Giffard, ohne von seinen Unterlagen aufzusehen.

»Tiberius Cavallo, *The History and Practice of Aerostation*.«

Der Erfinder hielt inne. Dann erhob er sich und trat neben sie an das Pult, um sich selbst von dem Titel zu überzeugen.

Milou deutete auf die Überschrift und den Namen des Autors.

»Warum hast du gerade das ausgewählt?«

»Vater und ich lesen gerne Zeitung und er hat mir in *La Presse* den Artikel über deine Fahrt mit dem Luftschiff gezeigt.« Sie nahm den Hut vom Kopf, auch wenn sie in ihrem Inneren die Empörung ihrer Hauslehrerin hörte. Doch die Nadeln hatten sich tief in ihre Kopfhaut gebohrt und sie konnte bei dem stechenden Schmerz keinen klaren Gedanken fassen. Dabei hatte sie sich vorgenommen, mit ihren Worten sehr behutsam umzugehen, um dem besten Freund ihres Vaters nicht zur Last zu fallen.

»Aber warum willst du dieses Buch lesen?« Giffard tippte mit dem Zeigefinger immer wieder kraftvoll auf die aufgeschlagene Seite. »Verstehst du etwas von diesen Dingen?«

»Von der Aeronautik?«

»Ja, von der Dichte der Stoffe und den Winden, von den Meeren der Lüfte und von der Luftschifffahrt!«

Sie schüttelte den Kopf und spürte, wie sich ihre Wangen wieder röteten. »Aber ich wollte gerne verstehen, an was Sie arbeiten. Es tut mir leid, wenn ich Sie verärgert habe.« Milou senkte den Kopf und wartete auf Giffards Reaktion. Würde er sie auslachen oder würde er sie wieder nach Hause schicken, weil sie zu viel gewagt hatte?

Schnell presste sie die Lippen aufeinander, um nicht noch etwas zu sagen, das ihr die Zeit in Paris verderben könnte. Noch in der Kutsche hatte sie sich selbst ermahnt, bescheiden und höflich, zurückhaltend und still zu sein, wie es ihre Hauslehrerin ihr mit Schlägen auf den Handrücken immer wieder eingebläut hatte.

Doch Giffard lachte nicht und er schickte sie auch nicht zornig aus dem Haus, sondern legte seine Hand auf ihre Schulter.

»Solange du in meinem Haus wohnst, bin ich dein Onkel Henri. Du darfst in jedem Buch lesen, das dich interessiert, und alles fragen, was du wissen möchtest.« Seine Stimme klang rau und etwas tiefer als vorher. »Ich hoffe, deiner Mutter geht es bald wieder besser, aber du darfst keinen Zweifel daran haben, wie sehr ich mich über deine Gesellschaft freue.«

Milou konnte darauf nicht antworten. Erleichterung durchströmte sie und machte Platz für Vorfreude und Neugier auf diese riesige summende Stadt, die sich jeden Tag veränderte und außerhalb des Hauses auf sie wartete. Aber mit dem Gedanken an ihre Mutter kam auch die

Angst um deren Leben zurück und die Scham darüber, dass sie nach den vielen Monaten am Krankenbett erleichtert darüber war, dass ihr Vater sie für eine Zeit nach Paris geschickt hatte.

Sie nahm die Hand des Mannes, der ihr den Aufenthalt ermöglichte, und drückte sie dankbar. Dann ging sie zurück in den Flur, um sich ihr Zimmer anzusehen und ihre Sachen auszupacken.

Bevor sie die Tür hinter sich schloss, rief Giffard nach ihr. »Milou, kannst du dieses Buch wirklich lesen? Cavallo war Italiener und hat in England gelebt. Sprichst du englisch?«

»Vater hat mit mir französisch gesprochen und Mutter italienisch, damit ich die alten Briefe ihrer Familie lesen kann. Meine Amme kam aus Deutschland und wir hatten ein englisches Hausmädchen, damit ich auch mit dieser Sprache vertraut werde. Die Hauslehrerin hat mich in Spanisch und Latein unterrichtet. Aber darin bin ich nicht sehr sicher.«

Giffard nickte. »Ich habe ganz vergessen, wie wissbegierig ihr jungen Leute sein könnt«, bemerkte er schmunzelnd. »Wenn du das Buch gelesen hast, werden wir uns über Cavallo unterhalten. Ich bin sehr gespannt auf deine Meinung zu seiner Theorie.«

Kapitel 4

Auf die geprüfte Ballonhülle legst du ein Netz, das aus Hanfschnüren geknüpft ist. Überprüfe alle Knoten, damit der Seidenstoff nicht durch scheuernde Seile beschädigt wird.
(M. Bateaux)

»Schwester?«, flüsterte eine Frau.

Im warmen Nebel, der stets durch die Waschküche zog, erkannte Marie das rundliche Gesicht der Köchin und winkte sie zu sich.

Als Eugenie neben sie trat, tauchte sie gerade die weißen Schleier der jungen Nonnen in das heiße Wasser. Sie hatte nie versucht, sich die offiziellen Bezeichnungen der Kleidung zu merken, aber sie beneidete die beiden Mädchen, die noch das weiße Tuch auf dem Kopf tragen durften, das weicher war als ihr schwarzes und unter dem die Hitze sich im Sommer nicht staute.

»Schwester Marie, ein Mann streift durch das Dorf und stellt seltsame Fragen.« Die Köchin hatte ihr ins Ohr geflüstert.

Marie ließ die Tücher in das heiße Wasser sinken und

drehte sich zu der alten Frau um. »Warum erzählst du mir das?«, wollte sie wissen.

»Er fragt nach einem Mann, der sich vor vielen Jahren hier in der Gegend versteckt haben soll und wichtige Papiere bei sich hatte. Kostbare Karten und Zeichnungen, die er gestohlen hat.«

Mühsam unterdrückte Marie ein empörtes Schnaufen. Sie wusste, wen der Mann suchte, aber es hatte nie einen Diebstahl gegeben. Das war eine Lüge, die der Wahrheit nicht annähernd gerecht wurde. Aber vermutlich half diese Geschichte dem Mann eher, das zu bekommen, was er seit vierzehn Jahren begehrte.

»Aber warum erzählst du mir das, Eugenie? Ich bin nicht die Bibliothekarin des Hauses und verstehe nichts von Pergament und Papier.«

Als die Köchin ihr antwortete, berührte sie mit den Lippen fast das Ohr der Nonne, weil sie sich so weit zu ihr herüberneigte. »Der Mann hat eine Zeichnung von einem Medaillon, an das ich mich erinnere. Es lag um den Hals des Säuglings, den Sie vor vierzehn Jahren mit sich ins Kloster gebracht haben.«

Marie schnappte nach Luft und zerrte an ihrem Kragen. Diesmal half es nichts, und sie riss den schwarzen Schleier vom Kopf und schüttelte ihre langen schwarzen Locken, die schon seit vielen Jahren kein anderer Mensch mehr gesehen hatte.

»Meine Schwester hat Angst vor dem Mann, deshalb will ich Sie warnen. Ich lasse nicht zu, dass einem unserer Kinder etwas passiert.« Sie stemmte beide Fäuste in ihre runden Hüften.

Marie strich sich mit ihren feuchten Händen das wirre Haar aus dem Gesicht. Die Antwort auf Eugenies Bekenntnis blieb ihr im Hals stecken. Was konnte sie der alten Köchin schon sagen? »Ich danke dir«, krächzte sie schließlich und erschrak über den seltsamen Klang ihrer Stimme. Nach vierzehn Jahren hatte er sie schließlich gefunden und würde keine Ruhe geben, bis ihm in die Hände fiel, was sie so sorgsam vor ihm versteckt hatte.

»Schwester Marie«, begann die Köchin und legte ihr einen Arm um die Schulter. »Kann ich irgendwie helfen?«

Sie schüttelte den Kopf. Als Erstes musste sie den Jungen im Auge behalten, damit er sich nicht selbst in Gefahr brachte. Außerdem durfte er keine Lehrstelle bekommen, bei der er dem Mann auffiel. Sie musste ihn beschützen, sonst waren die vielen Jahre in diesem Kloster vergebens gewesen. Schließlich war sie nicht nur für ihre eigene Buße in die unbequeme Kutte geschlüpft.

Die Köchin unterbrach ihre Gedanken, als sie den Arm von der Schulter der Nonne zurückzog. Marie erschrak. Sie kniff sich kräftig in die Wange, um sich in diesem nebligen Raum wieder aus den Tagträumen zu rufen, und trat einen Schritt von der alten Frau zurück, denn Tränen brannten in ihren Augen.

Marie hatte seit vierzehn Jahren niemandem mehr vertraut und sie würde auch heute nicht mit dieser lebensnotwendigen Gewohnheit brechen. Am liebsten wäre sie Eugenie vor Dankbarkeit um den Hals gefallen, aber das konnte sie nicht tun. Niemand durfte sie in einem schwachen Moment erwischen. Schließlich hatte sie ein Geheimnis, das sie niemals preisgeben durfte.

Eigentlich war Marie keine Nonne, denn sie hatte niemals ein Gelübde abgelegt. Aber die freundliche Köchin und auch die anderen Schwestern ahnten das nicht, denn sie war zusammen mit anderen nach der großen Choleraepidemie in der Tracht einer Benediktinerin zu dem verlassenen Kloster gekommen und hatte geholfen, Säuglinge und Kinder aus den leeren Häusern zu bergen und hier aufzunehmen.

In ihrem alten Leben hatte sie Unglück gebracht über die, die sie liebte. Deshalb hatte sich Marie an die Regeln des Ordens gehalten, denn sie wollte Buße tun für dieses frühere Leben. Und sie wollte das Kind beschützen, dem sie das Medaillon um den Hals gelegt hatte. Marie seufzte und lehnte den Kopf gegen die weiche Schulter der alten Köchin. Nur für einen kurzen Augenblick. Dann musste sie sich ihrer Vergangenheit stellen, die ihr heute bedrohlich nah gekommen war.

※

Gemeinsam betrachteten sie die Gegenstände, die Albert aus den Tiefen seiner Taschen hervorgeholt hatte.

»Wo findest du diese Schätze? Wir sind doch fast den ganzen Tag zusammen unterwegs. Nur in der Arbeitsstunde …« Benedict betrachtete einige lange Federn, deren Kiele mit Tinte verschmiert waren. Dann wühlte er zwischen Steinen und Murmeln, prüfte eine Zwille und eine Schleuder, schob das Messer und die Nadeln beiseite und entdeckte schließlich ein kleines Knäuel, das ihm hilfreich erschien.

»Ein dünnes Lederband, das könnte klappen.« Albert entrollte das Knäuel und stopfte dann seine Schätze wieder in die verschiedenen Taschen von Hose und Hemd, während Benedict das Leder zurechtschnitt und ein Netz aus den Stücken knotete. Als es fertig war, legte er es über den Stoffballon.

Obwohl Benedict das Tuch mit viel Abstand über die Flamme hielt, wollte der Ballon nicht aufsteigen. Bald schmerzten seine Arme, und er wechselte immer wieder die Hände, mit denen er den Stoff festhielt.

»Es funktioniert nicht«, stellte er schließlich fest.

»Aber diesmal muss er fliegen, denn er sieht aus wie der Ballon der Brüder Montgolfier, den ich für die Hütte abgezeichnet habe«, behauptete Albert und schürte das Feuer. Als er den letzten Stock in die Flammen geworfen hatte, ließ Benedict den Arm sinken. Die Luft in der Hütte war trotz der zerbrochenen Fenster und des undichten Daches stickig und verräuchert. Benedicts Arme taten weh, und obwohl er darauf geachtet hatte, den Flammen nicht zu nahe zu kommen, zierten unzählige Brandlöcher sein Hemd.

»Die Hülle ist zu schwer. Wenn wir Hanf hätten, aus dem man ein leichtes, dünnes Netz knoten könnte …« Benedict drehte sich um, aber sein Freund war verschwunden. Vermutlich hatte er sich auf den Weg gemacht, um neues Holz zu besorgen.

Draußen vor der Tür betrachtete Benedict den Himmel. Die Sonne berührte beinahe das Dach der Kirche. Es würde nicht mehr lange dauern, bis die Nonnen sie hineinriefen.

Rasch löste er die Knoten, breitete die Schnüre auf dem steinigen Boden aus und teilte das Lederband mit seinem

Messer in immer dünnere Streifen. Die anderen Jungen trieben sich nicht mehr am Friedhof herum, aber Benedict hörte die Mädchen hinter den Eichen kichern.

Mit den dünnen Bändern knüpfte er wieder ein Netz, das er über das Tuch legte. Doch in dem Moment, in dem er den Ballon über das Feuer hielt, schrie draußen ein Mädchen auf. Benedict zuckte erschrocken zusammen und auch dieser Ballon ging in Flammen auf. Wütend trat er vor die Hütte und entdeckte Albert, der die Mädchen zwischen Mauerresten und Obstbäumen jagte und dabei eine tote Maus über seinem Kopf schwenkte. Benedict fluchte. Er hatte nur noch ein Tuch übrig und das Leder war mit entsetzlichem Gestank verbrannt und lag nun als schwarzer Klumpen mitten in dem Dreck der Hütte. Es war wie verhext. Wie sollte er untersuchen, ob Rauch den Ballon nach oben tragen konnte, wenn die Tücher immer gleich verbrannten? Nun blieb ihm nur noch eines übrig: Nachdem er kräftig gegen den Stamm einer Eiche getreten hatte, um seine Wut nicht an Albert auszulassen, ging er zurück in die Hütte und begann, aus dem letzten Stück Stoff einen Ballon zu nähen.

»Es ist nicht dicht genug.«

Benedict drehte sich um. Albert stand mit verschränkten Armen hinter ihm und sah auf ihn herunter.

»Ich muss eine neue Hülle nähen, weil …«

Doch Albert ließ ihn nicht ausreden. Er hockte sich neben ihn und riss ihm den Stoff aus der Hand.

»Das Tuch ist nicht dicht genug. Der Rauch kann wieder aus der Hülle heraus.«

»Was soll das? Die Nähte sind doch noch gar nicht fertig!« Benedict ballte die Hände zu Fäusten und konnte sie kaum bei sich behalten. Erst hatte ihm Albert mit seinen Albernheiten das Experiment versaut und nun redete er wirres Zeug und hielt ihn von der Arbeit ab. Der Wunsch, seine Faust gegen Alberts Oberarm zu rammen, war fast unbändig.

»Nein, es liegt nicht an den Nähten.« Albert legte das Tuch über sein Gesicht und sprach weiter. »Ich kann atmen. Die warme Luft, die aus meiner Nase kommt, kann durch das Tuch hindurch.«

Benedict ließ seine Fäuste sinken. Albert hatte recht. Der Stoff war zu durchlässig, aber er hatte auch noch ein anderes Phänomen entdeckt.

»Wir brauchen anderen Stoff und es muss kein Rauch sein.«

Inzwischen hatte Albert das Taschentuch von seinem Gesicht genommen und starrte seinen Freund mit offenem Mund an.

»Natürlich!«, rief er plötzlich. »Der Rauch ist schwarz, weil die Brüder Montgolfier Schuhe verbrannt haben, aber Luft kann sich auch anders erwärmen. Im Winter siehst du die Wölkchen beim Ausatmen, aber auch jetzt ist die Luft, die ich ausatme, wärmer, obwohl sie keine andere Farbe hat.« Er hielt die Hand vor seinen Mund und atmete immer wieder ein und aus.

»Aber auch wenn die warme Luft leichter ist als die kalte und wir keinen Gestank brauchen, so bleibt unser Problem die Hülle.«

»Genau.« Albert lehnte sich an die Wand der Hütte. Sein Gesicht war blass geworden und er schloss einen Moment die Augen. »Die Luft muss in der Hülle bleiben«, murmelte er und drückte die Hand auf seinen Bauch, als würde er sich gleich übergeben.

Benedict sah sich fieberhaft um. Eine Aufregung hatte von ihm Besitz ergriffen, die er schon einige Male gespürt hatte. Und meist hatte er dann auch genau den einen Fehler gefunden, der ein Experiment scheitern ließ, oder sich einen Zusammenhang erklären und das Rätsel endlich lösen können.

Seine Wangen röteten sich, er atmete schneller, ohne es zu wollen, und seine Finger wurden heiß und schwitzig. Die Hülle musste aus einem Stoff sein, der die warme Luft nicht nach außen entweichen ließ.

Benedict betrachtete die verkohlten Lederschnüre und erinnerte sich an etwas, das Albert ihm erzählt hatte, als er das erste Mal der Nonne in der Bibliothek zugeteilt gewesen war.

»Pergament ist doch ganz dünnes Leder, oder?«

Albert öffnete die Augen und nickte.

»Können wir welches besorgen?«

Kapitel 5

Du stellst hundert Ledersäcke, die mit feinem Sand gefüllt sind, in einem großen Kreis auf die flach ausgebreiteten Seidenbahnen. Sie halten den Ballon am Boden fest, wenn er sich mit Gas füllt und langsam aufrichtet. Jeder Sandsack wiegt 15 Kilogramm, aber nur zwanzig von ihnen gehen später als Ballast mit auf die Reise.
(M. Bateaux)

Es war fast Mitternacht, als die Kinder im Schlafsaal der Jungen endlich in ihren Betten lagen und schliefen. Nur Emile warf sich auf seiner dünnen Matratze hin und her, wobei er unverständliche Worte vor sich hin murmelte. Benedict und Albert hatten ihre Betten verlassen und schlichen auf Zehenspitzen zwischen den anderen hindurch. Sie schlossen die Tür leise hinter sich und entzündeten die restlichen Kerzenstummel, die nicht in Alberts Topf explodiert waren. Die beiden lauschten. Doch alles blieb still in den alten Gemäuern, bis auf die Marder, die mit leisem Getrappel über den Dachboden huschten. Dann machten sich die Freunde auf den Weg und die nackten Füße tapsten gespenstisch laut auf den Fliesen im Flur. Immer wieder hielten sie an, um zu horchen, ob sie die Einzigen waren, die um diese Zeit durch das Kloster streiften. Über die breite Treppe gelangten sie in das Erdgeschoss. Albert blieb kurz stehen und warf einen Blick auf die grüne Tür, die zu den Schlafsälen der Mädchen führte. Dann wandte er sich grinsend an Benedict.

»Wir gehen wohl besser weiter«, flüsterte er und deutete auf die weißen Mauern, die sich über den Weg zum Speisesaal wölbten. Dann standen sie vor der Eingangstür. Albert streckte die Hand aus und griff nach dem großen eisernen Knauf. Er drückte ihn herunter und das Quietschen hallte von der Decke und den Wänden wider. Doch die Tür bewegte sich nicht.

Benedict drängte seinen Freund zur Seite und umklammerte den Griff. Der Riegel knarzte, aber die Tür blieb verschlossen. Verzweifelt warf sich Benedict gegen die Tür. Das durfte nicht schon das Ende ihrer Reise sein. Er musste Pergament bekommen, um sein Experiment aufzubauen. Immer wieder stieß er mit der Schulter gegen das alte Holz, bis Albert ihn zurückriss und von der Tür wegzog.

»Bist du verrückt geworden? Was machst du denn für einen Lärm?«, zischte er.

Benedict hielt den Atem an und lauschte. Als es im Haus still blieb, rieb er sich leise fluchend die schmerzende Schulter. Dann drehte er sich um, aber er war allein.

»Albert«, flüsterte Benedict. Mit dem Freund war auch das flackernde Licht des Kerzenstummels verschwunden. Die Sterne tauchten den Innenhof in silbernes Licht und durch die Fensteröffnungen fiel es in den Gang. Doch es reichte kaum aus, um die eigene Hand zu sehen. Benedict trat auf die Tür zu, blieb dann aber unschlüssig stehen und ging wieder ein paar Schritte zurück. Er hielt den Atem an und lauschte. Dann tauchte Alberts Gesicht endlich in der Dunkelheit auf. »Ich habe einen Weg gefunden«, flüsterte er und führte ihn in den Speisesaal. Dort gingen sie an den langen Tischen vorbei zur Küche. Die Tür stand offen und durch ein breites Fenster hinter dem Herd fiel das Licht der Sterne herein und funkelte auf den blank geriebenen Töpfen und Pfannen.

In dem fahlen Licht wirkte alles größer als am Tage. Die Pfannen und Töpfe, die in der Mitte des hohen Raumes über der Feuerstelle hingen, schienen sich leicht hin und her zu wiegen. Neben den Spülbecken lagen die großen Bretter, auf denen die Frauen das Gemüse für die Suppe schnitten.

Leise durchquerten sie den Raum. Albert hatte zuvor schon einen Riegel weggeschoben und eines der Fenster nach außen aufgedrückt. Nun kletterte er hinaus und Benedict folgte ihm.

Die gemauerten Stümpfe, die aus dem Boden ragten und von den vielen Nebengebäuden des Klosters zeugten, warfen flache Schatten auf den Rasen. Bevor die Steine weggeholt worden waren, musste das Kloster ein prächtiger Ort gewesen sein, an dem die Nonnen eine Bäckerei und eine Mühle betrieben hatten und es viele verschiedene Ställe für die Tiere gab.

Benedict seufzte leise, als er sich die prachtvollen Gebäude und die fleißige Geschäftigkeit von zweihundert Menschen vorstellte. Dann lief er an der Mauer des Wohnhauses entlang auf die hohen Türme der Kirche zu. Hinter der Pilgerherberge, die erstaunlicherweise den Abbau der Steine überlebt hatte, befand sich eine Seitentür zur Kirche, die selten verschlossen war. Denn in dem kleinen Haus, das früher den Pilgern offen stand, waren die wenigen Nonnen einquartiert, die einige Jahre nach ihrer Vertreibung zurückgekehrt waren, um sich der Waisenkinder anzunehmen. Sie mussten auch in der Nacht in die Kirche gehen, wenn es Zeit für das Gebet war.

»Nein!«, zischte Albert direkt hinter ihm. »Wir können doch nicht durch die Kirche gehen!«

»Warum nicht?« Benedict blieb stehen und schüttelte verwirrt den Kopf. »Das ist der kürzeste Weg. Die Bibliothek liegt auf der anderen Seite und wir müssten an der Schule und dem Haus der Äbtissin vorbei und um die ganze Kirche herumlaufen.«

»Es ist ganz schön unheimlich mit den ganzen Figuren, die einen angucken. Das ist schon am Tag unheimlich.« Albert klang ganz verzweifelt. Benedict sah sich zu seinem Freund um, damit er in seinem Gesicht den Schalk blitzen sehen konnte. Aber sein Gesicht wirkte ernst und Benedict sah darauf nicht einmal die Andeutung eines schelmischen Lächelns. Albert hatte wirklich Angst.

»Aber es sind doch nur Figuren aus Holz und Stein«, versuchte Benedict den Freund zu beruhigen, und streckte die Hand nach der Tür aus. Doch Albert schüttelte hektisch den Kopf.

»Das sind Heilige«, beharrte er.

»Es sind bloß Figuren. Die Menschen sind längst tot. Die Statuen sollen uns nur an ihre Taten erinnern.«

»Warum müssen wir sie dann anbeten?«

»Müssen wir das?« Benedict kratzte sich am Hinterkopf. Hatten sie ihm das aufgetragen? Nicht selten träumte er im Unterricht und bei der Arbeit vom Fliegen und dachte über seine Experimente nach. Einige Nonnen leiteten den Unterricht in der Schule und teilten den Kindern am Nachmittag Aufgaben zu. Die anderen kümmerten sich nicht weiter um die Kinder, bewirtschafteten aber den Garten und liefen mehrmals am Tag und in der Nacht singend und betend in die Kirche. Ein Schrecken durchfuhr ihn. Wann würden sie wieder aufstehen? Doch nicht vor Sonnenaufgang, oder? Er hatte nie darauf geachtet, wenn er halb schlafend, halb wach in der Ferne den wohlklingenden, mehrstimmigen Chor der Frauen gehört hatte.

»Wir müssen uns beeilen«, drängte er Albert. »Das ist der kürzeste Weg in die Bibliothek.« Benedict drückte die Klinke herunter.

Hinter ihm keuchte Albert leise, doch sonst geschah nichts. Benedict starrte die Tür an. Er wagte nicht, sich dagegen zu werfen.

Wie konnte die Kirche verschlossen sein? Damit hatte er nicht gerechnet. Aber natürlich waren viele wertvolle Gegenstände darin. Im fahlen Licht der Nacht erkannte Benedict die Erleichterung im Gesicht seines Freundes.

Hintereinander liefen sie an den hohen Mauern entlang, um den ersten Turm herum zum Haupteingang mit den großen breiten Treppenstufen, dann um den anderen Turm herum und an der Rückseite der Kirche entlang bis zur Bibliothek. Hier warf die Kirche ihre langen Schatten und von dem Mond sahen sie nichts mehr.

Obwohl es auf dieser Seite der Kirche finsterer war, fühlte sich Albert in der Nähe der Bibliothek offensichtlich wohler. Forsch lief er voraus, spähte in Nischen, griff nach Fensterriegeln und drückte Klinken herunter, bis er schließlich ein Fenster fand, das er öffnen konnte. Benedict stolperte ihm hinterher und drückte sich dabei noch dichter an die Mauer. Es fiel kein Licht durch die Fenster der Kirche, sie waren erst einmal sicher. Trotzdem fühlte er sich unwohl und sehnte sich nach seiner kratzigen Bettdecke und der dünnen Matratze. Aber die Neugier trieb ihn voran. Bislang hatten sie auch in der aussichtslosesten Lage immer einen Weg gefunden, sich nicht erwischen zu lassen und der Strafe zu entgehen.

Also folgte Benedict dem Freund durch das Fenster und sah sich um. Er selbst war noch nie in diesem Teil des Klosters gewesen, da er ein sehr langsamer Leser war und beim Vorlesen immer wieder stockte und sich verhaspelte. Die Bibliothekarin wünschte sich für die Arbeitsstunde, wenn die Kinder im Alltag des Klosters helfen mussten, meist Albert oder Emile. Aber an den Pulten, den Federn und Tintenfässern und den vielen aufgeschlagenen Büchern erkannte auch Benedict, wo sie sich befanden. Sie waren in der Schreibstube des Klosters. Früher waren hier Bücher abgeschrieben und kunstvoll verziert worden, aber seit es Druckpressen gab, schrieben die Nonnen hier meist nur Briefe oder fertigten Listen von den Büchern an, die in der Bibliothek geblieben waren, als das Kloster damals geschlossen worden war. Benedict sog den fremden Geruch tief ein. Hier musste es viele Bögen Pergament geben.

»Albert«, flüsterte er und zeigte auf die Schreibpulte, als

der Freund an der Wand entlang zu einem Regal an einer der Türen eilte. Aber er wartete nicht, bis er zurückkam, sondern begann, die Deckel der Tische hochzuklappen. Hier musste es doch auch unbeschriebenes Pergament geben, das niemand vermissen würde.

Auf den meisten Tischen lagen zu Benedicts Überraschung beschriebene Bündel zum Trocknen aus. In dem spärlichen Licht, das durch die Fenster fiel, leuchteten die feuchten Farben der Tiere, Blumen und Ranken, die die Ränder der Seiten verzierten. So etwas hatte Benedict noch nie gesehen, und er fragte sich, was der Tinte zugemischt wurde. Selbst ohne das kräftige Sonnenlicht schienen sich ihm die Tiere auf der einen Seite entgegenzubeugen. Die Gebäude auf einer anderen Seite waren mit unzähligen winzigen Details verziert, und Benedict erkannte immer kleinere Wasserspeier, Blumen und Mauerfugen, als er sich über den Tisch beugte und mit der Nase fast das Pergament berührte. Dann hörte Benedict Alberts schlurfende Schritte hinter sich und hob den Kopf. Als der Freund fast bei ihm angekommen war, stolperte er und streckte die Hände aus. Doch er konnte weder Benedicts Arm noch das Pult erreichen und fiel auf den Boden.

»Scht«, raunte Benedict, weil Albert nicht aufhörte, leise zu fluchen.

»Irgendetwas war auf dem Boden«, flüsterte er vorwurfsvoll.

»Pass besser auf, damit uns niemand hört.«

»Es ist dunkel und hier ist ...« Albert tauchte hinter dem Pult wieder nach unten und tastete auf dem Boden herum.

Benedict schüttelte ärgerlich den Kopf.

»Was machst du denn da? Lass uns ein unbeschriebenes Stück Pergament suchen und verschwinden.« Denn Benedict würde es nicht über sich bringen, diese wunderschönen Zeichnungen mit dem Messer zu zerschneiden, und außerdem würde das Fehlen der Seiten unverzüglich von der Künstlerin bemerkt werden. Benedict wandte sich dem nächsten Tisch zu.

»Hier ist eine Diele etwas erhöht«, brummelte Albert zu seinen Füßen. »Deshalb bin ich gefallen.« Er schob das Pult ein Stück zur Seite und das Holz schrammte laut über den Fußboden.

Benedict zuckte bei dem Geräusch zusammen. »Sei doch endlich leise!«, raunte er. »Hilf mir lieber beim Suchen!«

»Hier ist ein kleiner Griff!«, rief Albert triumphierend.

»Was machst du denn für einen Lärm?« Auch Benedicts Stimme war jetzt viel zu laut, und er hielt ängstlich den Atem an, um zu lauschen.

Doch in dem Moment krachte es, und er hörte Albert schnaufen, als der an einer Diele zog. Es gelang ihm, sie zu lösen, und er taumelte zurück, wobei er das Holz auf Benedicts Zehen fallen ließ. Der biss die Zähne zusammen, um nicht laut zu schreien, und kniete sich neben den Freund, um ihn zum Fenster zu schieben. Sonst würde der Kerl noch alles verderben und ihm jede Chance auf einen Bogen Pergament zerstören.

»Hier ist ein geheimes Versteck«, flüsterte Albert. Doch dann hörten sie ein Scharren in einer anderen Ecke des Raumes und durch eine geöffnete Tür fiel das Licht einer Öllampe in die Schreibstube.

»Was habt ihr hier zu suchen, dreckiges Gesindel?«

Benedict erkannte die derbe Stimme der Nonne, die sich um den Garten kümmerte, und hielt den Atem an. Was auch immer sie hier in der Schreibstube wollte, sie würde die beiden Jungen entdecken, wenn sie noch einige Schritte mit ihrer Lampe in den Raum hineintrat. Doch sie schien zu zögern, denn er hörte nichts und der Lichtschein veränderte sich nicht. Albert stieß ihn in die Seite, stopfte etwas unter sein Hemd und kroch auf allen vieren zurück zum Fenster. Er war schon auf den Rasen darunter gesprungen, als Benedict sich endlich in Bewegung setzte. Er stand auf, rutschte mit dem Fuß in das Loch im Boden und fiel der Länge nach auf den hölzernen Fußboden. Er hatte wertvolle Zeit verloren und nun hörte er Schritte. Hastig rappelte er sich auf und hechtete zum Fenster. Der Lichtschein kroch über den Fußboden auf ihn zu. Benedict stemmte sich auf das Fensterbrett und ließ sich hinausgleiten, doch da packte eine Hand nach seiner Schulter und hielt ihn fest.

Im Mondlicht sah die Hand gespenstisch aus. Sie war mager und knochig und die weiße Haut war übersät mit dunkelbraunen Flecken. Obwohl Benedict keinen Widerstand leistete, folgsam wieder in die Schreibstube hineingeklettert war und nun neben der Nonne herging, krallten sich die Finger unverändert fest in seine Haut. Benedict presste die Lippen zusammen, um nicht zu verraten, wie schmerzhaft der Griff der alten Frau war, und versuchte, den Kopf zur Seite zu drehen. Die Nonne stank fürchterlich nach Zwiebeln und Knoblauch, als hätte sie ihren ganzen Körper damit eingerieben. Auf dem Weg zum Haus der Äbtissin fragte sich Benedict, welche Strafe er für das nächtliche Herumstreifen erhalten würde, und verfluchte im Geheimen die alte Kräuterhexe, die doch nur für die Gärten zuständig war und keinen Grund gehabt haben konnte, nachts durch die Schreibstube zu spazieren. Was hatte sie dort überhaupt gewollt? Sie traten ins Freie. Feuchter Nebel war von den Feldern zu den Gebäuden herübergezogen und kroch unter den dünnen Mantel, den Benedict über sein Nachthemd gezogen hatte. Er wollte sich lieber nicht vorstellen, was ihm von der Äbtissin blühte, die das Waisenhaus leitete und das Oberhaupt der Nonnen und der Arbeiterinnen war, die hier beschäftigt waren. Er wusste nicht einmal, ob es den Jungen aus dem Waisenhaus gestattet war, das Haus zu betreten, in dem sie und einige andere Nonnen schliefen, aber er bezweifelte es stark.

Als sie im Eingang standen, erwartete Benedict für einen kurzen verrückten Augenblick, dort auf Albert zu treffen, der ihn mit einer gewagten Lügengeschichte rettete. Stattdessen trat Marie ihnen in den Weg. Die Alte stutzte kurz, wollte sich dann aber an ihr vorbeizwängen und auf die große Tür am Ende des Flurs zusteuern. Aber Marie hob die Hand, und das reichte aus, um die andere Schwester aufzuhalten.

»Lass uns durch, Marie! Ich muss ihn zur Äbtissin bringen.« Die Alte lächelte gehässig und zeigte ihre schiefen gelben Zähne. Benedict schauderte bei dem Anblick und hielt den Atem an, weil sie ihn dichter zu sich gezogen hatte und der Geruch von Zwiebeln und Knoblauch unerträglich wurde.

Dann schlug die Glocke in der Kirche und ein halbes Dutzend Schwestern trat auf den Flur. Die Frauen hatten ihre Kapuzen gegen die kühle Nachtluft weit ins Gesicht gezogen und gingen wortlos an der kleinen Gruppe vorbei in den überdachten Gang, der zu der Seitentür der Kirche führte. Eine große schlanke Frau blieb stehen und streifte die Kapuze von ihrem Kopf. In der Stirn sah Benedict ihr weißes Haar; unter dem Kopftuch war es zu einem Zopf geflochten. Sie hatte eine lange gerade Nase, und obwohl sie kaum größer war als Benedict, schaffte sie es, auf ihn herabzusehen.

»Er ist ins Skriptorium eingebrochen«, verkündete die Kräuterhexe boshaft und zeigte mit ihrem langen Zeigefinger auf ihn, während sich ihre andere Hand noch immer schmerzhaft in seine Schulter grub.

»Es ist ein Junge aus dem Waisenhaus«, erklärte Marie. »Ich kümmere mich darum, Mutter Angèle.«

Die Äbtissin musterte Benedict noch einen Augenblick, aber als die Glocken verstummten, nickte sie kurz und eilte den anderen Frauen hinterher.

»Du bist zu weit gegangen«, sagte Marie und blickte Benedict endlich in die Augen. Die Enttäuschung, die er darin sah, traf Benedict wie ein Schlag und schmerzte mehr als die Krallen der Alten.

Er nickte. »Es tut mir leid«, murmelte er und starrte auf den Boden. Statt der großen grauen Steine, die in der Kirche lagen, waren hier raue Holzbretter mit unsauberen Kanten ausgelegt, zwischen denen leicht eine Maus verschwinden konnte.

»Das ist diesmal nicht genug.« Quälend langsam schüttelte Marie den Kopf und Benedict wäre gerne zwischen den großen Fugen des Fußbodens versunken.

»Er hat das Gebot des Herrn gebrochen und gestohlen«, keifte die Alte.

Marie beugte sich vor und betrachtete seine leeren Hände. Die Alte ließ endlich seine Schulter los und stieß ihn nach vorne.

»Ich habe es verhindern können, aber er hat das Gebot des Herrn gebrochen«, beharrte sie.

Seufzend zog Marie einen Bund mit großen Schlüsseln aus ihrem Umhang.

»Der Karzer«, stellte die Alte zufrieden fest und rieb ihre dürren Hände aneinander. »Eine gute Wahl! Vergiss die Schläge nicht!«

Aber Marie achtete nicht auf die andere Nonne, sondern nahm eine Öllampe aus einer Wandhalterung und trat durch die Eingangstür in die Nacht hinaus. Als die Kräuterhexe ihre Klauen nach ihm ausstreckte, duckte sich Benedict darunter hinweg und folgte Marie rasch nach draußen. Die Alte rief ihm noch etwas hinterher, aber er verstand nichts von ihrem boshaften Gekeife.

Der Mond war vollständig von dicken Wolken verborgen, aber das Licht der Kerzen, die die Nonnen in die Kirche getragen hatten, fiel durch die großen Fenster und erhellte ihren Weg. Das Gebäude, in dem die Waisenkinder und auch die Jungen aus dem Dorf unterrichtet wurden, lag direkt neben dem Haus der Äbtissin.

Marie hob mit der einen Hand die Lampe an und schüttelte mit der anderen den Bund, um den richtigen Schlüssel zu fassen zu kriegen. Das Klirren des Metalls ließ Benedict erschaudern. Im Schatten der Kirche klang es durchdringend und fremd. Dann begannen die Nonnen in der Kirche wieder zu singen und ihre Stimmen tönten dumpf durch die dicken Mauern. Endlich drängte sich der Mond hinter den Wolken hervor und zu den flackernden Schatten der Kerzen und der Öllampe kamen durch das silberne Mondlicht neue dazu.

Schwester Marie berührte Benedict an der Schulter, und er zuckte mit dem Gefühl zusammen, als wäre er gerade aus einem märchenhaften Traum erwacht. Die Tür zur Schule stand weit offen und die Hand an seiner Schulter schob ihn sanft in das Gebäude. Benedict trat hinein und sah sich um. Vor ihm lag der Flur, der zu den drei Schulräumen führte, aber links neben ihm gab es noch eine schwere Eichentür, an der er schon unzählige Male vorbeigegangen war. Zusammen mit Albert hatte er schon fast alle Gänge und Ecken des Klosters erkundet, aber diese Tür hatte er im Vorbeigehen nie beachtet und fragte sich nun, warum.

Vermutlich war er immer davon ausgegangen, dort nur ein paar verschrumpelte Äpfel zu finden, die man eingelagert hatte, als das Kloster noch von Dutzenden Nonnen bewirtschaftet worden war und der Käse und die Handschriften, die hier angefertigt wurden, bis an die Grenzen des Landes berühmt gewesen waren.

Marie trat neben ihn, schüttelte wieder ihren Bund und öffnete dann mit einem rostigen fingerlangen Schlüssel die Tür. Eine schmale Treppe lag finster vor ihnen.

Benedict drehte sich zu der Schwester um und sah sie flehend an. Dabei versuchte er, beschämt und ängstlich zugleich auszusehen, und es fiel ihm nicht schwer. Marie wusste, wie sehr er die Dunkelheit verabscheute und welchen verzweifelten Kampf er im Schlafsaal um das Bett am Fenster geführt hatte.

»Du kannst nicht immer wieder die Vorschriften übertreten«, stellte sie leise fest. »Ich hätte dich viel früher bestrafen müssen. Dann hättest du dich besser an die Regeln halten können. Das ist meine Schuld und es tut mir leid.«

Benedict sah ihr in die Augen. Es war nicht ihre Schuld. Er hatte einen Einbruch in Kauf genommen und bewusst gegen die Regeln des Waisenhauses verstoßen. Dieses Experiment musste er einfach machen, dagegen konnte er sich nicht wehren. Nichts würde ihn davon abhalten, noch einmal zu versuchen, irgendwie an Pergament zu kommen und vielleicht sogar noch einmal einzubrechen. Davon würde ihn auch Schwester Marie nicht abhalten, obwohl er sie sehr gernhatte. Es war also nicht ihre Schuld. Das alles wollte er ihr sagen, aber er konnte es nicht.

Sie war bereit, ihm das Schlimmste anzutun. Dunkelheit.

»Bitte nicht«, flüsterte er und schluckte. »Bitte nicht!«

Doch sie senkte den Blick und wartete, bis er die Treppen hinunterstieg. Sie waren ausgetreten und schief, und Benedict musste sich immer wieder an den feuchten Wänden abstützen, um nicht zu stolpern und vornüber in den Kellerraum zu purzeln. Er atmete tief ein, als er am Fuß der Treppe angekommen war. Doch die Luft war hier unten noch modriger. Er drehte sich um und rang mit sich. Konnte er sich noch weiter erniedrigen und sie anflehen? Doch dann biss er sich auf die Zunge und lehnte sich gegen die kühle Wand. Hoffentlich würde er eine schlimme Krankheit bekommen in diesem finsteren Loch, dann würde sie um ihn weinen und sich tausendmal bei ihm entschuldigen. Er drehte den Kopf zur Treppe, damit sie ihn ansehen musste, wenn sie die Tür zuschloss. Im Licht der Öllampe leuchtete das Gesicht der Schwester gespenstisch. Benedict versuchte, sie möglichst vorwurfsvoll anzusehen, und stutzte, als er Tränen in ihren Augen glitzern sah. Doch vermutlich war es nur eine Täuschung des flackernden Lichtes gewesen. Die Tür fiel zu und Benedict blieb in vollkommener Dunkelheit zurück. Langsam und knirschend wurde der Schlüssel im Schloss gedreht. Die Nonne verließ das Schulhaus und dann war es vollkommen still. Dunkel und still.

Kapitel 6

Am »Südpol« befindet sich ein Fortsatz an dem runden Ballon, durch den der Stoff mit Gas gefüllt wird. Dafür gießt du 2400 Pfund verdünnte Schwefelsäure auf die gleiche Menge Eisenspäne und leitest den entstehenden Wasserstoff durch einen Schlauch in die Ballonhülle. Halte beim Füllen des Ballons Menschen mit brennenden Zigarren und Pfeifen fern.

(M. Bateaux)

»Alles meins, liebe Freunde«, rief Sebastien triumphierend, als er den Buben auf die abgegriffenen Spielkarten fallen ließ, und seine Stimme hallte laut unter dem Torbogen.

Vier Jungen saßen im Innenhof des Collège. Die Sonne schien von Osten zwischen den Dächern auf die weißen Säulen des alten Kreuzganges, in dessen Schutz vor vielen Jahren Mönche spazieren gegangen waren, um zu meditieren, und auf dem nun die Jungen saßen, um sich die Zeit bis zum Unterricht zu vertreiben. Im Innenhof spuckte ein steinerner Löwe schläfrig einen dünnen Wasserstrahl in das Becken vor seinen Pfoten, sonst war es noch still in dem altehrwürdigen Gebäude.

Sebastien fegte mit der Hand die Karten zusammen. »Ihr schuldet mir einen Franc«, verkündete er, verbeugte sich übermütig und streckte den Jungen die geöffnete Hand entgegen. Neben ihm saßen zwei Brüder mit kurz geschnittenen Haaren, tadellos sitzenden Hosen und schneeweißen gestärkten Hemden. Sie griffen in ihre Westentaschen und ließen die Münzen in seine Hand fallen.

»Dein Vater wäre stolz auf dich, Sebastien«, spottete der eine.

»Sein Vater würde ihm die Ohren lang ziehen, wenn er wüsste, wie sein Sohn das hart verdiente Geld beim Spiel riskiert«, lachte der andere. Dann klopften sich die beiden den Staub von den Knien und liefen über den Innenhof zum Brunnen, wo sich jetzt weitere Jungen versammelten.

Sebastien wandte sich ab, damit sie nicht sahen, wie sich seine Wangen rot färbten. Er mochte die beiden und bewunderte ihre schicken Kleider und ihren vornehmen Akzent. Aber er konnte es nicht leiden, wenn sie ihn auf das Unternehmen seines Vaters ansprachen. Die Brüder stammten aus einer vornehmen Familie, in der über Geld nicht geredet wurde, und konnten nicht aufhören, Sebastien zu necken. Denn obwohl seine Familie sicher längst wohlhabender war als die der beiden, waren es eben nicht Landadel und Grundbesitz gewesen, die ihr den Wohlstand gebracht hatten, sondern harte Arbeit und eine Fabrik am Stadtrand, wie ihm sein Vater täglich einbläute.

Missmutig schüttelte Sebastien den Kopf und wandte sich dem Jungen neben sich zu. Er hatte den Inhalt seiner Hosentaschen auf den steinernen Boden geschüttet und war nur durch eine der breiten weißen Säulen vor dem

Spott der Jungen am Brunnen geschützt. Sebastien überlegte kurz, ob er laut auf das hastige Zählen der kleinen Münzen aufmerksam machen sollte, damit die Jungen über Julien lachten, dessen Sous und Centimes zusammen mit Knöpfen und rund geschliffenen Kieselsteinen über den staubigen Boden kullerten.

Doch dann erregte etwas anderes seine Aufmerksamkeit. Durch das eiserne Tor zur Straße schritt ein großer Mann, dessen Bild er schon einmal gesehen hatte. Wahrscheinlich war eine Zeichnung oder eine Fotografie von ihm in einer Tageszeitung gewesen, die er auf Wunsch des Vaters immer lesen musste.

»Monsieur Giffard«, raunte es durch die Menge, die sich am Brunnen versammelt hatte. Dann erinnerte sich Sebastien an den Artikel. Der Wissenschaftler hatte sein Patent für die Verwendung von Dampf in der Luftschifffahrt angemeldet und genehmigt bekommen und würde an seiner alten Schule einen Vortrag über seine Arbeit halten. Doch der Name der Schule war nicht erwähnt worden, und Sebastien hatte angenommen, der Erfinder war als junger Mann am Lycée Saint-Louis gewesen.

Die Schülertraube teilte sich und bildete eine Gasse, durch die Monsieur Giffard und ein halbes Dutzend weiterer Männer schritten. Der Direktor führte den Gast herum, der ihn um mehr als einen Kopf überragte. Außerdem waren noch zwei Lehrer dabei und weitere Männer, die Sebastien jedoch nicht kannte.

Seine Mitschüler drängten sich um den berühmten Gast und sein Gefolge. Dann erhob sich lautes Gemurmel, einer der Jungen pfiff leise und andere stießen sich feixend in die

Rippen. Sebastien erhob sich, um einen besseren Blick auf die Männer zu haben, und erkannte noch einen weiteren Besucher.

Unter einem hellblauen Hut lugten sorgfältig geflochtene tiefschwarze Zöpfe hervor. Sebastien reckte den Hals, und als einer der Jungen zur Seite gedrängt wurde, blickte er in das schönste Gesicht, das er je gesehen hatte. Das Mädchen trug einen dunklen Mantel, der den größten Teil ihres himmelblauen Kleides verbarg, und nur das Gesicht und ihr Hals leuchteten fast weiß unter dem schwarzen Haar. Sie hatte eine Stupsnase und sehr große Augen, wodurch sie sicher jünger wirkte, als sie war. Aber obwohl sie ohne Zweifel hübsch aussah, war es ihre Art, sich zu bewegen, die Sebastien faszinierte. Gelassen und anmutig schob sie sich zwischen den jungen Männern hindurch und folgte Monsieur Giffard und den anderen Besuchern in die Aula. Neugierig musterte sie die Schüler genauso aufmerksam wie das Gebäude und wirkte dadurch überhaupt nicht hochnäsig und eingebildet, was ihn verwunderte. Sie erinnerte ihn an keines der vielen Mädchen, deren Bekanntschaft er bereits gemacht hatte, und das berührte ihn auf eine eigentümliche Weise, die ihn erschauern ließ. Als sie im Gebäude verschwand, spürte Sebastien schmerzhaft, wie sehr er sich danach sehnte, dieses reine Gesicht zu berühren.

Jemand hustete und er zuckte zusammen. Doch es war nur Julien, der neben ihm auf dem Boden kniete und die Stapel mit den kleinen Münzen immer wieder mit fahriger Hand umstieß, während er zwischen Kieselsteinen, Murmeln und Bindfäden verzweifelt nach dem Geld suchte, mit dem er seine Schulden bezahlen konnte. Auch wenn Sebastien nicht von adliger Abstammung war, hatte er noch nie in seinem Leben Münzen zusammenklauben müssen. Sein Vater war ein ausgefuchster Geschäftsmann, der sein Geld investierte, anstatt es in Säcken unter der Matratze zu horten. Dabei gab er auch seinen Söhnen genug, um sich entsprechend ihrem gesellschaftlichen Stand zu kleiden und zu benehmen. Theater und Cafés gehörten zu Sebastiens Alltag wie schicke geschneiderte Hosen und moderne Lederschuhe.

Nach einem letzten Blick auf das erbärmliche Schauspiel zu seinen Füßen folgte Sebastien seinen Mitschülern in die Aula.

Ein roter Lockenkopf versperrte ihm die Sicht, aber Sebastien hatte ohnehin kein Interesse an Giffards Lebenslauf und seinen beruflichen Erfolgen bei der Eisenbahn. Die Stimme des Direktors wehte mit Daten, Namen und Ereignissen über ihn hinweg, denen er keine Beachtung schenkte.

Aber er wollte die Zeit in der Versammlungshalle nutzen, um das Mädchen anzusehen und darüber nachzudenken, wie er sie auf sich aufmerksam machen konnte. Mit Schwung stieß er dem Rothaarigen den Ellenbogen gegen die Schulter. Als der andere keuchend zur Seite wich, war die Sicht wieder frei.

Sebastien betrachtete die großen Augen des Mädchens, die ihr einen geheimnisvollen und verträumten Gesichtsausdruck gaben. Doch dann geschah etwas Ungewöhnliches. Henri Giffard erhob sich und für einen Moment war es still im Raum. Mehr als dreihundert Schüler schwiegen und bewegten sich nicht. Sebastien sah widerwillig von dem Mädchen zu dem Mann herüber, um den Grund für die Reaktion seiner Mitschüler zu ergründen. Monsieur Giffard hielt eine Feder in die Höhe, die von einem riesigen Vogel stammen musste. Während sie kreisend herunterschwebte, begann er davon zu erzählen, wie es war, mitten in den Wolken zu verschwinden und die Menschen und die Stadt unter sich immer kleiner werden zu lassen. Sebastien hatte keine Wahl. Wie gebannt starrte er den Mann mit offenem Mund an und lauschte seinen Worten. Dabei interessierte er sich nicht für die Ballons und die Luftschiffe, er wollte nichts wissen über Dampfmaschinen und das Gewicht von Luft und Wasserstoff. Aber diesem abenteuerlustigen Funkeln in Giffards Augen und seinem leidenschaftlichen Erzählen konnte er sich nicht entziehen.

Wie aus einem Traum erwachte er, als der Direktor in die Hände klatschte und die Jungen aufforderte, in ihre Klassen zu gehen. Aber der letzte Satz von Monsieur Giffard hing wie ein Echo im Versammlungsraum und wurde von den Jungen flüsternd mit hinausgetragen. Monsieur Giffard würde zehn von ihnen auswählen und in einer Gruppe für einige Monate in seinem Haus unterrichten. Sie durften Zeuge seiner neusten Erfindung werden und mit ihm ihre eigenen Gedanken zu seinen Forschungen austauschen.

Als Sebastien von den aufgeregten Jungen zum Ausgang gedrängt wurde, fiel ihm das Mädchen wieder ein, und er drehte sich zu ihr um. Doch vorne, wo eben noch der Direktor, Monsieur Giffard und die anderen Besucher gestanden hatten, war jetzt nur die Hausmeisterin, die mit einem feuchten Tuch den Kreidestaub vom Boden aufwischte.

Das Mädchen war fort, und es gab nur eine Möglichkeit, sie wiederzusehen. Er musste den Wettbewerb gewinnen und ein Schüler im Haus des Monsieur Giffard werden. Auch wenn er keine Ahnung hatte, wie er das anstellen sollte.

❊

Benedict brauchte einen Plan, um in der Stille und Dunkelheit des Kellers nicht verrückt zu werden. Immer wenn er etwas rascheln hörte, drehte er sich erschrocken um, aber auch als sich seine Augen an die Dunkelheit gewöhnt hatten, konnte er nichts erkennen. Nicht einmal seine eigenen Hände. Benedict stand in der Mitte des kleinen Raumes und tat etwas, das er sich nur selten gestattete. Er verfluchte die Cholera, die beinahe das ganze Dorf ausgelöscht hatte, und wünschte sich verzweifelt, seine Eltern wären der tödlichen Krankheit entkommen. Dann würde er seinen Nachnamen kennen und hätte eine Mutter und einen Vater. Vielleicht sogar Brüder und Schwestern. Stattdessen hatte man in den furchtbaren Monaten alle Kinder hier im Kloster versorgt, sobald die Eltern erkrankten. In dem Durcheinander hatte sich niemand die Zeit genommen, die Namen und die Herkunft der Kinder schriftlich festzuhalten. Nur wenige Jungen und Mädchen waren später von Verwandten abgeholt worden. Alle anderen blieben hier, und zusammen mit Albert hatte Benedict früher davon geträumt, mit ihren Erfindungen in der Zeitung erwähnt zu werden und damit ihre Verwandten auf sich aufmerksam zu machen. Aber irgendwann waren sie älter geworden und hatten sich damit abgefunden, dass es niemanden mehr gab, der sie vermisste. Benedict schüttelte den Kopf, um sich von diesen wehmütigen Gedanken zu lösen.

Weil ihm die Beine wehtaten, hockte er sich in eine Ecke. In Gedanken spielte er den Abend immer wieder durch. Das war ihm bei misslungenen Experimenten zur Gewohnheit geworden, wenn er nach der Ursache suchte, und es würde ihn besser von seiner Angst ablenken als seine kindischen Träume von einer Familie, die nach all den Jahren immer noch nach ihm suchte. Was war in der letzten Nacht schiefgegangen? Hatte es keine Chance gegeben, mit dem Pergament unentdeckt zu entkommen? War die alte Kräuterhexe zufällig genau zur gleichen Zeit wie die beiden Jungen in der Schreibstube gewesen oder hatte sie dort auf irgendetwas gelauert?

Benedict hatte schon längst jedes Zeitgefühl verloren, als er Schritte hörte. Er stand auf, aber seine Beine waren taub geworden und er knickte an den Knien ein und stürzte auf den Boden. Die Tür wurde geöffnet, und das helle Licht, das in den Raum fiel, brannte fürchterlich in Benedicts Augen. Sofort kniff er die Lider zusammen, doch es half nichts. Damit Schwester Marie nicht sah, wie sich seine Augen mit Tränen füllten, verbarg er das Gesicht schnell hinter seinem Ärmel.

Doch es war Albert, der ihn an der Schulter berührte und mit ihm sprach. »Ich durfte dir Frühstück bringen«, sagte er leise und griff Benedict unter die Arme, damit er sich wieder aufrichten konnte. Als sich Benedicts Augen an die Helligkeit gewöhnt hatten, hockten sie sich beide auf den Boden und lehnten sich mit dem Rücken an die schmutzige

Wand. Das Licht fiel vom Flur herein, und Benedict hatte endlich das Gefühl, wieder frei atmen zu können.

»Dich haben sie also nicht erwischt«, sagte er und bemerkte zufrieden, wie vorwurfsvoll seine Stimme klang.

»Nein, ich war schnell wieder im Bett. Sie haben die Schlafräume kontrolliert, aber ich konnte gerade noch unter meiner Decke verschwinden.« Albert wühlte in seiner Tasche und reichte dem Freund ein Stück Käse und eine dicke Scheibe Brot.

Benedict griff danach. Er war nicht besonders hungrig, aber er wollte etwas zu tun haben, und Brot und Käse rochen besser als alles andere, was in diesem Raum war.

Albert blieb bei ihm. Still saß er neben ihm und brachte ihm so das Licht in diese dunkle Zelle. Benedict war ihm dafür dankbar, aber er wollte es nicht zugeben. Auch wenn es ihm nichts genutzt hätte, wenn Albert gemeinsam mit ihm gefasst worden wäre, konnte er ihm seine Flucht nicht so leicht verzeihen.

Irgendwann erhob sich Albert, klopfte Benedict aufmunternd auf die Schulter und ging zur Tür. Dort drehte er sich noch einmal um.

»Bald ist es so weit. Wir ziehen in die Welt hinaus. Dann trennen sich unsere Wege.« Er räusperte sich. »Es sei denn, wir werden beide in die Fabrik geschickt.«

»Das darf nicht passieren.« Benedicts Stimme klang etwas heiser und seine Lippen fühlten sich trocken an, denn er hatte seit Stunden nichts getrunken.

»Nein, wir träumen schon seit Ewigkeiten von einer Lehrstelle. Das darf nicht passieren.« Albert schüttelte ernst den Kopf.

Dabei sah Benedict die Sorge in dem Gesicht des Freundes. Natürlich würde es ihnen nicht gefallen, wenn sich ihre Wege trennten und sie vielleicht sogar bei einem Meister in einem anderen Dorf untergebracht würden. Aber in der Fabrik, wo sie für den Rest ihres Lebens immer das Gleiche tun mussten, würden sie beide krank werden. Benedict schluckte.

»Wann werden wir es erfahren?«, wollte er wissen.

Oben erklangen die Stimmen der anderen Kinder, die sich in den Räumen über seinem Kopf zum Unterricht versammelten.

»Morgen«, sagte Albert und dann ging er. Es dauerte eine ganze Weile, nachdem die Tür zugefallen war, bis sich der Schlüssel knirschend im Schloss drehte.

Bänke wurden verschoben, jemand kratzte mit einem Stück Kreide über die Tafel und die Mädchen kreischten auf. Es klang nach einem ganz normalen Morgen, aber Benedict saß hier unten in der Dunkelheit.

»Zum Werkzeugmacher, zum Werkzeugmacher, bitte«, murmelte er vor sich hin. Er musste unbedingt die Stelle beim Werkzeugmacher bekommen. Vielleicht könnte er mit Albert zusammen dort anfangen. Dann würden sie alles lernen, was es dort zu lernen gab, und anschließend an ihren eigenen Experimenten weitertüfteln, bis sie berühmte Erfinder waren. Das hatten sie sich schließlich schon als Kinder vorgenommen.

»Zum Werkzeugmacher, bitte, zum Werkzeugmacher«, krächzte er heiser, bis er keinen Ton mehr herausbrachte.

Irgendwann verließen die Kinder das Schulhaus und ihre Stiefel trampelten hoch oben über seinem Kopf den Gang entlang. Es musste Zeit sein für das Mittagessen. Benedict wartete vergeblich, denn niemand brachte ihm etwas. Hunger hatte er nicht, aber er hatte sich auf das Licht gefreut, das dann für einen Augenblick die Schwärze des Karzers erleuchtet hätte. Mal hockte er sich auf seine Fersen, dann ging er vorsichtig ein paar Schritte vor und zurück, darauf bedacht, nicht gegen eine der nassen und klebrigen Wände zu stoßen.

Endlich hörte er wieder Schritte und das Knarren einer Tür.

»Nein, du darfst ihn noch nicht wieder herauslassen.«

»Es ist lange genug. Der arme Junge sitzt seit Stunden da unten im Dunkeln.« Das war die Stimme von Marie und Benedicts Herz füllte sich mit Zuneigung für sie.

»Du hast gehört, was sie gesagt hat. In den letzten Wochen ist immer wieder Obst verschwunden und sie will ihn hart bestrafen.«

»Aber er hat doch nichts gestohlen. Die Neugier hat ihn aus dem Bett getrieben.«

»Wer in der Nacht herumstreift, der hat nichts Gutes im Sinn.« Benedict erkannte die zweite Stimme nicht.

Marie seufzte. »Ich möchte ihn herauslassen. Die Dunkelheit war Strafe genug. Der arme Junge wird dort unten den Verstand verlieren. Bitte mach mir keine Schwierigkeiten!«, bat sie.

Es war einen Augenblick still und Benedict richtete sich hoffnungsvoll auf.

»Auf keinen Fall«, schnarrte die andere Stimme. Ein Schlüsselbund klirrte und dann entfernten sich die beiden Frauen. Benedict sank auf den Boden und lehnte den Kopf an die muffige feuchte Wand. Für einen Moment hatte ihm die Zuneigung zu Marie etwas Trost gespendet, aber nun war alles aussichtsloser als je zuvor. Sie hatte sich nicht durchsetzen können und er würde hier unten festsitzen. Draußen wurde es bald wieder lauter. In die Stille des Kellers drang das Lachen der kleinen Kinder aus dem Waisenhaus. Sie durften am Nachmittag für einige Zeit draußen spielen. Schwester Marie sorgte jeden Tag dafür, auch wenn die älteren Nonnen sie manchmal schon gerne mit den anderen Kindern zum Arbeiten ins Kloster oder in die umliegenden Betriebe geschickt hätten.

Irgendwann kamen zu dem fröhlichen Lärm auch ältere Stimmen dazu. Die Nachmittagsarbeit war vorbei, und alle schlenderten über das Gelände, um vor dem Abendessen noch etwas frische Luft zu schnappen. Benedict konnte sich immer schlechter auf seine gedanklichen Experimente konzentrieren, die ihm halfen, hier drin nicht verrückt zu werden und die dunklen Wände anzuschreien. Mittlerweile musste draußen bald die Sonne untergehen und die Tatsache legte sich wie eine eiserne Schelle um seinen Brustkorb. Er konnte kaum noch atmen.

Benedict legte seine heiße Wange gegen die Wand und konzentrierte sich darauf, die Luft in sich hineinströmen zu lassen und wieder auszuatmen. Sonst nichts. Nur ganz langsam den schmerzenden Brustkorb dehnen und dann die Luft wieder hinausfließen lassen.

In der Ferne hörte er Schritte, aber vielleicht war es auch nur ein Traum. Die Tür öffnete sich und jemand tapste die Treppe hinunter. Licht drang durch seine geschlossenen Lider. Benedict hob den Kopf und öffnete die Augen.

Schwester Marie stand vor ihm und sah ihn an. Benedict erhob sich und streckte seine Hand nach der Wand aus. Unter keinen Umständen wollte er der Nonne vor die Füße fallen, weil er seine Zehen nicht mehr spüren konnte und sie vielleicht unter ihm nachgaben.

Sie reichte ihm einen Becher. Benedict trank das Wasser gierig, wobei der rissige Ton über seine trockenen Lippen kratzte. Nun war sie wieder die fürsorgliche Nonne, die sich um ihre kleinen Schäfchen kümmerte und sie alle liebte, egal was sie anstellten. So kannte er sie seit seiner Kindheit, seit der ersten Erinnerung, die er hatte. Freundlich sah sie ihn an. Doch er wollte ihr den Arrest und die Härte der Bestrafung noch nicht verzeihen. Er gab ihr den Becher zurück, ohne sie anzusehen. Aber beim Atmen waren die Schmerzen verschwunden, und die nagende Angst, in diesem Keller zu ersticken, war von ihm abgefallen.

»Du kannst nach oben gehen und dich waschen«, sagte sie mit ruhiger Stimme. »Bis zum Abendessen ist es noch eine Stunde.«

Sie hatten ihn einen ganzen Tag in die Dunkelheit gesteckt.

War das eine angemessene Strafe für seine Neugier? Ein Tag seines Lebens?

Er trat neben sie auf den Gang und achtete darauf, nah an der Wand zu gehen, damit er sie nicht berühren musste. Seine Finger strichen über einen feuchten Flaum auf den Steinen, als sie die Treppe hochstiegen, und er musste immer wieder husten, bis sie endlich ins Freie traten.

Noch einmal hallte das knirschende Geräusch durch den Flur, als die Nonne die Tür zum Karzer hinter ihnen verschloss, und Benedict war froh darüber, dieses Mal auf der anderen Seite der Tür zu stehen.

»Benedict«, sagte Marie und stand dabei ganz dicht neben ihm. Ihre Stimme klang freundlich und weich wie immer. Aber er war noch nicht bereit, ihr alles zu vergeben. »Benedict, morgen ist der Tag, an dem du uns verlässt.«

Erschrocken hob er den Kopf und starrte sie an. Er hatte diesen Tag aufgeregt erwartet, aber nun war er unvermittelt von ihm überfallen worden. Sie konnte in seinem Gesicht lesen wie in einem offenen Buch und er merkte es. Doch er konnte nichts dagegen tun.

»Ja.« Sie nickte. »Wenn der Tag gekommen ist, kann es einem Angst machen, auch wenn man sich schon lange darauf freut. Das kenne ich.« Sie lächelte. »Die Meister haben mir ihre Wünsche mitgeteilt und wir müssen euch in diesem Jahr früher ziehen lassen. In Paris gibt es die größte Baustelle aller Zeiten und jeder Handwerker in der Stadt und in den umliegenden Dörfern hat Aufträge bekommen.«

»Auch der Werkzeugmacher?«, fragte Benedict hoffnungsvoll.

Sie nickte, sah dabei aber bedrückt aus. »Benedict, es tut mir leid. Du hattest dir gewünscht, bei ihm in die Lehre zu gehen, aber …«

»Nein«, rief er und schüttelte den Kopf. »Muss ich in die Fabrik, weil ich einmal die Regeln gebrochen habe?« Er starrte sie wütend an und wartete auf eine Antwort, die den Irrtum wieder rückgängig machte. Auf jeden Fall musste er zu einem Werkzeugmacher in die Lehre gehen. Das wusste er schon seit vielen Jahren. Sein Traum konnte hier nicht zu Ende gehen und in einer Fabrik den Todesstoß bekommen!

»Du bekommst eine Lehrstelle, Benedict. Du gehst zu unserem Schuster in die Lehre.«

Er sah, wie sie versuchte, ihn aufzumuntern, und ihm freundlich zunickte. Aber er konnte nicht aufhören, den Kopf zu schütteln, auch wenn er seine Ohren dadurch nicht verschließen konnte. Flehend blickte er die Nonne an und griff nach ihren Händen. »Bitte«, flüsterte er. Doch ihr Gesicht ließ keinen Zweifel zu. Das Urteil war gefällt und war nicht mehr zu ändern. Enttäuscht ließ er die Hände wieder sinken.

»Der Werkzeugmacher hat aus dem Waisenhaus keinen Lehrling genommen?«, fragte er traurig.

»Doch.«

»Wen?«

Er kannte die Antwort, bevor sie sie aussprach.

»Albert Gautier.«

»Warum?«, keuchte er.

»Der Werkzeugmacher wollte einen Lehrling, der sehr gut vorlesen kann. Es tut mir leid«, fügte sie noch hinzu und streckte die Hände nach seinen aus.

Doch Benedict ballte die Finger zu Fäusten. Er war kein besonders guter Leser, nein, das konnte er wirklich nicht behaupten. Er musste die Buchstaben laut und langsam zusammenfügen und das dauerte natürlich länger als bei den anderen. Albert las ausgezeichnet, das musste er zugeben, auch wenn ihm kein Grund dafür einfallen wollte, dass ein Werkzeugmacher so etwas können musste. Ob sie Albert die Stelle auch geben würde, wenn sie von seinem Einbruch in die Schreibstube wüsste? Es drängte Benedict für einen kleinen Augenblick, ihn zu verpfeifen. Das würde ihm das Grinsen aus dem fröhlichen Gesicht wischen, wenn er auch einen Tag oder zwei in der Dunkelheit verbringen musste und die Stelle beim Werkzeugmacher verlor.

Er öffnete den Mund, doch er konnte es nicht tun. Wortlos drehte er sich um und ging zu den Waschräumen, die hinter den Schlafsälen lagen. Dafür musste er die Kirche umrunden, und er tat es, ohne zurückzusehen. Alles, was er bislang für möglich gehalten hatte, löste sich wie der schwarze Rauch über der Küche in Luft auf. Mit aller Kraft trat er gegen einen Stein, der ihm im Weg lag. Doch das linderte seinen Schmerz nicht. Er musste einen anderen Weg finden, seine Wut wieder loszuwerden.

Kapitel 7

An dem Netz befestigst du einen Korb, der in der Luft die Passagiere beherbergt und in dem auf dem Rückweg der Ballon verstaut werden kann. Du kletterst mit den anderen Luftschiffern hinein und befestigst einen Anker, Sandsäcke und ein etwa 120 Meter langes Schlepptau. Überprüfe, ob ein Barometer und ein Thermometer sicher im Korb verzurrt sind.

(M. Bateaux)

»Du hast die beiden Ingenieure entlassen, obwohl sie schon mit deiner Arbeit vertraut sind?«

Henri Giffard sah von seiner Zeitung auf und musterte das Gesicht des Mädchens, das er als seine Nichte ausgab.

»Ja, Milou. Du hast mich auf den Gedanken gebracht.«

»Ich?« Sie machte ein erschrockenes Gesicht und er schmunzelte.

»Seit dem Tag, an dem dein Vater dich in mein Haus geschickt hat, stellst du mir Fragen.« Als sie protestieren wollte, hob er beschwichtigend beide Hände. »Nein, ich will mich nicht beschweren. Du hast mich daran erinnert, was Wissenschaft bedeutet.«

Giffard lehnte sich auf seinem Sessel nach vorne. »Wir dürfen uns nie mit dem zufriedengeben, was wir auf den ersten Blick sehen und für die Realität halten. In den meisten Menschen stecken mehr Ideen und Fantasie, als wir denken.«

Milou runzelte die Stirn und schob das Buch zur Seite, das sie an seinem Schreibtisch gelesen hatte.

»Aber du hast sie gehen lassen ...«

»Ja, weil die beiden nicht mit dem Herzen dabei waren. Sie haben mehr oder weniger getan, was ich von ihnen verlangt habe. Aber sie haben keine Fragen gestellt und sich keine eigenen Gedanken gemacht.«

»Auf den ersten Blick.«

»Nein, auch auf den zweiten Blick.«

»Hast du keine Angst vor Spionage? Sie könnten dein Schiff woanders nachbauen.«

Er hob gleichgültig die Schultern und lehnte sich wieder in seinem Sessel zurück. »Dann denken sie wenigstens über die Technik nach. Das ist doch ein Fortschritt.«

Milou schüttelte ungläubig den Kopf. Doch als Giffard weiterhin in seinem Sessel sitzen blieb und sie nachdenklich betrachtete, fing sie plötzlich an zu kichern.

»Aber die Jungen aus der Schule sind alle unerfahren. Werden sie dich nicht bei deiner Arbeit aufhalten?«

Bevor er ihr antwortete, hob Giffard die Zeitung auf, die von seinem Schoß gerutscht war. »Ich möchte wieder auf all das sehen, was möglich ist, und nicht auf das, was ich verloren habe.« Während er sprach, starrte er auf das bunte Muster des Teppichs vor seinem Sessel und strich mit den Fingern über die Zeitung.

Auf diese Antwort wusste Milou nichts zu erwidern, denn sie war nicht einmal sicher, ob er noch immer von der Zusammenarbeit mit den Schülern sprach.

Als er schließlich den Kopf wieder hob, dachte sie plötzlich an seinen besten Freund, ihren Vater. Dessen Haar war schon vor Jahren aus Sorge um seine Frau vollkommen ergraut und auch sein faltiges Gesicht wirkte um Jahre älter als das von Henri Giffard.

Immer wenn sie an ihre Eltern dachte, fühlte es sich an, als würde ihr Herz für einen Augenblick stehen bleiben und dann mühsam versuchen, seinen alten Rhythmus wiederzufinden.

Als hätte er ihre Gedanken gelesen, deutete Giffard auf einen Stapel Briefe und Mitteilungen, die am Rand seines Schreibtisches lagen. »Deine Eltern haben geschrieben.«

Milou hätte nur die Hand ausstrecken müssen, um den Brief zu erreichen, aber stattdessen zuckte sie erschrocken zurück. »Wie geht es ihnen?«, fragte sie ängstlich. Jede Nachricht von ihren Eltern konnte eine schlechte sein oder sogar die schlimmste.

»Deiner Mutter geht es immer besser. Nach den langen Monaten an der frischen Seeluft fällt ihr das Atmen endlich wieder leichter.«

Milou seufzte erleichtert.

»Kommen sie zurück?«

Er schüttelte den Kopf.

»Holen sie mich zu ihnen?«

»Möchtest du das?«

»Nein«, flüsterte sie. »Ich möchte hierbleiben und etwas lernen und dir bei der Arbeit helfen. Dort ... bin ich ihnen nur im Weg. Und dann fällt ihnen nichts anderes ein, als mir Klavierunterricht zu geben und mich auf eine gute Ehe vorzubereiten. Hier kann ich …« Aber sie wusste nicht, was sie hier anderes tun wollte, als die Stadt und all das Leben, das in ihr pulsierte, tief in sich aufzusaugen. Für die schlechten Tage, die noch kommen würden.

Henri Giffard ging zu ihr herüber und berührte sie an der Schulter. »Ich freue mich, wenn du noch lange bleiben kannst. Du bist mir eine unverzichtbare Hilfe geworden.«

Milou lächelte. Er hatte es wieder geschafft, sie mit einem Kompliment zu beschämen, aber es war ihm auch gelungen, sie von ihrem schlechten Gewissen abzulenken. Sie liebte ihre Eltern sehr, aber sie konnte nicht noch länger die Hand ihrer kranken Mutter halten. Das hatte sie schon ihr ganzes Leben lang getan. Nun wollte sie endlich etwas von der Welt sehen und Paris war die ganze Welt für sie.

Natürlich war sie keine unverzichtbare Hilfe, aber ihre Gesellschaft half Henri Giffard offensichtlich auf irgendeine Weise und das gefiel ihr.

»Deine Eltern fragen, ob dir der neue Klavierlehrer gefällt«, sagte er und sah zum Fenster hinaus. »Er kommt übrigens in einer halben Stunde, um sich vorzustellen und sich dein Können anzuhören. Die Frau eines alten Kollegen hat ihn mir empfohlen. Es war nicht so leicht, einen zu finden.«

Sie verdrehte die Augen.

»Ich könnte ihn auch wieder heimschicken. Und du übersetzt für mich diese englische Abhandlung, die ich gerade gefunden habe. Ich komme damit nicht zurecht.«

Milou strahlte über das ganze Gesicht, als er ihr die britische Zeitung reichte, in der er gelesen hatte. Dann machte sie eine übertrieben ernste Miene und streckte die Hände nach dem Dokument aus. »Wenn es dein Wunsch ist, Onkel Henri.«

※

Benedict spritzte sich mit den Händen eiskaltes Wasser ins Gesicht, doch er fühlte sich immer noch müde und erschöpft. Seine Arme und Beine hingen schwer am Körper herunter, und jede Bewegung kostete ihn ungeheure Kraft, obwohl er den ganzen Tag in einem dunklen Keller gehockt hatte, anstatt im Garten zu arbeiten, wie es heute nach der Schule seine Pflicht gewesen wäre. Immer wieder gähnte er, und schließlich ließ er sich auf sein Bett fallen, anstatt zum Essen hinunter in den Speisesaal zu gehen. Er wollte niemanden sehen und starrte die Dachbalken an. Marie hatte seinen Traum zerstört und ihm die Zukunft geraubt.

Als kleiner Junge hatte er den Wunsch gehabt, reich und berühmt zu werden, damit ihn seine Eltern finden konnten, denn wie alle anderen Kinder in diesem Haus konnte er sich nicht mit dem Gedanken abfinden, sie für immer verloren zu haben. Natürlich war er älter geworden und hatte den Tatsachen ins Gesicht gesehen. Aber er hatte auch die Chance erkannt, die in dem Verständnis der Technik lauerte, und niemals aufgehört, Fragen zu stellen, bis er alles wirklich verstanden hatte.

Nun würde seine Neugier in einem dunklen Schusterkeller beerdigt werden, denn von dort gab es keinen Ausweg mehr. Der heutige Tag war ein Vorgeschmack auf die düsteren Jahre gewesen, die vor ihm lagen. Einen Augenblick später war er mit dieser trüben Vorahnung eingeschlafen.

Jemand rüttelte an seiner Schulter und Benedict schlug die Augen auf. Um ihn herum war es dunkel geworden. Im Flur hatte jemand die kleine Öllampe entzündet und ein Kerzenstummel brannte flackernd auf einem umgedrehten Eimer neben seinem Bett. Die Flamme zappelte hektisch, weil der Wind durch die Dachbalken pfiff.

Albert stand neben seinem Bett und reichte ihm ein Stück Brot. Benedict nahm es nicht. Stattdessen schloss er die Augen wieder und drehte dem Freund den Rücken zu.

Doch er hörte keine Schritte, Albert blieb an seinem Bett stehen. Dann betraten die anderen Jungen die Kammer, warfen sich auf ihre dünnen Matratzen, wickelten sich in ihre Decken und sprachen noch leise miteinander.

Albert rüttelte ihn wieder an der Schulter. Benedict stöhnte genervt, aber der Freund hörte nicht auf. Also setzte er sich auf und starrte ihn böse an.

»Behalte dein Brot! Ich will es nicht!«, zischte er. Die anderen brauchten nichts davon zu hören. Die waren mit Spott für Benedicts Erfindungen meist schnell bei der Hand, wenn er ihnen nicht gerade etwas reparieren sollte.

Albert nickte.

»Deine Strafe war hart. Das tut mir leid.«

»Ach«, machte Benedict nur und blickte an seinem Kopf vorbei an die Decke.

Albert drehte sich um und beugte sich über sein eigenes Bett. Er hob die Matratze an. Darunter lag ein schmutziges Bündel.

»Ich bin auf einen Riegel getreten und ein Dielenbrett hat sich gelöst. Darunter war ein Versteck«, flüsterte er und hielt ihm seinen Schatz entgegen. »Sieh dir das an«, bat er. »Das Tuch ist über und über mit Staub und Dreck bedeckt. Das lag schon seit Jahren in dem Geheimversteck.«

Benedict sah nur die Umrisse vom Gesicht seines Freundes, der etwas in den Händen hielt und es ehrfürchtig, fast zärtlich, betrachtete. Die Lampe an der Treppe erlosch und das Flüstern der Jungen wurde immer träger und schläfriger.

Er rang mit sich. Seine Wut suchte ein Ziel und Albert kam ihm gerade recht. Denn *er* würde seine Lehre bei dem Werkzeugmacher antreten, *er* war der Bestrafung entkommen. Andererseits wollte Benedict unbedingt sehen, was es geschafft hatte, Albert in solche Aufregung zu versetzen. Seine Wangen waren gerötet und seine Augen glänzten selbst im Schein des winzigen Kerzenstummels vor Begeisterung.

Benedict wollte sich auf den Freund stürzen und ihn schütteln, aber gleichzeitig brannte er darauf, mit ihm das Rätsel seines Fundes zu lösen. Bohrender Kopfschmerz überfiel ihn und er presste beide Hände gegen die Schläfen. Sein ganzes Leben lang hatte er es geliebt, Fragen zu stellen, Zusammenhänge zu verstehen, nach Lösungen zu suchen, und nun schien in seinem Kopf nicht mehr genug Platz für all seine Gedanken zu sein.

Benedict ließ sich auf das Kissen fallen und zog die Decke bis über beide Ohren. Er wollte nicht mehr denken, denn es hatte ihn nicht dorthin gebracht, wo er unbedingt sein wollte.

※

Marie lehnte an der Mauer, die das Kloster umgab, und weinte. Benedict hatte das Waisenhaus verlassen, als sie einen Moment in der Waschküche gewesen war, und sie hatte sich nicht von ihm verabschieden können. Es gab noch so vieles, was sie ihm nicht gesagt hatte.

Als sie Stimmen hörte, wischte sie sich mit dem Ärmel der Kutte über die Augen und verbarg sich in einer Mauernische.

»Sind Sie sicher? Sie haben noch nie von diesem Monsieur Bateaux gehört?«, fragte jemand nur wenige Schritte entfernt.

Die Art, wie er am Ende der Frage übertrieben deutlich die Stimme hob, kam ihr eigenartig bekannt vor.

»Nein, Monsieur. Den Mann kenne ich nicht.« Das war die Stimme der alten Nonne, die im Garten arbeitete und Benedict in der Schreibstube gefasst hatte. Ob die Äbtissin wusste, mit wem sie über das Klostergelände streifte?

»Ich habe seine Spur bis in dieses Dorf verfolgt. Er hat vor einigen Jahren etwas hier versteckt. Wissen Sie, wo es sein könnte?«

»Das ist möglich«, sagte die Alte und versuchte, sehr geheimnisvoll zu klingen. Doch dann hörte Marie ein paar Geldstücke klimpern und die Alte beeilte sich zu antworten.

»Ich habe in der Schreibstube ein Versteck gefunden.«

»Das ist es!«, jubelte der Mann. »Dort muss der Plan verborgen sein.«

Die Alte räusperte sich. »Aber er ist nicht mehr dort, weil ein Junge aus dem Waisenhaus ihn gestohlen hat.«

Erst als wieder Münzen klimperten und von einer Hand zur anderen wanderten, fuhr sie fort. »Sein Name ist Benedict. Ich habe ihn erwischt, als er in die Schreibstube eingebrochen ist.«

»Wo ist der Bursche? Können Sie mich zu ihm bringen?«

»Er hat heute Morgen das Kloster verlassen.«

Der Mann fluchte.

»Aber ich weiß, wo er am Abend ankommen wird.« Wieder wechselten Münzen den Besitzer und dann entfernten sich die beiden.

Marie schnappte nach Luft. Das, was sie gehört hatte, verschlug ihr den Atem. Sie sackte auf die Knie und trommelte mit den Fäusten auf den sandigen Boden. Waren all die Jahre vergeblich gewesen? Hatte sie in den Kleidern der Nonnen nicht genug Buße getan? Als ihr die Finger schmerzten, erhob sie sich und klopfte den Staub von den Knien. Die Geister der Vergangenheit hatten sie eingeholt, und es war an der Zeit, sich ihnen endlich zu stellen.

Kapitel 8

Der Ballon zerrt ungeduldig an den Halteleinen, weil ihn der Wind zum Spiel verführt. Du rufst »Anlüften!« und er hebt einen halben Meter von der Erde ab. »Los!« Helfende Hände lösen sich von den Halteleinen. »Glück ab!«, rufen die Umstehenden und beobachten, wie der Ballon immer weiter aufsteigt und zum Spielball der Winde wird. Und der Wind weht, wo er will.
(M. Bateaux)

Es war ein warmer Tag im Juni, als Benedict sein Bündel schnürte, um das Waisenhaus zu verlassen. Noch vor dem Frühstück war er hinuntergegangen und die Äbtissin hatte ihn verabschiedet und ihm für seinen Lebensweg Gottes Segen gewünscht. Irgendwie tröstete ihn das, als er durch das Tor trat, um das alte Kloster zu verlassen, das sein Zuhause gewesen war. Denn Schwester Marie und Albert hatte er heute Morgen nicht gesehen, und da er wusste, wo der Schuster im Nachbarort wohnte, hatte ihn auch keiner von den Arbeitern in dem klapprigen Wagen mitgenommen, mit dem sie zum Markt fuhren, um den Käse des Klosters gegen andere Waren einzutauschen.

Als Benedict die Hälfte der Strecke hinter sich gebracht hatte, stand die Sonne hoch am Himmel. Die Straße war auf beiden Seiten von hohen Linden gesäumt und er setzte sich an den Fuß eines Baumes und lehnte den Rücken an den breiten Stamm. Um den Bauch hatte er wie immer seinen breiten Ledergürtel gebunden, an dem der Beutel mit dem wenigen Werkzeug hing, das er besaß. Doch er hatte zum Abschied auch einen ledernen Rucksack bekommen, in dem ein sauberes Hemd, etwas Proviant und eine Wasserflasche verstaut waren. Benedict brach sich ein Stück vom Brot und vom Käse ab und sah beim Essen über die Felder, die auf beiden Seiten des Weges lagen. In der Ferne waren Mägde und Knechte bei der Arbeit. Mit langen Forken wendeten sie das frisch gemähte Heu. Benedict schloss für einen Moment die Augen. Er würde noch früh genug in seinem neuen Leben ankommen. Für Eile gab es heute keinen Grund.

Er wachte auf, als er das Trampeln vieler Schritte und ein lautes Geschrei hörte. Benedict fuhr hoch und sah sich verwirrt um. Die Knechte liefen mit erhobenen Forken auf ihn zu und von ihren wüsten Drohungen bekam er eine Gänsehaut. Benedict riss die Arme hoch, um sein Gesicht zu schützen, aber sie stürmten an ihm vorbei, ohne ihn zu beachten. Auf dem Feld auf der anderen Seite der Straße lag ein buntes Ungetüm, aus dem Flammen züngelten. Er zögerte einen Augenblick, doch dann stürzte er den anderen hinterher. Die Neugier trieb ihn voran. Das riesige brennende Vieh bestand bei näherem Hinsehen aus orangen und blauen Streifen und stank fürchterlich. Die Knechte hatten es eingekreist und bewegten sich nun langsam auf die Mitte zu.

»Verschwinde, du Teufel!«, rief ihr Anführer und alle stachen gleichzeitig auf das Vieh ein.

Benedict hörte mitten in dem Gebrüll der Männer ein Quietschen. War ein Tier oder gar ein Kind in dem Ungetüm gefangen?

»Nein!«, brüllte er und fuchtelte mit den Armen in der Luft herum, um die Aufmerksamkeit auf sich zu lenken. »Wartet!«

Doch niemand kümmerte sich um ihn. Benedict rannte zu dem Knecht, der ihm am nächsten stand, riss ihn an der Schulter zurück und zog den Kopf ein, da der Mann mit dem Stiel herumschwenkte und ihn fast mit der Forke erwischt hätte. »Wartet, bitte! Da ist jemand drin eingesperrt!«

Der Knecht blieb irritiert stehen und starrte auf den bunten Koloss, dessen dicker Bauch zur Seite kippte und einen Korb freigab, in dem etwas zappelte.

Benedict rannte zu dem nächsten Bauern und stieß ihn an, duckte sich sofort unter der Forke hinweg und rief, so laut er konnte: »Aufhören! Da ist jemand drin! Er braucht Hilfe!«

Der Mann schwang seine Forke über Benedicts Kopf, und während er antwortete, traf seine Spucke Benedicts Gesicht.

»Das ist der Teufel!«, wetterte er. »Es ist vom Himmel gefallen und spuckt stinkendes Feuer! Das ist der Teufel!«

Doch die anderen entdeckten die Füße, die sich aus dem Korb schoben, und hörten auf, das Ungetüm anzugreifen.

Sie verstummten und beobachteten, wie den Beinen ein Bauch folgte und sich schließlich ein winziger Mann aus dem Korb wand, auf sie zustolperte und ihnen vor die Füße fiel. Von dem Koloss lösten sich brennende Fetzen und flogen durch die Luft. Benedict stürzte nach vorne und ergriff die Handgelenke des Mannes, dessen Hemd bereits Feuer fing. Er zog ihn an den aufgebrachten Knechten vorbei, die nun ebenfalls vor der Hitze des Feuers zurückwichen, und klopfte auf die Funken. Der kleine Mann wimmerte leise, aber Benedict ließ ihn erst los, als sie weit genug von dem Feuer weg waren und seine Hitze nicht mehr auf der Haut brannte. Der Mann hustete, richtete sich auf und sah sich um, als wüsste er nicht, wo er war und warum die Männer ihn so feindlich anstarrten.

»Er ist kein Teufel«, versicherte Benedict und zeigte auf das Männchen neben sich. Die Knechte beobachteten ihn noch eine Weile skeptisch, ließen dann aber die Forken sinken.

Der Mann stand auf und klopfte den Dreck von seinem schwarzen Anzug. Benedict drehte sich um und betrachtete das Gefährt, das nun ganz von den Flammen aufgefressen wurde.

»Es ist ein Ballon, eine Montgolfière«, flüsterte er voller Ehrfurcht. »Sie werden in Paris gebaut, und unter ihnen hängt ein Korb, in dem Menschen mitfliegen können.«

»Fahren«, korrigierte ihn das Männchen und schüttelte missbilligend den Kopf. »Man fährt in einer Montgolfière durch das Luftmeer. Wir sind schließlich keine Vögel.«

Benedict betrachtete die Reste des Heißluftballons und seufzte sehnsüchtig. Dieser Mann hatte die Erde von oben gesehen. Wie ein Riese hatte er auf die kleinen Menschen und Häuser hinabgesehen.

Er war zu neugierig, um abzuwarten, was der Mann als Nächstes tun würde. Er spürte, wie sich sein Gesicht vor Aufregung rötete, und wischte die schwitzenden Handflächen immer wieder an seinen Hosenbeinen trocken. Dann platzten all die Fragen aus ihm heraus, die sich in seinem Kopf tummelten, seitdem er den Ballon erkannt hatte. »Wer sind Sie?«, wollte er wissen. »Wo kommen Sie her? Ist das Ihr Ballon? Oder arbeiten Sie für jemanden? Sind Sie allein geflogen?«

Der Mann drehte sich zu ihm um und musterte ihn von oben bis unten, antwortete aber nicht. Benedict war enttäuscht und auch ein bisschen beleidigt. Schließlich hatte er den kleinen Mann aus den brennenden Resten herausgezogen und ihn vor den Forken bewahrt. Da konnte er doch zumindest so höflich sein, seine Fragen zu beantworten.

»Ich fliege nicht! Ich fahre durch die Luft und nur dorthin, wo der Wind mich hinträgt.« Er rümpfte die Nase. »Wo auch immer das ist.«

Der Mann fragte niemanden, zu welchem Dorf die Wiese gehörte, auf der er gelandet war, sondern kratzte sich ausgiebig hinter den Ohren. Auf seinem Kopf saß seltsamerweise ein Zylinder, der den Absturz und die Rettung fast unbeschadet überstanden hatte. Nur ein daumendickes Brandloch an der Krempe verriet, was er erlebt hatte. Vermutlich war er seit Jahren auf der Stirn des Männchens festgewachsen, dachte Benedict und grinste.

Die Knechte schüttelten angesichts des arroganten Städters nur die Köpfe, schulterten ihre Forken und warfen noch einen misstrauischen Blick auf das brennende Gefährt. Dann gingen sie zurück an ihre Arbeit. Das Feld war weit genug entfernt. Dort mussten sie nicht befürchten, von brennenden Stofffetzen oder Seilen getroffen zu werden.

Als sie auf der anderen Seite der Straße waren, drehte sich der kleine Mann zu Benedict um. »Gehörst du nicht zu ihnen?«, wollte er wissen.

»Nein.« Benedict schüttelte den Kopf. Er fand den Mann unerträglich hochnäsig, aber seine Neugier gewann die Oberhand. »Wo sind Sie gestartet und wie lange sind Sie in der Luft geblieben?«

Das Männchen schüttelte traurig den Kopf und beobachtete die Glut, die den Korb erfasst hatte. »Meine Instrumente«, sagte er schwach.

»Ist der Ballon mit heißer Luft gefüllt? Wieso fliegt er?« Benedict dachte an sein Experiment und das verkohlte Taschentuch.

Der Mann kratzte sich am Hinterkopf. »Was?«

»Warum ist Ihre Hülle mit dem Korb und den Instrumenten nicht zu schwer? Wieso fallen Sie nicht herunter?«

Traurig schüttelte der Mann den Kopf und zeigte auf die brennenden Überreste. »Er ist doch heruntergefallen!«

»Ja, aber Sie sind in Paris gestartet, oder? Dann sind Sie weit geflogen.«

Der Mann räusperte sich und schaute Benedict vorwurfsvoll an.

»Gefahren«, verbesserte sich Benedict schnell. »Der Rauch im Ballon ist leichter als die Luft um ihn herum und deshalb steigt er hinauf, oder? Aber wie kann er Sie und den Korb und die Instrumente tragen?«

Der Mann ging auf das Ungetüm zu, ohne Benedict zu beachten. Die Flammen wurden kleiner, und er begann, sie mit den Stiefeln auszutreten. Die Stofffetzen wirbelten hoch und fielen dann wieder zur Erde. Als Benedict schon dachte, er würde keine Antwort mehr bekommen, murmelte der Mann ein seltsames Wort. »Torricelli.«

»Wie bitte?«

»Das Prinzip beruht auf der Erkenntnis von Torricelli. Wenn du ein Aeronaut werden willst, musst du die Schriften von ihm lesen und verstehen.«

Benedict spürte, wie seine Wangen noch heißer wurden. Vermutlich glühte sein Gesicht mittlerweile dunkelrot. Er blickte auf die Spitzen seiner Stiefel.

»Hast du das nicht gewusst? Auf was für einer Schule bist du denn?« Das Männchen schüttelte den Kopf und widmete sich dann wieder der Aufgabe, mit seinen teuren glänzenden Stiefeln die Flammen auszutreten.

In Paris gab es sicher andere Schulen als in den Dörfern. Dort konnte man alles lernen, was das Herz begehrte, und alle Fragen stellen, die einem den Schlaf raubten. Obwohl es ihn bislang nie in die Stadt gezogen hatte, erschien sie Benedict auf einmal wie der rettende Ort, an dem alles möglich war.

Vielleicht würde er eines Tages nach Paris gehen, aber jetzt musste er weiter. Er hob die Hand zum Gruß und lief dann zur Straße zurück, wo er seinen Rucksack unversehrt am Fuß des Baumes fand.

»Da ist es«, brüllte das Männchen triumphierend. Er hob ein rußverschmiertes Instrument in die Luft. »Monsieur Giffard wird Augen machen. Das ist der Beweis.«

Benedict hielt inne. Das war der Name des Mannes, der nicht weit von hier mit einem steuerbaren Luftschiff gelandet war. Das ganze Dorf hatte tagelang von ihm gesprochen. Benedict rannte zurück zu dem brennenden Ballon.

»Monsieur Giffard? Kennen Sie ihn?«

»Ja, natürlich.« Der Mann wischte das Instrument mit einem Taschentuch sauber. »Wir arbeiten zusammen.«

»In Paris?«, hauchte er ehrfurchtsvoll.

Doch bevor der Mann antworten konnte, hörten sie Geräusche auf der Straße. Eine Kutsche preschte zwischen den Bäumen hindurch und kam auf ihrer Höhe zum Stehen. Hinter dem geschlossenen Sitz für Fahrgäste, auf dem der Kutscher thronte, befand sich eine große leere Ladefläche. Das prächtige schwarze Pferd kam mit einem Schnalzen des Kutschers zum Stehen und der Mann sprang vom Kutschbock. Er trug einen dunklen Anzug mit glänzenden Knöpfen wie eine Uniform, die sich über die breiten Schultern spannte, und trat zwischen den Bäumen auf sie zu.

»Monsieur?«, rief er. »Sind Sie verletzt?« Er baute sich vor dem kleinen Mann auf, der ihm nicht einmal bis zur Brust reichte. Obwohl der andere den Kopf schüttelte, umrundete der Hüne den kleinen Mann und untersuchte dann lange sein Gesicht. Als er sich von der Unversehrtheit überzeugt hatte, wandte er sich an Benedict.

»Und wer bist du?«

»Niemand.« Benedict hob die Schultern. »Ich kam hier nur zufällig gerade vorbei«, beeilte er sich zu versichern. Er wollte schließlich nicht beschuldigt werden, etwas mit dem Unfall zu tun zu haben.

»Niemand ist niemand«, erwiderte der Hüne. Dann beugte er sich über die verkohlten Reste des Ballons. »Monsieur, da scheint nichts mehr zu retten zu sein«, sagte er und zeigte auf den brennenden Haufen.

Der kleine Mann schüttelte traurig den Kopf. »Wir nehmen trotzdem alles mit und untersuchen es. Vielleicht können wir die anderen Messinstrumente auch noch auswerten.«

Der Hüne nickte. Dann drehte er sich um und ging zu seiner Kutsche. Er kam mit einer großen Decke wieder und hinterließ eine feuchte Spur im Gras, denn sie war mit irgendetwas getränkt worden und tropfte. Außerdem trug er dicke Lederhandschuhe.

Benedict beobachtete fasziniert, wie er das Feuer erstickte, und als er die Decke wieder wegzog, glomm das Körbchen kaum noch. Dann schob er mit den Händen die verkohlten Überreste auf die Decke, schlug sie einmal um und zog das Paket zur Kutsche. Der kleine Mann sah ihm zu, rührte aber keinen Finger. Als das Paket vor der Kutsche lag, lief Benedict zu dem Hünen und half ihm, die schwere nasse Decke mit den noch warmen Ballonresten darin auf die Ladefläche der Kutsche zu hieven. Von der feuchten Decke stieg etwas Dampf auf. Benedict war fasziniert von den kleinen Wölkchen, die sich über der Kutsche kringelten.

Als er sich umdrehte, verschwand der kleine Mann ohne ein Wort in der Kutsche und warf die Tür hinter sich zu. Der Hüne nickte Benedict dankbar zu und ging nach vorne zu seinem Pferd. Mit seinen riesigen Pranken tätschelte er den Hals des Tieres und kletterte dann behände auf den Kutschbock.

Benedict wusste, dass er nur einen Augenblick Zeit hatte, die vielleicht wichtigste Entscheidung seines Lebens zu treffen. Auf ihn wartete eine Lehrstelle, ein warmes Bett und etwas zu essen, aber wenn er diese Männer jetzt aus den Augen ließ, dann würde er sie nie wiedersehen und auch nie wieder die Chance haben, etwas über das Fliegen zu lernen. Allerdings fuhren sie nach Paris und er kannte niemanden in der Stadt, würde weder etwas zu essen noch zu trinken haben und keinen Platz für die Nacht. Es gab kein Zurück, sobald er die Stadt erreichte. Denn wenn er mit einem oder zwei Tagen Verspätung bei seinem Meister ankam, würde der ihn zum Teufel jagen, und dann hatte er seine Lehrstelle, sein Bett und seine Verpflegung für immer verloren.

Der Hüne schnalzte mit der Zunge und das Pferd setzte sich in Bewegung. Jetzt oder nie! Benedict lief der Schweiß über die Stirn, obwohl er sich noch nicht gerührt hatte.

»Warten Sie!«, rief er und rannte neben dem Kutscher her. »Fahren Sie zurück nach Paris zu Monsieur Giffard?«

Der Mann nickte.

»Darf ich hinten neben der Fracht mitfahren? Ich verspreche auch, sie nicht anzurühren.«

Der Hüne musterte ihn einen Augenblick von den krausen schwarzen Haaren unter seiner speckigen Mütze bis zu seinen geflickten Stiefeln und Benedict kam der Moment wie eine Ewigkeit vor.

»Spring auf!«, rief er schließlich. Die Kutsche hatte nun die Straße erreicht.

Als der Mann wieder mit der Zunge schnalzte, fiel das Pferd in einen leichten Trab. Benedict rannte neben der

Kutsche her und hatte Mühe, auf den Karren zu springen. Doch dann bekam er eine Schlaufe zu fassen, warf den Rucksack auf die Ladefläche neben das dampfende Knäuel und zog sich dann selbst hinterher.

    Er konnte es kaum fassen. Die Sonne schien warm auf ihn herab und am Himmel zogen schneeweiße Wolken friedlich über ihn hinweg.

    Er war auf dem Weg nach Paris!

    Albert würde staunen, wenn er davon erfuhr! Aber zu der Freude über seinen Mut kam auch ein flaues Gefühl tief in seinem Bauch, das ihn warnte. Benedict hatte alles riskiert, als er auf diesen Wagen gesprungen war. Sein Leben würde eine spannende oder katastrophale Wendung nehmen, denn er konnte verhungern und erfrieren oder ein berühmter Erfinder werden. In Paris war alles möglich!

Teil 2
Die Dampfmaschine

*»Wenn du in dieser Stadt überleben willst,
dann weinst du nicht um das, was verloren ist,
sondern träumst von dem, was möglich ist«,
behauptete der Kastanienverkäufer und
fuhr fort, in seinen Kohlen herumzustochern.*

Kapitel 9

*Als der Italiener Evangelista Torricelli behauptete,
es gäbe das Nichts, sagte man ihm, Vakuum sei
ausschließlich in seinem Kopf anzutreffen.
Später entdeckten andere, wie viel Kraft in
dem Nichts steckt, weil die Atmosphäre Druck
auf den luftleeren Raum ausübt, und das war
der Anfang einer großen Erfindung, die die Welt
verändert hat: die Dampfmaschine.*
(M. Bateaux)

Marie stand vor dem Haus des Schusters. Tränen liefen ihr unaufhaltsam über das Gesicht und tropften in den engen Kragen ihrer Kutte. Sie wusste nicht, was sie sich erhoffen sollte. Wenn Benedict nicht hier war, konnte ihm alles Mögliche zugestoßen sein. Vielleicht hatte ihn der Fremde auf dem Weg abgefangen und verschleppt. Aber auch wenn Benedict noch hier im Haus des Schusters eintreffen sollte, würde er kein Wort mehr mit ihr wechseln, denn dieser Ort war unbeschreiblich trostlos. Das hätte sie in ihren schlimmsten Vorstellungen nicht erwartet. Marie wischte die Tränen nicht von ihren Wangen. Auch wenn sie den Jungen hierhergeschickt hatte, um ihn zu beschützen, konnte sie sich das kaum verzeihen. An diesem Ort würde er innerhalb weniger Wochen krank werden an Leib und Seele.

Die Ziegelsteine des Hauses waren von Dreck und Ruß schwarz gefärbt, und von der Holzfassade des Krämerladens, der sich im Erdgeschoss befand, blätterte die dunkelrote Farbe ab. Durch das breite Fenster erkannte man nichts vom Inneren des Hauses, da die Scheibe von einer milchigen Schicht bedeckt war.

Auf der Treppe, die in den Keller hinunterführte, saßen zwei kleine Mädchen mit filzigem Haar. Sie konnten kaum drei Jahre alt sein und trugen schmutzige Kittel über den löchrigen Kleidchen. Zwischen der Treppe und dem Kellerfenster, hinter dem sich die Wohnung und die Werkstatt des Schusters verbargen, waren die Mauersteine mit pelzigem weißem Schimmel überzogen, und die Holzrahmen von Tür und Fenster waren mit schwarzen Flecken übersät.

Als Marie den Fuß auf die erste Stufe setzte, begann eines der Mädchen fürchterlich zu husten. Ihr Gesicht färbte sich rot und Marie konnte dem Drang, das Kind in die Arme zu schließen und zu trösten, kaum widerstehen. Endlich beruhigte sich die Kleine wieder und lehnte sich erschöpft gegen die feuchte Wand. Das andere Mädchen hatte unbeirrt mit den kleinen Fingern in den Mauerritzen gebohrt und versucht, eine Raupe herauszuzerren. Langsam ging Marie an den Kindern vorbei und merkte, wie ihr wieder die Tränen über das Gesicht liefen.

Im Waisenhaus trugen alle Kinder frische saubere Sachen, und auch wenn das Essen nicht üppig war, wurden doch alle satt. Die älteren Kinder kümmerten sich um die kleinen, wenn die Nonnen und die Angestellten sie aus den Augen ließen. Doch natürlich konnte sie diese beiden Kinder hier nicht einfach auf den Arm nehmen und ins Kloster tragen. Schließlich waren sie keine Waisen. Marie zwang sich, die Treppe weiter hinunterzusteigen und sich nicht nach den Mädchen umzusehen. Beim Klopfen an der Tür wagte sie es kaum, das Holz zu berühren, weil sie sich vorstellte, welche Krankheiten ihr in dem Moment die Ärmel hinaufkriechen könnten.

»Herein«, brummelte eine Stimme auf der anderen Seite der Tür.

Bevor sie eintrat, rückte Marie ihre Haube zurecht und strich mit den Händen über ihre Kutte.

»Kommen Sie herein, Schwester«, forderte der Schuster sie auf. Er hatte graues Haar, das wie die Locken der Kinder wirr und verfilzt auf seine Schultern fiel. Unter seinen Augen hingen dicke Tränensäcke, die mit blauen Adern durchsetzt waren. Er hielt einen Stiefel in der Hand und musterte die Besucherin.

In dem kleinen Raum gab es eine Tür zur Wohnung des Schusters und seiner Familie. Vor dem schmutzigen Fenster erkannte sie die nackten Arme der Mädchen und das Holz war auch innen mit schwarzen Flecken bedeckt. Im Raum stank es nach den feuchten Wänden, dem verschwitzten Leder der Schuhe und dem Schuster selbst, der eine unangenehme Mischung aus Schweiß und Schnaps ausströmte. Das Zimmer war vollgestopft mit ausgelatschten Schuhen, Werkzeugen und Schnallen und auf dem Werktisch lag ein Durcheinander aus Lederflicken, Maßbändern und Zangen. Marie blieb direkt hinter der Tür stehen. Der Mann starrte auf die Spitzen ihrer Schuhe, die unter der Kutte hervorsahen. Sie schüttelte den Kopf.

»Ich suche den Jungen, den wir aus dem Waisenhaus zu Ihnen in die Lehre geschickt haben, Monsieur Olivier.«

Der Schuster beugte sich über den Tisch und hämmerte auf einen Stiefel ein. Er antwortete, ohne zu ihr aufzusehen. »Der Bursche scheint recht beliebt zu sein. Er bekommt schon zweimal Besuch, bevor er seinen Weg zu mir gefunden hat.«

Dabei schüttelte er den Kopf und löste dann den Stiefel aus der Zwinge, die ihn am Tisch festhielt. Der Geruch nach feuchtem Leder und nassem Fell nahm Marie fast den Atem. Nun öffnete der Mann eine Blechdose und tauchte einen Lappen in braune Creme. Die verteilte er auf dem Stiefel und wischte ihn blank.

Marie hielt sich den Ärmel über die Nase, um nicht in Ohnmacht zu fallen.

»Er ist noch nicht bei Ihnen angekommen?«

Der Schuster schüttelte den Kopf. »Wann habt ihr ihn denn losgeschickt? Ist er mit den Knechten auf dem Wagen zum Markt mitgefahren? Dann wird er sich dort nicht sattsehen können nach den Jahren im Kloster und steht heute Nacht gewiss mit leeren Taschen vor meiner Tür, weil ihm die Weiber das letzte Hemd genommen haben.« Der Schuster lachte dröhnend und klopfte sich mit den schmutzigen Fingern, an denen noch die Reste der stinkenden Paste klebten, auf die Oberschenkel.

Marie spürte, wie ihr die Galle hochstieg und der bittere Geschmack sich in ihrem Mund ausbreitete.

Sie antwortete nicht auf die Theorie des Meisters, zumal Benedict nicht einmal mit den Knechten im Wagen mitgefahren war. »Jemand hat ihn hier schon vor mir gesucht?«, wollte sie stattdessen wissen.

Der Schuster sah kurz zu ihr auf, denn ihre Stimme klang gedämpft durch die Stoffschichten an ihrem Ärmel. Er schmunzelte über ihre Empfindlichkeit, doch es kümmerte sie nicht.

»Ein junger Mann war hier und wollte mir nicht recht glauben. Er hat mir zehn Franc geboten, wenn ich ihn zu dem Jungen führe.« Der Schuster lachte und schüttelte den Kopf. Während er weitersprach, widmete er sich wieder dem Stiefel und beugte sich tief über den Werktisch. »Dann hat er draußen mit ein paar finsteren Gesellen vor der Tür gewartet. Vor einer Stunde sind sie ins Wirtshaus gezogen. Von dort sieht man den Kellereingang …«

Aber Marie hatte genug gehört. Sie drehte sich um und verließ die Werkstatt des Schusters ohne ein Wort des Abschieds. Diesen Keller würde sie niemals wieder betreten. Als sie oben auf der Straße ankam, lehnte sie sich gegen die Hauswand und atmete tief ein.

Durch den verzweifelten Wunsch, Benedict vor seiner Neugier und einem schlimmen Schicksal zu bewahren, hatte sie ihn dem alten Schuster ausgeliefert. Marie fasste einen Entschluss. Sie musste den jungen Mann finden und herausbekommen, was er über den Stadtplan wusste und ob er auch hinter den anderen Dokumenten her war, die sie vor vierzehn Jahren in der Schreibstube versteckt hatte. Damals war sie in einer Gewitternacht im Kloster angekommen und hatte ein kleines Kind bei sich gehabt, für das niemand sorgen konnte. Marie legte eine Hand auf den Bauch. Ihr Magen beruhigte sich und sie sah zum Wirtshaus hinüber.

Ein Junge, der etwa zwei Jahre älter war als die Mädchen, gesellte sich zu ihnen auf die Treppe und bastelte mit einem Stock und einem Faden eine kleine Angel. Sie wünschte, sie hätte daran gedacht, etwas zu essen mitzunehmen. Natürlich hätte sie selbst jetzt keinen Bissen heruntergebracht, aber den Kindern hätte sie zu gerne etwas gegeben.

Marie richtete sich auf und strich mit den Händen über ihre Kutte. An ihrer Hüfte trug sie ein Band, an dessen Rückseite sie ein paar Münzen gesteckt hatte. Sie würde nur zwei davon benötigen, um sich ein einfaches Kleid zu kaufen und einen Sack, in den sie die Kutte stecken konnte. Denn in ihrer Nonnentracht würde sie im Gasthaus zu viel Aufsehen erregen. Die kleinste der drei Münzen gab sie dem Jungen und schickte ihn damit zum Bäcker hinüber. Das half nichts gegen den Husten, aber es füllte die leeren Bäuche mit etwas Brot. Dann ging sie zu dem Krämer, um sich ein Kleid zu kaufen, und fühlte sich auf einmal wieder ein bisschen wie die junge Frau, die sie vor vielen Jahren gewesen war.

❊

Benedict sah die Umrisse der Stadt schon von Weitem und kniete sich neben das Ungetüm, das mittlerweile vollkommen erkaltet war, um besser sehen zu können. Sie hatten die äußere Stadtmauer passiert und waren nicht aufgehalten worden, weil die Türme noch nicht befestigt und die Tore noch nicht besetzt waren. Die Mauer endete mitten auf dem Feld, das man mit einem Graben durchzogen hatte, und wartete auf ihre Zukunft.

Das Kloster, in dem er aufgewachsen war, und auch die anderen Häuser in dem kleinen Dorf waren aus Steinen gemauert worden, von denen nicht einer die gleiche Farbe oder Form hatte wie ein anderer. Diese Mauer sah kalt und abweisend aus. Jeder Stein lag dicht neben dem anderen, und sie unterschieden sich durch nichts, als hätte man diese Mauer aus ein und demselben Stein gebaut, der sich immer wieder neben sich selbst drängte.

Beim Anblick dieser Mauer erschien Benedict Paris nicht mehr so verlockend wie noch vor wenigen Augenblicken.

Als sie die grauen Steine endlich hinter sich gelassen hatten, lagen vor ihnen einzelne Hütten und kleine Höfe und eine schmale Straße, die in das Innere von Paris führte. Hinter dem nächsten Hügel sah Benedict die unzähligen Dächer der Mühlen und Häuser, die auf dieser Seite der Zollmauer aus dem Boden wuchsen und die Stadt nährten und sie umgaben wie eine weiche Decke. Der Wagen holperte durch das Tor am Zollhaus, als sich die Sonne langsam auf die Dächer senkte. Nun waren sie in Paris!

Die ersten Straßen erinnerten ihn an das Dorf, das hinter den Klostermauern begann und in dem er bislang sein Leben verbracht hatte. Die schiefen Häuser, die sich der Straße entgegenneigten, die geflickten Fenster und die bunt gestrichenen Holztüren ähnelten denen in seiner Heimat. Kinder liefen auch hier barfuß durch die Straßen, die Mühle hinter der Mauer drehte sich langsam und warf ihren wandernden

Schatten auf Menschen und Häuser. Die Straße führte für eine Weile am Ufer eines Baches entlang. Benedict konnte sich nicht sattsehen. Denn obwohl es äußerlich nicht viel anders war als zu Hause, wehte hier ein anderer Wind. In Paris schien alles heller zu sein als in dem Waisenhaus und seinem kleinen Dorf.

Doch dann bogen sie in eine andere Straße ab. Die Gassen wurden von da an enger und der Himmel war nur noch ein schmaler Streifen über ihm zwischen den Häuserdächern. Der Dreck in der Gasse stand fast knöchelhoch, und der Hüne ließ die Peitsche in der Luft knallen, damit das Pferd sich seinen Weg weiter durch den Morast kämpfte. Die Fassaden wurden schäbiger und im Gegensatz zu vorher waren in den Straßen kaum noch Karren zu sehen, an denen laut rufende Verkäufer ihre Waren feilboten. Es stank nach Abfällen von Mensch und Tier.

Als sie um eine andere Ecke bogen, bot sich ihm ein vollkommen anderes Bild, und Benedict zwickte sich selbst in den Arm, um zu überprüfen, ob er tatsächlich wach war. An beiden Seiten der Straße waren die Häuser zu Schutthaufen zusammengefallen. Wo noch vor Kurzem viele Familien gewohnt hatten, lagen nur noch Dreck und Steinbrocken. Auch von dem nächsten Haus hatte es eine Wand mit weggerissen. Sie fuhren mit der Kutsche vorbei, und Benedict sah in die Schlafstuben der Menschen, die ihr Haus nicht verlassen hatten, obwohl ihm jetzt eine Außenwand fehlte. Zerlumpte Diebe wühlten sich durch die Schuttberge und drückten sich an die Hauswände. Einer stieg gerade durch die offene Seite in eine Wohnung ein. Benedict sah sich erschrocken nach der Polizei um, doch von den anderen Menschen, die zuhauf in den Straßen unterwegs waren, kümmerte sich niemand darum. Und dann waren sie auch schon an dem Haus vorbeigerollt. Sie rumpelten über schiefes Pflaster und über gerade Straßen. Die Häuser wurden höher und prächtiger, und dann kamen sie an einer Baustelle vorbei, die sich über mehrere Häuser erstreckte und in Länge und Breite das alte Kloster um ein Vielfaches übertraf.

Während an dem einen Ende noch der Schutt weggetragen wurde, stapelten sich am anderen große graue Mauersteine, die für den Neubau bereitstanden. Benedict brummte der Schädel von all den Eindrücken, den verschiedenen Straßen und Häusern, die es ihm nicht erlaubten, sich ein Bild von der Stadt zu machen, nach der er sich so gesehnt hatte. Sie fuhren über eine Brücke und der Fluss rauschte grau und schmutzig unter ihnen hindurch.

Dann hielt die Kutsche an einem Torhaus an und sie fuhren durch den breiten Eingang hindurch in den Innenhof. Hier war Platz für die Ställe und einen Unterstand, unter dem zwei Wagen standen. Benedict betrachtete das Wohnhaus, in dem die ersten Lichter angezündet wurden, als auf einmal der Hüne neben ihm stand.

»Du bist noch hier«, stellte er erstaunt fest. Benedict wusste nicht, was er damit meinte, und sah ihn ratlos an. Er musste ein ziemlich dümmliches Gesicht machen, denn der Hüne lächelte zum ersten Mal.

»Ich dachte, du bist abgesprungen in dem Viertel, das deinem Zuhause am nächsten liegt.«

»Aber ich habe kein Zuhause«, sagte Benedict und bereute seine Offenheit sofort. Denn der Hüne zog seine buschigen Augenbrauen zusammen und betrachtete ihn nun mit noch mehr Misstrauen. Benedict wollte keineswegs als Schmarotzer oder als Tagedieb gelten. Obwohl ihm Hunderte von Fragen durch den Kopf schwirrten, hob er seinen Rucksack auf, schulterte ihn und sprang vom Wagen. Er dankte dem Hünen und ging forschen Schrittes auf das Tor zu, als hätte er ein Ziel, das er noch erreichen müsste.

Als er wieder auf der Straße war, wusste er nicht, in welche Richtung er sich wenden sollte. Es gab so viel zu sehen in dieser Stadt. Doch er kannte keinen Menschen und die Dämmerung kroch langsam zwischen den Dächern zu ihm herunter. Es blieb nicht mehr viel Zeit, um nach einem sicheren Schlafplatz zu suchen. Benedict zog seine Mütze tief ins Gesicht, damit man nicht sah, wie er mit seinen Augen flink hierhin und dorthin sah und die Straßen absuchte. Wonach er suchte, wusste er nicht einmal. Schließlich wäre er am liebsten hiergeblieben, um den kleinen Ballonfahrer zu befragen. Vielleicht würde er ihn in den nächsten Tagen noch einmal aufsuchen können. Doch jetzt musste er in dieser großen fremden Stadt einen Ort finden, an dem er die Nacht verbringen konnte.

❋

Charles Godin brauchte nicht in den Spiegel zu sehen, um festzustellen, wie wenig er seine Gefühle verborgen halten konnte. Vor Entsetzen war sein Gesicht verzerrt und sein Herz klopfte unregelmäßig gegen die schmale Brust. Charles griff nach den Armlehnen seines Sessels und spürte die tiefen Kerben, die er hineingekratzt hatte, als der

Beamte ihm von dem Stadtplan des Monsieur Bateaux erzählt hatte.

Damals hatte die Vergangenheit mit eisigen Fingern nach ihm gegriffen und schien sich nicht wieder abschütteln zu lassen. Er selbst hatte die Suche schon vor Jahren aufgegeben. Aber der Beamte hatte Gerüchte gehört und eine Spur gefunden, die zu einem kleinen Dorf außerhalb von Paris führte. Charles wusste genau, dass der Plan wahrhaftig existierte, denn er hatte ihn in der Werkstatt von Bateaux selbst gesehen. Nun sollte er ihn für den Beamten besorgen und die Erinnerungen an die Vergangenheit hatten ihn seitdem in seinen Träumen verfolgt. Schlimmer als je zuvor.

Mit zittrigen Beinen stand er auf und öffnete den obersten Knopf seines gestärkten Hemdes. Doch es half nichts. Er musste noch einen Knopf öffnen und noch einen und dann riss er sich das Hemd vom Leib und schnaufte erleichtert.

Die Worte seines Sohnes dröhnten immer noch durch seinen Schädel, obwohl Jérôme sein Arbeitszimmer schon vor einer Stunde verlassen hatte.

»Ein Junge aus dem Waisenhaus hat die Pläne gestohlen, Vater. Ich habe beim Schuster auf ihn gewartet, aber er ist nicht gekommen, um seine Lehre zu beginnen.«

Nun, das war keine gute Neuigkeit gewesen, aber nichts, was Charles Godin *früher* aus der Ruhe gebracht hätte. Es gab immer jemanden, den man bestechen konnte, und jemand anderen, der alles fand, was man suchte. Es spielte keine Rolle, ob es zuvor verloren gegangen war.

Charles zwirbelte mit den Fingern die Enden seines Bartes. Die Vergangenheit hatte ihn vielleicht eingeholt, aber er war jetzt in einer anderen Position. Er hatte die Fabrik und das Geld seines Schwiegervaters, und er hatte sich damit Macht verschafft, die er einsetzen konnte, um alles wieder in Ordnung zu bringen.

Doch dann hatte Jérôme seinem Vater die schlimmste Nachricht seines Lebens gebracht.

»Der Name des Jungen ist übrigens Benedict.«

In dem Moment hatte Charles gespürt, wie ihm die Farbe aus dem Gesicht gewichen war, und all die Jahre, die er vor dem Spiegel seine Mimik einstudiert und perfektioniert hatte, waren wie weggewischt. Rasch hatte er Jérôme aus dem Zimmer geschickt und sich dem Schrecken hingegeben.

Benedict. Charles umklammerte mit beiden Händen die Kante seines Schreibtisches, um nicht den Boden unter den Füßen zu verlieren. Benedict. Nach all den Jahren. Ausgerechnet ein Junge namens Benedict hatte den Plan gestohlen! Konnte das ein Zufall sein?

Kapitel 10

Um die Kraft des Nichts zu nutzen, erhitzt du Wasser. Der Dampf kann den Deckel vom Kochtopf heben oder von einem Kessel durch ein Rohr in einen Zylinder aufsteigen und dabei einen Kolben hochdrücken. Wenn der Dampf abkühlt und zu Wasser kondensiert, entsteht ein Vakuum und der Atmosphärendruck schiebt den Kolben wieder hinunter.
(M. Bateaux)

Benedict schlenderte mit seinem Rucksack zur nächsten Ecke und bog einmal ab. Ob er mit der Kutsche aus dieser Richtung gekommen war, konnte er nicht mehr sagen. Das Pflaster der Straße wurde mit jedem Schritt holpriger und es fuhren hier keine Kutschen mehr. Die Leute waren zu Fuß unterwegs und sahen müde aus.

Er merkte sich die Kreuzung und war bedacht darauf, sich nicht zu verlaufen, damit er am nächsten Tag den Weg zurück zu dem Haus des Ballonfahrers finden würde. Die Stadt war riesig, und der Gedanke, sich hier hoffnungslos zu verlaufen, gefiel ihm überhaupt nicht. Für einen Augenblick überlegte er, einen der Arbeiter anzusprechen. Aber was sollte er schon sagen? Niemand kannte ihn und niemand würde ihm helfen.

Nein, er musste sich auf eigene Faust ein sicheres Quartier für die Nacht suchen. Wie viele Querstraßen war er von der Stelle entfernt, an der er abgebogen war? Die Gassen wurden enger und hier drang kaum noch etwas von dem dunkelroten Licht der Abenddämmerung zu ihm hinunter. Die letzte Gaslaterne hatte in der Straße gestanden, in der der Ballonfahrer wohnte. Immer wieder drehte Benedict sich um. Die Schatten waren länger geworden und bald mit den schwarzen Häuserwänden verschmolzen.

Obwohl er nicht in eine andere Straße abgebogen war, stand er auf einmal an einem Haus, an dem er schon vorbeigekommen war. Benedict blieb stehen und schob seine Mütze noch weiter in die Stirn, um sich nachdenklich am Hinterkopf zu kratzen. Die Straßen schienen nicht gerade zu verlaufen, sondern einen kleinen Bogen zu beschreiben. Er drehte sich im Kreis und versuchte, in der Dunkelheit zu erkennen, woher er gekommen war, als er dieses Haus mit dem kleinen Türmchen an der Ecke zum ersten Mal gesehen hatte.

In der Ferne flammte eine Gaslaterne auf. Die Schatten um ihn herum wurden immer dicker, als könnte man direkt in sie hineingreifen.

Benedict hatte keine Ahnung, welche Gasse zu dem Ballonfahrer zurückführte, aber er konnte hier nicht einen Augenblick länger in der Dunkelheit stehen bleiben, die alle Geräusche zu schlucken schien. Schon seit einer ganzen Weile hatte er keine Schritte mehr gehört und keine anderen Menschen mehr gesehen. Benedict ging auf die

Gaslaterne zu und wurde mit jedem Schritt schneller. Das Licht zog ihn an und glänzte verlockend wie ein Honigtopf.

Immer schneller lief er die Straßen entlang und achtete nicht auf die Häuser in der Finsternis. Hier und da stand eine Kerze im Fenster, doch ihr Licht fiel kaum bis auf das Pflaster hinunter. In dieser Stadt war die Dunkelheit undurchdringlich und fraß jeden Lichtschein unverzüglich in sich hinein. Im Laufen wischte er die schwitzenden Hände an den Hosenbeinen trocken. Diese unheimliche Finsternis trieb ihm den Schweiß auf die Stirn.

An der nächsten Ecke konnte er endlich die Gaslaterne erkennen, die an einer Hauswand hing. Sie war nicht mehr weit entfernt, doch er verspürte den unwiderstehlichen Drang, sich umzudrehen. Irgendetwas hatte sich hinter ihm bewegt. Oder hatte er sich das eingebildet? Er musste den Atem anhalten, um die Stille zu hören, denn er war durch seinen Spurt aus der Puste gekommen. Die Angst hatte ihn die Straßen entlanggehetzt. Keuchend atmete er aus. Niemand war hier. Er konnte ruhigen Schrittes auf die Laterne zugehen und sich in ihrem Schein ausruhen.

Als er die Ecke fast erreicht hatte, griff jemand nach seiner Schulter. Auf der Stelle wirbelte Benedict herum und verlor fast den Halt. Mit den Armen ruderte er und stieß dabei jemandem die Hand ins Gesicht.

»He!«, brüllte einer wütend. »Er hat meine Nase erwischt.« Jemand Zweites schlang einen Arm um Benedicts Hals und er schnappte nach Luft. »Ich ...«, röchelte er, doch mehr brachte er nicht hervor. Dann zog er das Knie nach vorne und trat mit aller Kraft hinter sich.

»Au!«, stöhnte jemand an seinem Ohr. Dann lockerte

sich der Griff um seinen Hals und der Angreifer klappte nach hinten weg. Benedict hatte sein Knie erwischt, wie er es gehofft hatte. Doch schon war ein neuer Arm zur Stelle und drückte noch fester zu.

»Verdammt«, fluchte Benedict, doch nur ein leises Schnaufen kam über seine Lippen. Wie viele Kerle waren hinter ihm her?

Die Jungen waren nicht viel größer als er, der erste musste sogar fast einen ganzen Kopf kleiner sein. Aber sie stanken allesamt so erbärmlich, als hätten sie seit Wochen oder vielleicht sogar seit Monaten keine frischen Kleider mehr gesehen.

Dann schnitt jemand anders die Schulterriemen durch und der Rucksack rutschte von Benedicts Rücken.

Für einen Augenblick sah er das verdreckte Gesicht eines Mädchens, das beim Lächeln seine schiefen Zähne zeigte. Mittlerweile waren es mindestens vier, die ihn festhielten und an seinen Kleidern rissen. Es mussten noch zwei dazugekommen sein. Das kleine Messer in seinem Gürtel war seine einzige Chance, sich gegen die Diebe zu wehren. Als er noch versuchte, seinen Arm zu befreien, um es zu erreichen, ließ der Druck um seinen Hals plötzlich nach, und sie stießen ihn auf den Boden. Jemand zerrte an seinem Gürtel und Benedict schrie wütend auf. Doch bevor er sich wieder aufrappeln konnte, verklangen ihre Schritte in der Ferne und mit ihnen die Stimme des Mädchens, die ihnen die Richtung vorgab.

Die fremden Straßennamen halfen ihm nicht; es hatte keinen Sinn, ihnen zu folgen. Die Jungen und das Mädchen waren hier zu Hause und er sah kaum die Hand vor

Augen. Benedict stand auf und tastete an seinen Kleidern nach dem wenigen, was er noch besaß. Das Medaillon, das er bei seiner Ankunft im Waisenhaus um den Hals getragen hatte, war gerissen und im Bund seiner Hose hängen geblieben. Zu seinem Glück. Denn sonst hätten sie ihm auch das genommen. Seine Taschen waren leer, der Rucksack verschwunden und sein geliebter Werkzeugbeutel, der stets an seiner Taille hing, war ebenfalls gestohlen.

Benedict stand nicht weit von der Gaslaterne entfernt, doch ihr Licht hatte ihn nicht beschützen können. Alles, was ihm wichtig gewesen war, hatte er verloren. Zuerst die Aussicht auf eine Stelle beim Werkzeugmacher, dann seinen besten Freund und nun auch die wenigen kostbaren Habseligkeiten, die er besessen hatte.

Benedicts Finger schlossen sich um das Amulett. Als man ihn in das Waisenhaus brachte, hatte er es bei sich gehabt, aber da niemand versuchte, die Kette oder ihn zu finden, hatte er sein Leben selbst in die Hand genommen. Seit Jahren hatte er alles dafür getan, die besten Voraussetzungen als Erfinder zu haben, und das Medaillon hatte ihm immer weniger bedeutet, je näher er seinem Traum gekommen war. Doch nun lag es schwer und warm in seiner Hand und war alles, was ihm geblieben war.

Benedict fluchte laut und seine Stimme hallte gespenstisch zwischen den engen Häusern. In dieser Stadt galten andere Gesetze, und die Jungen, die sie kannten, waren verdammt schnell.

※

Milou fuhr mit den Fingern über das Holz des alten Schreibpultes. Sie war kleiner als Monsieur Giffard, aber sie liebte es, an seinem Tisch zu stehen und zu schreiben. Viele Menschen hatten hier schon Briefe geschrieben und in Büchern gelesen, als sie noch nicht einmal geboren war. Das Holz roch nach diesen Erinnerungen und sie sog den Duft tief ein. Dann beugte sie sich wieder über die englische Zeitung, die vor ihr lag. Als Monsieur Giffard hustete, drehte sie sich zu ihm um. Er saß in seinem Lehnstuhl und paffte an einer Pfeife. Vermutlich hatte er Milou die ganze Zeit beobachtet, denn sein Buch lag falsch herum auf seinem Schoß. Sein Blick war so liebevoll, als würde er ihr in Gedanken über das schwarze Haar streicheln, und er schmunzelte zufrieden.

»Lachst du über mich?«, fragte sie.

Er schüttelte ernst den Kopf. »Du stehst so gerne an diesem Pult, obwohl du es am Tisch viel bequemer hättest.«

Sie biss sich auf die Lippen, doch er wusste, was sie dachte, und hatte es schon die ganze Zeit geahnt.

»Du magst es, weil viele Männer schon lange vor dir hier gestanden und geschrieben haben«, stellte er fest.

»Ja.« Sie seufzte. »Männer.«

Plötzlich lehnte sich Giffard nach vorne und sah sie streng an. »Wünsch dir niemals, etwas zu sein, was du nicht bist!«

Auf die Idee war sie noch nie gekommen. »Was soll ich mir denn wünschen?«, fragte sie erstaunt.

»Woran hast du gedacht, als du an diesem Pult gestanden hast?«, fragte er misstrauisch.

Milou schluckte. »Ich dachte nur daran, wie viel ich hier bei dir lernen kann und welche Freude mir das macht. Du zwingst mich nicht, stundenlang am Klavier zu üben, wie es sich gehören würde. Du erlaubst mir, dir mit meinen Übersetzungen bei deiner Arbeit zu helfen, und ich fühle mich hier in deinem Haus so ... wichtig.« Sie zögerte und senkte den Kopf. »Ich möchte nicht nach Hause zurück. Dort werde ich nicht erwartet und nicht vermisst.«

Giffard nickte, ließ sich wieder tief in den Sessel sinken und zog an seiner Pfeife.

»Du brauchst kein schlechtes Gewissen zu haben, weil du bei mir in der Stadt bleiben möchtest. Ich kenne deinen Vater schon mein Leben lang und ich habe den größten Respekt vor ihm. Für die Gesundheit deiner Mutter hat er sein ganzes Leben auf den Kopf gestellt. Er würde es nicht ertragen, sie zu verlieren, und schenkt dir deshalb viel Freiheit.« Er seufzte. »Ich wünschte, ich hätte in meinem Leben nur einmal den Mut gehabt, wie dein Vater mit allen Konsequenzen für meine Überzeugung einzustehen.«

Milou betrachtete das Gesicht des Mannes, den sie wie einen Vater liebte, auch wenn er nicht einmal ihr Onkel war. Heute sah er älter aus als sonst. Irgendeine Erinnerung schien ihn zu quälen. »Warum hast du mich nach meinen Wünschen gefragt?«

Henri Giffard betrachtete sie einen Moment lang verwirrt. Dann breitete sich das gutmütige Lächeln auf seinem Gesicht aus, das sie immer öfter bei ihm entdecken konnte.

»Ich sehe, wie gerne du dich in die Schriften vertiefst und mit mir die Versuche der Kollegen aus Italien und England verfolgst. Du bist angesteckt mit dem Fieber.« Giffard zog an seiner Pfeife. »Tu das, was dein Herz dir sagt!«

Milou runzelte die Stirn. Das hatte sie schon ihr ganzes Leben lang getan. Sprach Giffard mit sich selbst oder fürchtete er wirklich, sie könnte sich in den Zwängen und Ansprüchen der anderen selbst verlieren?

Sie nickte nachdenklich.

»Ich kannte mal ein Mädchen, das den gleichen Glanz in den Augen hatte«, murmelte Monsieur Giffard und starrte auf die Fensterscheibe, hinter der die Dunkelheit der Nacht lag. »Sie hat innerlich geglüht, wenn sie die Schriften ihrer Vorfahren las und in ihrer Werkstatt versuchte, die alten Erkenntnisse mit den neuen zu verbinden. Aber ihre Familie fand dieses Verhalten unnatürlich und hat ihr große Vorwürfe gemacht. Darunter hat sie sehr gelitten, und du sollst dich niemals schämen müssen für das, was du alles wissen und erforschen willst.«

Etwas Schweres haftete der Stille an, die nun folgte. Obwohl Milou immer gern mit Henri Giffard zusammen in einem Raum gewesen war, um zu lesen, zu reden oder zu schweigen, hatte sie das dringende Bedürfnis, diese Stille zu beenden.

»Was ist aus ihr geworden?«, fragte sie leise.

Monsieur Giffard seufzte. »Das ist eine lange Geschichte.« Langsam ließ er die Hand mit der Pfeife sinken und sah dann zu Milou herüber. »Aber es gibt nicht einen Tag in meinem Leben, an dem ich sie nicht vermisse und wünschte, ich hätte den Mut deines Vaters gehabt.«

※

Benedict steckte die Hände tief in die Taschen, fand aber nichts. Sogar den Käse und das Brot, das er in der Jacke verstaut hatte, hatten sie entdeckt. Seine Trinkflasche war im Rucksack gewesen. Bei dem Gedanken spürte er seine Zunge trocken und schwer im Mund.

Die Bande würde den Rucksack irgendwo durchsuchen und alles, was sie nicht brauchen konnte, den Lumpensammlern verkaufen, die frühmorgens durch die Straßen zogen und den Unrat durchsuchten, den die Bürger nach der Nacht in die Gasse kippten. Irgendjemand hatte ihm erzählt, sie würden sogar Haare aus dem Dreck heraussammeln, um sie zu verkaufen. Bei dem Gedanken schüttelte es Benedict und die dünnen Decken und das einfache Frühstück im Waisenhaus schienen ihm mit einem Mal überaus verlockend.

Er stand noch immer mitten auf der Straße. Nun hatte er nichts mehr, was ihm geklaut werden konnte. Doch das konnten die Diebe, die sich in den engen Gassen dieser Stadt sonst noch herumtrieben, nicht wissen und würden in ihm eine leichte Beute sehen. Also musste er möglichst schnell von hier verschwinden. Er war nicht bereit, sein Leben aufs Spiel zu setzen, auch wenn es nicht so geworden war, wie er es sich erhofft hatte.

Mit raschen Schritten ging er auf die Ecke zu, an der die Gaslaterne brannte. Hier hielt er inne und schaute an sich herunter. Seine Hose war an den Knien schmutzig und am Kragen war ein Knopf aufgerissen, ansonsten hatte er den Überfall äußerlich unbeschadet überstanden. Auch wenn an seinem Kragen etwas Blut klebte und seine gesamten Habseligkeiten verloren waren.

Zunächst musste er die Nacht überstehen, und dann würde er sich einen neuen Plan überlegen oder versuchen, zurück zum Waisenhaus oder zu seiner Lehrstelle zu kommen. Vielleicht konnte er den Überfall ein bisschen ausschmücken, damit sie ihn zurücknahmen. Sie würden ihn doch nicht auf die Straße jagen, oder doch? Schließlich hatte er sich ihren Anweisungen widersetzt und da würde selbst Schwester Marie kein Verständnis zeigen.

Es gab nur einen Ort in Paris, den er kannte, und Benedict betete stumm, als er die Häuserwände nach etwas Bekanntem absuchte. Stundenlang suchte er seinen Weg durch die Straßen, kehrte um und begann von vorne, bis er endlich den Torbogen entdeckte, der zu dem Haus führte, wo der Ballonfahrer seinen Wagen abgestellt hatte. Dabei war er keinem Menschen mehr begegnet, hatte nur in der Ferne Schritte gehört. Die Straßen der Stadt waren leer und dunkel geblieben.

Erleichtert blieb Benedict vor dem Haus stehen. Lichter brannten hinter den Fenstern und drangen wie winzige flackernde Glühwürmchen an einigen Stellen durch die schweren Vorhänge. Oben unter dem Dach, wo die Dienstboten meist hausten, war es dunkel. Vorsichtig rüttelte er an dem Riegel des Tors. Ein Hund schlug an, aber das Bellen wurde nicht lauter und näherte sich nicht. Erleichtert schob Benedict das Scharnier zur Seite und drängte sich durch den schmalen Spalt. Leise schlich er über den festgetretenen Boden bis zu den Ställen und dem Unterstand für die Wagen. Im Hinterhof befand sich auch noch eine Halle, deren Fenster bis auf den Boden reichten. Sie überragte den Stall in der Höhe und war auch doppelt so breit. Der Geruch nach feuchtem Stroh und frischem Heu breitete sich auf dem ganzen Innenhof aus.

Die Nachtluft war kühl und die Wärme der Pferde im Stall schien aus allen Ritzen zwischen den Brettern zu dampfen. Langsam durchquerte er den Hof und schlich in den Stall. Hinter der Tür saß ein Knecht, und Benedict stockte der Atem, als er ihm fast vor die Füße fiel. Doch der Mann schnarchte laut, und in dem Schein seiner kleinen Kerze, die in einem Glas stand, um das Stroh nicht zu entzünden, entdeckte Benedict eine leere Flasche. Der Mann schnaufte im Schlaf und sein Atem stank nach Schnaps und altem Käse. Benedict hielt kurz die Luft an und schlich dann weiter zu den Verschlägen. In den ersten beiden standen Pferde und sahen ihn mit ihren großen schwarzen Augen neugierig an. Benedict dankte ihnen stumm für ihre Gelassenheit dem Eindringling gegenüber, der er war.

Als er an ihnen vorbeigegangen war, hoben sie ihre Köpfe und schnaubten durch die Nüstern. Benedict hielt inne. Der Knecht schnarchte laut, ließ den Kopf in den Nacken sinken, aber wachte nicht auf. Benedict schlich weiter. Im nächsten Verschlag schliefen ein paar Ziegen und dahinter lag eine Sau mit ihren Ferkeln. Benedict schwang sich über das Holz und legte sich hinter die dicke Sau ins Stroh. Hier war es schön warm und über ihm musste das Heulager sein, denn aus den Ritzen fielen einzelne Grashalme herunter, wenn eine Maus über die Deckenbalken huschte.

Es roch herrlich nach Sommer und weiten Wiesen, und Benedict schlief ein, sobald er seinen Kopf auf den Arm gelegt hatte.

Kapitel 11

Du hängst den Kolben, der sich durch den Vorgang auf und ab bewegt, an eine Seite einer Wippe. An das andere Ende wurde zunächst eine Pumpe gehängt, die Wasser aus den Kohlestollen pumpen sollte. Aber du kannst mit einer Kurbel oder Zahnrädern die Auf- und Abbewegung in eine Drehbewegung übertragen.
(M. Bateaux)

Charles Godin stand mit dem Rücken zur Tür, als der Beamte klopfte.

»Kommen Sie herein, Monsieur Michelet.«

»Wie haben Sie meinen Namen …?«

Charles gestattete sich einen zufriedenen Blick in die Fensterscheibe. Dahinter lag sein Reich in der dunklen Nacht, doch das Glas spiegelte das entsetzte Gesicht des Beamten.

Langsam drehte Charles sich zu seinem Besucher um. Der starrte ihn erschüttert an, und all die Haltung, um die ihn Charles bei ihrer ersten Begegnung beneidet hatte, war verschwunden. Nun musste er ihn noch ein bisschen zappeln lassen, damit er bekam, was er wollte.

»Natürlich mache ich keine Geschäfte mit mir unbekannten Personen. Zu meiner eigenen Sicherheit stelle ich immer Nachforschungen an. Schließlich muss ich mich und meinen Besitz schützen.« Er machte eine weit ausladende Bewegung mit dem Arm, und der Beamte konnte sich denken, was er damit alles meinte.

»Aber ich hätte Sie doch nie in Schwierigkeiten ...«, protestierte Monsieur Michelet.

Charles deutete auf den Stuhl vor seinem Schreibtisch und wandte sich dann einem Angestellten zu, der im Schatten eines breiten Bücherregals gewartet hatte. Nun trat er zum Tisch und beugte sich über eine Karte, die Charles dort ausbreitete. Mit den Fingern deutete Godin auf verschiedene Orte und murmelte für den Besucher unverständliche Anweisungen. Der Angestellte, dessen Namen sich Charles nicht gemerkt hatte, nickte und machte ein finsteres Gesicht, so wie es von ihm erwartet wurde.

Dann verschwand er wortlos durch die schwere Eichentür, als Charles es ihm mit einer herrischen Geste bedeutete. Monsieur Michelet verfolgte das Schauspiel und versuchte offensichtlich, die Fassung zurückzugewinnen. Dabei schielte er auf den Plan, den Charles mit den Händen glatt strich, bevor er Anstalten machte, ihn unter den entsetzten Blicken des Beamten wieder einzurollen.

»Ist das die Karte, die Sie suchen sollten?«, fragte Monsieur Michelet besorgt.

Charles sah verächtlich auf den Plan hinunter. »Keineswegs. Aber sie ist nicht weniger hilfreich für Sie und Ihren Baron.«

Wie ein Kind, das seine zittrigen Hände verbergen wollte, klemmte Monsieur Michelet die Finger unter seine Oberschenkel.

Charles lächelte. »Hier, hier und hier bekommen Sie keine Probleme mehr.«

Der Beamte beugte sich auf seinem Stuhl nach vorne und starrte auf die Kreuze, die mit schwarzer Tinte auf einen Stadtplan von Paris gezeichnet waren. Die Straßen und Gebäude waren noch mit vielen anderen Symbolen versehen, deren Bedeutung der Beamte aber nicht erahnen konnte. Charles erläuterte sie nicht einmal seinen engsten Vertrauten unter den Angestellten.

»Woher wissen Sie von unseren Schwierigkeiten in diesen Straßen?«, erwiderte er schwach.

»Das spielt keine Rolle. Sie bekommen die Häuser nicht geräumt, die schon seit Wochen abgerissen werden sollten. Die Krämer haben betrogen, um eine höhere Ablösesumme zu kassieren. Ganz Paris braucht nicht so viele Knöpfe, wie diese unverschämten Betrüger angeblich im letzten Monat verkauft haben.« Charles schüttelte den Kopf. »Die Steine für den Neubau waren geliefert und standen bereit und diese Pfennigfuchser wollten ihren Betrug nicht zugeben.«

»Ich muss natürlich erst nachprüfen …« Der Beamte schluckte, als wäre ihm sein Abendessen wieder hochgekommen. »Aber was verlangen Sie für diesen Dienst, den Sie uns erwiesen haben?«

»Nichts. Das war ein Geschenk. Ich kümmere mich um meine Freunde, und ich erwarte das Gleiche von denen, die sich meine Freunde nennen möchten.« Er räusperte sich, rollte die Karte ein und knotete mit sorgfältigen Bewegungen eine Schleife darum, damit der Inhalt wieder vor neugierigen Blicken verborgen war. »Die Beschaffung der anderen Karte verzögert sich unglücklicherweise, aber ich arbeite daran. Und wenn ich mir etwas vorgenommen habe, hält mich nichts und niemand davon ab.« Charles ließ sich auf seinen Lederstuhl hinter dem Schreibtisch fallen und stellte zufrieden fest, wie selbstgefällig das Knarzen des Leders sich anhörte. Beinahe hätte er sich zu einem zufriedenen Lächeln hinreißen lassen, doch er besann sich in letzter Sekunde und hüstelte hinter seiner rechten Hand, um keinerlei Gefühlsregung erkennbar werden zu lassen. »Was Ihre persönlichen Angelegenheiten angeht ...« Er beugte sich über die breite Tischplatte nach vorne, sah Monsieur Michelet direkt in die Augen und schwieg dann bedeutungsschwer.

Der Wind blies draußen über den Hof und zerrte an den Fenstern. Heulend pfiff er durch die Dachschindeln und das Geräusch ließ den Beamten zusammenzucken.

»Wie ich schon sagte ... Ich sorge für meine Freunde.« Nun präsentierte Charles ein kühles Lächeln, das er zuvor einstudiert hatte. »Und um die anderen, die meinen Interessen im Weg stehen, kümmere ich mich auf andere Weise.«

※

Sebastien klopfte an die Tür des jungen Hilfslehrers. Die andere Hand hielt er um das Papier geklammert. Mit seinen schwitzigen Fingern hatte er schon etwas Tinte auf der ersten Seite verschmiert und er ärgerte sich über seine Aufregung.

Monsieur Penot steckte den Kopf aus seinem Büro. Dann trat er beiseite und winkte Sebastien herein. Auf dem Schreibtisch stapelten sich die handgeschriebenen Seiten von Sebastiens Mitschülern, doch auch aufgeschlagene Bücher, Teetassen und ein Wasserkrug tummelten sich in einem chaotischen Durcheinander. Der Mann hatte kaum Platz zum Arbeiten, und Sebastien wusste, wem er die Schuld für die verschmierten Buchstaben geben könnte, falls er dafür gerügt würde.

Der Rest des Zimmers war nicht ordentlicher als der Schreibtisch. Auf dem Bett, das so aussah, als hätte Monsieur Penot es eben erst verlassen, stapelten sich schmutzige Hemden, und am Fußende lagen weitere aufgeschlagene Bücher und Landkarten. Sebastien schüttelte den Kopf. Das miefige Zimmer und die schlecht sitzende Kleidung passten zu dem geringen Lohn, den die Hilfslehrer erhielten. Doch die Sorglosigkeit, mit der Monsieur Penot Bücher und Kleidung behandelte, erstaunte ihn. Anscheinend hatte der Mann mal ein sehr hohes Einkommen besessen, das es ihm erlaubt hatte, mit wertvollen Gegenständen sorglos umzugehen.

Das brachte Sebastien auf eine Idee. Er streckte die Hand aus, um dem Hilfslehrer seine Arbeit zu geben. Dann fischte er mit den Fingern ein paar Goldmünzen aus seiner Weste und legte sie nacheinander auf ein Buch, das an der linken Ecke des Schreibtischs lag.

Als Sebastien mit dem Geld, das dem Jahresgehalt eines Arbeiters entsprach, den größten Teil der aufgeschlagenen Seite verdeckt hatte, hob er den Kopf und betrachtete das Gesicht des Hilfslehrers. Wie er es erwartet hatte, starrte der Mann mit offenem Mund auf die Goldmünzen. Sebastien deutete auf den Stapel der Papiere, die seine Mitschüler vor ihm abgegeben hatten.

»Wie stehen meine Chancen, in die Klasse von Monsieur Giffard zu kommen?«, fragte er gelassen.

Es dauerte einen Augenblick, bis der Hilfslehrer den Blick von den Münzen abwenden konnte. Dann sah er Sebastien an. Der Junge erkannte die Gier in den Augen des Mannes und nickte zufrieden. Sein Vater wäre stolz auf ihn. Er hatte die Schwachstelle des Lehrers mit einem Blick erkannt und würde jetzt seinen Vorteil daraus ziehen.

Monsieur Penot neigte den Kopf zur Seite.

»Schwierig, schwierig …« Er versicherte sich kurz, dass die Münzen noch auf dem Tisch lagen, und fuhr dann fort. »Es sind ausgezeichnete Arbeiten dabei. Einige Ihrer Mitschüler sind außerordentlich bewandert, was die neuesten Entwicklungen und besonders die Forschungen von Monsieur Giffard betrifft.«

Sebastien schnaufte ärgerlich. »Wie viele?«

»Sieben von ihnen haben ihren Platz sicher, das habe ich dem Rektor schon mitgeteilt.« Er zögerte noch einmal kurz und deutete dann mit der Hand auf die Münzen. »Ich könnte Ihre Arbeit lesen und ein bisschen … verbessern.«

Sebastien nickte zufrieden und fuhr noch einmal mit der Hand in die Tasche. Er zog eine Goldmünze heraus und drehte sie zwischen den Fingern.

»Das höre ich gerne«, stellte er fest und grinste zufrieden.

»Aber …« Der Hilfslehrer sah besorgt auf die Münze, die zwischen Sebastiens Fingern kreiste. »Es fehlen noch fünf

Arbeiten. Von zweien droht Ihnen keine Gefahr, aber Julien Vallière und die Zwillinge haben noch nicht abgegeben. Der Rektor hat bereits nach ihren Arbeiten gefragt. Sebastien, Sie können nur in die Klasse kommen, wenn einer der drei die Frist versäumt oder einen ungewöhnlich schlechten Aufsatz abgibt.«

Bedauernd zuckte er mit den Schultern. Doch Sebastien war nicht so ärgerlich, wie Monsieur Penot erwartet hatte.

Er kannte die Namen der Schüler, und bei dem Glück, das ihn heute begleitete, würde er auch ihre Schwachstellen finden. Daran gab es für Sebastien nicht den geringsten Zweifel.

Er warf die Münze in die Luft, und noch bevor Monsieur Penot nach vorne gestürzt war, um sie aufzufangen, hatte er sich schon umgedreht und das Büro des Hilfslehrers verlassen.

※

Am nächsten Morgen erwachte Benedict von dem Getrappel der Ferkel, die von den ersten zaghaften Sonnenstrahlen in Aufruhr versetzt wurden. Sie suchten im Stroh nach ihrer Mutter und stupsten Benedict mit ihren kleinen Nasen in den Bauch. Hinter den Verschlag geduckt, wartete er, bis der Wächter sich streckte und dann mit einem Eimer den Stall verließ, um am Brunnen Wasser für die Tiere zu holen.

Benedict schlich sich unbemerkt aus dem Stall und klopfte sich das Stroh von der Kleidung. Bevor er den Innenhof verließ, spähte er durch die Fenster einer großen Halle, die sich an den Stall anschloss. Darin waren verschiedene Geräte aufgebaut. Die einen ragten groß wie Männer in die Höhe, andere waren dick wie ein Fass, aus manchen hingen Schläuche heraus und wieder andere waren mit langen Stoffbahnen verhängt. Benedict drückte sich die Nase an der Scheibe platt, bis er im Haus hinter sich Geräusche hörte.

Die Köchin trat aus dem Hintereingang und kippte Schmutzwasser in den Hof. Dann holte sie einen Kessel und jagte den Knecht vom Brunnen, der neben seinem Eimer hockte und anscheinend wieder eingeschlafen war. Benedict versteckte sich hinter dem Stamm einer Kastanie und wartete, bis ein kleines Mädchen die Hühner aus dem Verschlag gelassen und mit Körnern gefüttert hatte. Dann wurde es wieder ruhig im Hof und im Haus öffnete sich ein Fenster nach dem anderen.

Als Benedict auf die Straße trat, stieg ihm der Geruch von frisch gebackenem Brot in die Nase, und die Leere in seinem Bauch wurde ihm schmerzhaft bewusst. Im Licht der aufgehenden Sonne sah die Straße freundlich und sauber aus. Der Dreck war aufgefegt und die Menschen gingen zur Arbeit. Kutschen drängten sich aneinander vorbei. Männer mit Zylindern und andere mit speckigen Mützen eilten zur Arbeit, Frauen in weiten bunten Kleidern stiegen aus den Kutschen und schlenderten in die Läden der Krämer, während die Mägde ihnen mit Körben folgten. Jungen, die etwa in seinem Alter waren und dunkle Anzüge trugen, tobten an Benedict vorbei. Sie strömten auf ein Gebäude am Ende der Straße zu, dessen Tore weit offen standen. Angesichts der geplätteten Hosen und der weißen Hemden ohne Risse und Schmutz, die die Jungen trugen, wurde sich Benedict seiner schlichten verdreckten Kleidung bewusst. Trotzdem folgte er ihnen. Straßenhändler kamen ihm entgegen, die ihre Karren in den Markthallen beladen hatten und sich nun über die ganze Stadt verteilten.

Benedict hätte alles für ein paar Münzen gegeben, um sich bei ihnen etwas Lakritzwasser, Esskastanien oder einen geräucherten Fisch kaufen zu können. Doch er musste ihnen hungrig hinterhersehen, als sie weiterzogen und lauthals ihre Waren anpriesen, bis die Frauen mit ihren Mägden sich vor ihren Karren versammelten.

Direkt hinter dem Eingangstor der Schule prangte ein steinerner Löwe über einem Brunnen. Benedict trank von dem klaren kalten Wasser, bis sein Bauch wütend knurrte, klopfte den Dreck von den Knien und wusch sich das Gesicht sauber.

Immer mehr Jungen liefen durch das geöffnete Eisentor, stießen einander gegen die Schultern und rannten durch den Innenhof. Dann hallte der dunkle Klang einer Glocke zwischen den Häusern, im überdachten Kreuzgang öffneten sich rundherum Türen zu den Klassenzimmern und im nächsten Augenblick war es gespenstisch still im Hof. Benedict hörte nur noch die Räder der Kutschen, die an der Schule vorbeirumpelten, und dann das Schnaufen einer alten Frau. Tief gebeugt schleppte sie sich durch das Tor, und die schweren Körbe, mit denen sie beladen war, schleiften über den Fußboden.

»Warten Sie!«, rief Benedict und lief ihr entgegen. »Ich helfe Ihnen.«

Die Frau hob den Kopf und musterte ihn. Obwohl ihr

Körper schmal und ausgezehrt wirkte, hatte sie volle rote Wangen und ein ungewöhnlich rundes Gesicht. »Du wirst doch nicht mit meinem Gemüse davonlaufen, Bursche? Du siehst hungrig aus.«

Benedict schüttelte entsetzt den Kopf und stemmte die Hände in die Hüften. »Natürlich nicht!«

Da streckte ihm die Alte die Körbe entgegen und lachte. »Dann trag mir das in die Küche!« Ohne ihre Last eilte sie erstaunlich flink durch den Innenhof. Benedict folgte ihr und stöhnte leise unter den Bergen von rohem Gemüse, während sie munter plappernd durch lange Gänge in eine große Küche am anderen Ende des Gebäudes hastete.

»Ich bin zu spät gewesen heute Morgen«, erzählte sie ihm und grinste verschmitzt. »Die Straßenhändler waren schon weitergezogen, und ich musste in einen anderen Bezirk, um das Gemüse für die Suppe zu besorgen.« Sie zeigte auf die offene Hintertür. Ein Mädchen mit einer langen Schürze stand in einer engen Gasse und füllte Wasser in einen bauchigen Kessel. »Die Hausmeisterin lässt mich normalerweise nicht durch den Haupteingang gehen, aber der Weg um das ganze Gebäude herum war mir zu weit. Meine Finger …«, sagte sie und stöhnte, als sie ihm ihre dürren Hände hinhielt und sie dann für einen Augenblick über dem Herdfeuer wärmte.

Das Mädchen schleppte den Kessel herein, und Benedict half ihr, ihn auf den Herd zu wuchten. Dann setzten sich die beiden Frauen an den Tisch und begannen, mit flinken Fingern das Gemüse zu putzen. Benedict blieb unschlüssig in der offenen Hintertür stehen. Konnte er von der Alten etwas über die Schulen in Paris erfahren?

Immer mehr buntes Gemüse schwamm im warmen Wasser, und die Alte summte vor sich hin, während sie Möhren in den Topf warf.

»Es sind viele Schüler hier, die Sie bekochen«, sagte Benedict.

Die Alte drehte sich zu ihm um. »Du bist noch da«, stellte sie fest. »Du bist also doch hungrig. Setz dich dort an den Tisch!« Sie zeigte an das andere Ende des langen Holztisches, an dem sie mit dem Mädchen arbeitete, und scheuchte sie hoch. »Hol ein Stück Brot aus der Kammer und wärm etwas Milch und Haferflocken auf.«

Benedict setzte sich nicht auf den Platz, den die Alte ihm gezeigt hatte, sondern nahm das Messer des Mädchens und schnitt an ihrer Stelle das Gemüse. Die Alte betrachtete ihn mit gerunzelter Stirn, brummte dann aber zustimmend und machte sich auch wieder an die Arbeit. Bereitwillig antwortete sie auf Benedicts Fragen und erzählte von den Schülern und Lehrern, die hier lebten und lernten, und von dem Unsinn, den die Jungen anstellten und mehr oder weniger erfolgreich vor den Erwachsenen verbargen.

»Sie wissen alles, was in dieser Schule vor sich geht«, bemerkte Benedict erstaunt.

Die Alte lachte. »Lass das nicht die Hausmeisterin hören. Die benimmt sich hier wie die Königin.«

Das Mädchen reichte Benedict eine dampfende Schüssel und er stellte keine Fragen mehr, sondern füllte seinen Bauch mit warmem Haferbrei und frischem weißem Brot.

Als er den letzten Bissen gekaut und die Schale mit dem Löffel leer gekratzt hatte, wandte er sich an die Alte und dankte ihr.

»Hast es dir verdient, mein Junge«, sagte sie und zeigte auf die Körbe. Dann drehte sie sich zu dem Mädchen um. »Der hohe Besuch und die ganzen Schaulustigen haben alle Vorräte aufgefuttert, nicht wahr?« Das Mädchen sah von dem Gemüse auf, das sie gerade putzte, und kicherte.

»Wer ist denn hier gewesen?«

»Irgendein berühmter Erfinder«, murmelte das Mädchen und warf Blumenkohl in den Topf.

»Erinnern Sie sich an den Namen?«, wollte Benedict wissen.

Die Alte betrachtete das Mädchen einen Augenblick kopfschüttelnd, aber dann wandte sie sich an Benedict und nickte. »Natürlich. Es war Henri Giffard.«

Aufgeregt schnappte Benedict nach Luft. »Sind Sie ihm begegnet?«

»Dem großen Erfinder?«

»Ja!«

»Natürlich!« Sie schob sich ein Stück Möhre zwischen die gelben Zähne. »Ich habe mich um einen Platz in seiner Klasse beworben«, behauptete sie. Dann biss sie mit einem lauten Krachen die Möhre durch und lachte schallend.

Benedict richtete sich auf. »Man kann sich um einen Platz in seiner Klasse bewerben? Wirklich?«

Sie nickte. »Er wird ein paar Schüler in seinem Arbeitszimmer unterrichten. Es ist das graue Haus am Ende der Straße. Es hat den größten Torbogen zum Innenhof in der Gegend und ein Türmchen an der Ecke.«

Benedict schnappte nach Luft. Das musste das Haus sein, bei dem auch der Ballonfahrer gestern Abend gehalten hatte. Wahrscheinlich hatte er im Stall von Monsieur

Giffard übernachtet, ohne es zu ahnen. Seine Handflächen waren vor Aufregung ganz feucht geworden, und er wischte sie an den Hosenbeinen ab, bevor er aufsprang.

Als er an der Hintertür ankam, legte ihm die Alte ihre dünnen Finger auf die Schulter.

»Du kannst dich leider nicht bewerben, mein Lieber. Du siehst nicht so aus, als könntest du das Schulgeld aufbringen, und Monsieur Giffard nimmt nur Jungen von dieser Schule in seine Klasse auf.«

Kapitel 12

Wenn ein Ventil geöffnet wird, strömt Luft in den Zylinder, der Druck wird ausgeglichen und ein Gewicht an der Wippe zieht den Kolben wieder nach oben.
(M. Bateaux)

»Komm in mein Arbeitszimmer, mein Sohn.«

Sebastien verschluckte sich an dem Stück Brot, das er sich gerade in den Mund geschoben hatte, und griff hastig nach dem Wasserglas. Sein Vater war aufgestanden und hatte seinen buschigen Bart gezwirbelt, bevor er den Wunsch geäußert hatte. Natürlich war es eigentlich ein Befehl gewesen, denn der schneidende Ton seines Vaters duldete keinen Widerspruch und keinen Aufschub. Es kümmerte Charles Godin nicht, ob sein Sohn gerade erst mit dem Abendessen begonnen hatte und sein Magen noch hungrig knurrte. Er wollte jetzt mit ihm reden.

Als sein Vater das Zimmer verließ, stand Sebastien auf und sah seine Mutter Hilfe suchend an.

»Ich ahne schon, was er vorhat. Geh hinein und hör dir an, was er zu sagen hat. Aber fahr nicht zur Schule zurück, ohne dich von mir zu verabschieden.«

Sebastien folgte seinem Vater in das kleine Arbeitszimmer. Charles Godin hatte es im Wohnhaus eingerichtet, um abends ungestört in den Geschäftsbüchern lesen zu können.

Verwirrt runzelte Sebastien die Stirn und blieb in der Tür stehen. Heute brannte im Kamin ein Feuer. Es war ein verregneter kühler August, aber in diesem Hause war es den Angestellten verboten, vor dem ersten Schnee zu heizen. Als sein Vater ihn bemerkte, deutete er auf einen Stuhl an dem runden Tisch in der Mitte des Zimmers und schloss die Tür hinter seinem Sohn.

Der Abend wurde immer sonderbarer. Sebastien blieb verwirrt mitten im Zimmer stehen und drehte sich um. Sein Vater hatte noch niemals die Tür geschlossen, um sich mit ihm ungestört zu unterhalten. Meistens nahm er sich nicht einmal die Zeit, ihm in die Augen zu sehen, solange sein Vortrag dauerte. Charles Godin setzte sich an den Tisch und sah zu seinem Sohn auf.

»Setz dich«, zischte er und zeigte erneut auf den Stuhl auf der anderen Seite des Tisches.

»Nun.« Sein Vater räusperte sich, als Sebastien eifrig Platz genommen hatte. »Unser Erfinder hält nicht, was er verspricht. Deine Mitarbeit ist wichtiger als je zuvor. Du musst das Vertrauen von Monsieur Giffard gewinnen und seine Arbeit ausspionieren.«

Sebastien rutschte auf seinem Stuhl an die vordere Kante und drückte den Rücken gerade durch. Er hatte seinem Vater noch nicht von dem Besuch des berühmten Wissenschaftlers erzählt. Hatte er es aus der Zeitung erfahren, oder gab es jemanden in seiner Schule, der Charles Godin über alles Bericht erstattete?

»Besser wäre es gewesen, dein Bruder hätte die Chance, ihn zu treffen. Jérôme hat zwar nicht deinen wachen Verstand, aber er wird von den Leuten auf Anhieb gemocht. Die Menschen vertrauen ihm einfach.« Charles erhob sich von seinem Stuhl und trat wieder an das Feuer. »Er hat das hübsche Gesicht deiner Mutter«, fügte er leise hinzu. Dann schüttelte er den Kopf und wandte sich wieder an Sebastien.

Wenn sein Vater ihn ansah, schien dessen große kantige Nase zu wachsen und die fast schwarzen Augen rückten vorwurfsvoll enger zusammen. Unter diesem Blick hatte Sebastien schon als Kind den Wunsch verspürt, bis auf die Größe eines Knopfes zu schrumpfen und sich in den Polstern zu verkriechen. Heute ballte er unter dem Tisch die Hände zu Fäusten und wartete, bis es vorbei war.

»Es gibt einen Wettbewerb um die Plätze in Giffards Klasse. Er wählt einige Jungen aus, die bei ihm studieren können. Es ist noch nichts entschieden«, sagte Sebastien und starrte dabei auf seine Fingernägel, die sich in den Handballen bohrten. Der Schmerz hielt ihn davon ab, aufzuspringen und seinem Vater all das zu sagen, was er in den letzten Jahren heruntergeschluckt hatte und was ihm mittlerweile wie ein giftiger Klumpen schwer im Magen lag.

»Du musst in sein Haus kommen. Wir brauchen Informationen – und jedes Mittel ist mir recht.« Charles hatte leise gesprochen, doch jetzt schlug er ungeduldig mit der Faust auf den Kaminsims. Ein Kerzenhalter fiel zu Boden und kullerte bis zu Sebastiens Füßen.

Dann war das Gespräch so plötzlich zu Ende, wie es begonnen hatte. Charles Godin verließ den Raum, ohne sich umzudrehen. Sebastien bekam kein freundliches Wort zum Abschied. Obwohl er nichts anderes erwartet hatte, enttäuschte ihn dieses grußlose Ende jeder Unterhaltung immer wieder. Einen Augenblick lang starrte er regungslos ins Feuer. Dann erhob er sich und ging zurück ins Wohnzimmer. Die Lichter waren gelöscht und das Abendessen bereits weggeräumt. Nur der Geruch des gebratenen Fleischs hing noch in der Luft und machte Sebastien schmerzhaft seinen leeren Magen bewusst.

Er warf sich seinen Mantel über die Schulter und klopfte an die Tür zum Zimmer seiner Mutter. Sie öffnete sofort und drückte ihren Sohn lange an sich. Dann steckte sie ihm einen schweren Geldbeutel zu.

»Dein Vater würde alles tun, was nötig ist, und deinen Bruder hat er mittlerweile auch so weit gebracht«, warnte sie ihren Sohn. Sebastien schluckte und steckte das Geld ein, das seine Mutter heimlich gespart haben musste.

»Wenn du mit ihnen mithalten willst, dann sei nicht zimperlich, mein Schatz«, ermunterte sie ihn und dann gab sie ihm einen Kuss auf die Wange und schob ihn in die Nacht hinaus.

※

Ein kühler Wind blies um die Häuserecken und die Menschen beschleunigten ihre Schritte und zogen die Hüte und Mützen tiefer in die Stirn. Benedict betrachtete die vielen fremden Gesichter der Menschen, die an ihm vorbeidrängten, und kam sich so einsam vor wie nie zuvor. Er hatte kein Werkzeug mehr und keinen Freund und er war viele Stunden Fußmarsch von dem alten Kloster und der Lehrstelle bei dem Schuster entfernt. In dieser riesigen Stadt gab es niemanden, den es interessierte, ob er morgen früh noch am Leben war. Benedict schluckte die Verzweiflung hinunter und schob trotzig die Hände in die Hosentaschen. In einer von ihnen befand sich etwas. Mit den Fingern bekam er einen runden Gegenstand zu fassen und zog ihn heraus. Es war ein Sou und Benedict fühlte sich so reich wie noch nie zuvor in seinem Leben. Damit konnte er lediglich ein karges Abendbrot aus Brot, Wasser und Radieschen kaufen, aber es schenkte ihm so viel Zuversicht, wie ein kleines Geldstück es nur konnte. Die Köchin musste es ihm zugesteckt haben, bevor er die Küche verlassen hatte. Noch war seine Reise in die Stadt der Möglichkeiten nicht zu Ende. Er würde sich auf den Weg machen und versuchen, alles mitzunehmen, was er hier noch erfahren konnte.

Benedict steckte den Sou wieder tief in seine Hosentasche. Dann klatschte er in die Hände und ging los. Auf dem Weg zum Haus von Monsieur Giffard betrachtete er jede Kutsche und jedes Haus genau und fertigte in seinem Geist eine Zeichnung an. Wie groß waren die Räder der Mietdroschken und welche Formen hatten die Aufbauten der großen Kutschen der Omnibusgesellschaft? Wie sahen die Schornsteine aus, die den Dampf der heißen Feuer in die Wolken entließen? Hinter welcher Hauswand hörte er ein rhythmisches Klopfen und durch welche Tore strömten die meisten Arbeiterinnen hinein oder hinaus? Während Benedict durch die Straßen von Paris schlenderte und voller Hoffnung all die Eindrücke tief in sich aufnahm, die ihm diese Stadt zu bieten hatte, stieg die Sonne immer höher.

Die Mittagszeit war schon lange vergangen, und Benedict hatte das Haus von Monsieur Giffard noch nicht erreicht, weil ihn immer wieder eine Brücke oder ein Turm in den Bann zog und weiter von der Straße des berühmten Erfinders wegführte.

Schließlich blieb er an einem Haus stehen, in dessen Eingang ein Kastanienverkäufer seinen Karren geschoben hatte und lauthals seine Ware anpries. Er konnte nur wenige Jahre älter sein als Benedict, aber er hatte an Kinn und Wangen schon einen dunkelroten Flaum.

»Eine Tüte Kastanien, bitte.«

»Du bist wohl nicht von hier, mein Freund«, bemerkte der Junge und schaufelte heiße Kastanien in die Papiertüte.

»Wie kommst du darauf?«

»Das sieht man.«

»Woran?«

Der Junge hob gleichgültig die Schultern und reichte Benedict die Tüte.

»Aber ich muss es wissen.«

»Warum?« Die ganze Zeit hatte der Junge in den Kohlen herumgestochert, doch nun hob er den Kopf und sah ihm ins Gesicht.

Benedict legte die Kastanien auf einen Haufen Schutt und kehrte übertrieben dramatisch seine Hosentaschen nach außen.

Der Kastanienverkäufer lachte kurz, aber dann trat er hinter seinem Karren hervor und legte Benedict die Hand auf die Schulter. »In welcher Straße haben sie dich überfallen, mein Freund?«, fragte er mit ernster Miene.

Benedict überlegte. Ein übermaltes Schild in der Nähe

der Schule fiel ihm ein. Das Haus von Giffard war in der angrenzenden Straße, und von dort war es nicht weit bis zu der Straßenlaterne, an der sie ihn ausgeraubt hatten. »Den Namen der Straße kenne ich nicht. Aber es war in dem Viertel, in dem der Boulevard Malesherbes ist.«

»Ach, die sollte im letzten Monat einen neuen Namen erhalten, aber dann ist es doch anders gekommen. Du drehst morgens deine Runde und die Hälfte der Straßen hat plötzlich einen neuen Namen.« Er kratzte sich am Hinterkopf. »Ich weiß, wo das ist. Das ist das Revier von Ratte und ihrer Bande.«

»Wer ist Ratte?«

Der Junge trat zurück hinter seinen Karren und stocherte in den Kohlen. »Ach, woher sie kommt, weiß keiner, aber wenn du sie siehst, dann sei schneller als der Wind.«

»Ich habe nichts mehr, was gestohlen werden könnte.« Seufzend nahm Benedict die Kastanien und aß sie stumm. Dabei beobachtete er die Männer, die im Schatten der großen Bäume am Flussufer an kleinen Tischen vor den Cafés saßen. Dominosteine wurden zwischen Kaffeetassen und Gläsern hindurchgeschoben, die Männer rauchten Zigarren und unterhielten sich lachend. Vielleicht war einer von ihnen der große Erfinder, dem Benedict unbedingt begegnen wollte. Auch wenn sein Ausflug nach Paris bislang entmutigend gewesen war, würde sich dieses Bild für immer in seinem Kopf festsetzen. In der Ferne die Geräusche der Bauarbeiter, ein Stampfen und Klopfen, und hier eine sonnige Stille, die vom Fluss herüberwehte und über die sich das Gemurmel der Menschen legte – dazu ein leises Klirren, wenn jemand einen Dominostein auf den Tisch fallen ließ. In Paris war alles dicht beieinander. Hier ein zerlumptes Mädchen, das barfuß die Müllhaufen durchsuchte, und dort eine feine Dame, deren bauschige Röcke fünf Frauen Stoff für ein schlichtes Kleid geliefert hätten. Hier ein kleiner Krämer mit einer schmierigen Scheibe und Putz, der von den oberen Stockwerken auf die Straße fiel, und dort eine große Häuserfront, hinter der sich ein Ungetüm aus Eisen und Glas verbarg, das den schnaufenden Eisenbahnen ein helles Zuhause bot.

»Ich bin auch an einem Bahnhof vorbeigekommen. Wieso ändern sich die Namen der Straßen? Wie soll man sich in dieser Stadt denn zurechtfinden?« Verzweifelt fuhr sich Benedict durch das verschwitzte Haar und zog dann seine Mütze wieder tief in die Stirn.

»Baron Haussmann will für den Kaiser die Stadt verschönern, und deshalb werden die alten Gassen und Häuser abgerissen für breite Boulevards, auf denen sich vier Kutschen begegnen können, ohne die Straße zu verstopfen.« Der Kastanienverkäufer zeigte auf das Haus hinter sich. »In der nächsten Woche werden sie bei diesem ankommen.«

»Und was machst du dann mit deinem Karren?« Benedict betrachtete den Hauseingang, der dem Jungen und seinem Stand Schutz vor Wind und Sonne bot.

»Ich suche mir einen anderen Ort in einem anderen Viertel und hoffe auf hungrige Menschen, die an meinem Wagen vorbeikommen.«

Obwohl er gleichgültig die Schultern hob, sah Benedict die Sorge im Gesicht des Jungen. Als er den Mund öffnete, um etwas Aufmunterndes zu sagen, hob der Junge jedoch abwehrend die Hand.

»Wenn du in dieser Stadt überleben willst, dann weinst du nicht um das, was verloren ist, sondern träumst von dem, was möglich ist«, behauptete er und fuhr wieder fort, in seinen Kohlen herumzustochern.

Benedict nickte langsam. Es war sein Traum vom Fliegen gewesen, der ihn in diese Stadt geführt hatte, und er konnte sie nicht wieder verlassen, bevor er wirklich alles getan hatte, um ihm ein Stückchen näher zu kommen.

❈

Sebastien duckte sich hinter die Säule. Die Zwillinge saßen im Innenhof und steckten kichernd die Köpfe zusammen. Er hatte in den letzten Jahren kein Wort mit ihnen gewechselt, da sie sich grundsätzlich wie kleine Kinder benahmen, obwohl sie nur ein Jahr jünger waren als er. Langsam schob er den Kopf wieder zur Seite und sah an den weißen Steinen vorbei.

Die beiden kamen aus einer sehr wohlhabenden Familie und waren nicht so leicht zu überzeugen wie der verarmte Hilfslehrer. Aber er hatte eine Ahnung, was sie beeindrucken würde. Sebastien richtete sich auf und winkte einem Jungen auf der anderen Seite des Innenhofes, der sich dort im Schatten der Säulen verborgen gehalten hatte. Seine Schultern waren doppelt so breit wie die der anderen Jungen, und nachdem die Zwillinge vorhin zusammengezuckt waren, als er sie angerempelt hatte, war Sebastien klar geworden, wer ihm bei seinem Anliegen helfen konnte.

Der Sohn der Hausmeisterin richtete sich zu seiner vollen Größe auf und trat zu den Jungen, die sofort von der

Bank hochfuhren. Sebastien beobachtete aufgeregt, wie der Riese sich vor den beiden aufbaute und theatralisch seine Fingerknochen knacken ließ. Das fand Sebastien zwar etwas übertrieben, aber er hatte ihm keine Vorgaben gemacht. Leider verstand er nicht, was der andere sagte, um die Zwillinge zu verängstigen, aber die Wirkung war auch aus der Ferne nicht zu übersehen. Die Jungen schienen zu schrumpfen und drückten sich immer dichter aneinander. Hektisch schüttelten sie die Köpfe und Sebastien grinste zufrieden. Wenn die beiden ihre Arbeit nicht abgaben, um keinen gebrochenen Kiefer zu riskieren, dann hatte er die besten Aussichten auf einen Platz in Monsieur Giffards Klasse, und für seinen Vater gab es keinen Grund mehr, ihn dauernd anzutreiben und an ihm herumzumeckern.

Zufrieden lehnte er sich mit dem Rücken an die Säule und betrachtete die Mauersteine des alten Klosters. Noch nie hatte er begriffen, warum Menschen freiwillig ihre Freiheit aufgegeben hatten, um hier nach strengen Regeln zu leben, aber es spielte auch keine Rolle mehr. Nun beherbergten die dicken Mauern die Klassenräume der Schule.

Jemand stieß ihm gegen die Schulter und Sebastien zuckte zusammen. Empört drehte er sich um. Doch neben ihm stand nicht eine sich raufende Gruppe aus Sextanern, sondern der Sohn der Hausmeisterin, der einen niedergeschlagenen Eindruck machte.

»Was gibt es?«, herrschte Sebastien ihn an und blickte hektisch über die Schulter, um zu sehen, ob die Zwillinge ihn beobachteten. Doch sie hatten den Innenhof verlassen.

Der Sohn der Hausmeisterin hatte nicht nur ungewöhnlich breite Schultern, sondern war auch einen Kopf größer als Sebastien, was ihn für einen Augenblick verunsicherte. Der andere stand viel zu nah vor ihm, aber er konnte nicht zurückweichen, weil er mit dem Rücken an der Säule lehnte. Sebastien räusperte sich nervös.

»Es tut mir leid«, murmelte der Riese und knirschte mit den Zähnen. Sebastien bekam eine Gänsehaut und starrte den anderen an. Er hatte keine Ahnung, worauf der hinauswollte, und das beunruhigte ihn.

Doch dann ließ der Junge den Kopf hängen. »Ich konnte sie nicht einschüchtern«, gestand er.

Sebastien wünschte, der andere würde einen Schritt zurückweichen, doch der rührte sich nicht. »Ich habe doch gesehen, wie es gewirkt hat«, protestierte er. »Die Zwillinge haben sich fast in die Hosen gemacht.«

»Ja, aber es hat nichts genützt.«

Sebastien hätte den Sohn der Hausmeisterin am liebsten an den Schultern gepackt und geschüttelt. Warum rückte er nicht endlich mit der Sprache heraus? Aber es näherten sich mehrere Jungen aus seiner Klasse und er durfte kein Aufsehen erregen. Außerdem war er sich auch nicht sicher, ob es nicht lächerlich wirken würde, sich auf Zehenspitzen zu stellen, um den anderen überhaupt an der Schulter erreichen zu können.

»Nun«, fuhr der endlich fort, »sie haben schon abgegeben.«

»Verflixt«, entfuhr es Sebastien. Er war sich seiner Sache zu sicher gewesen. Nun gab es nur noch eine Chance auf den Platz in der Klasse. Doch auch Julien einschüchtern zu lassen, würde den Verdacht auf ihn werfen. Sebastien kratzte sich am Kinn und dachte an die Münzen, die Julien auf dem Boden zusammengeklaubt hatte, um seine Spielschulden zu bezahlen. Den Schwachpunkt hatte er also gefunden. Aber er musste trotz der knappen Zeit vorsichtig vorgehen, damit er nicht überführt werden konnte und am Ende seinen Platz wieder verlor. In seinem Kopf fügten sich die ersten Gedanken zu einem Plan zusammen. Er griff nach seinen Büchern und drehte sich um.

»Ähäm …«, räusperte sich der Riese hinter ihm.

Sebastien drehte sich um und musterte das erwartungsvolle Gesicht. Dann griff er in die Tasche und holte drei Franc hervor, die er dem anderen reichte. Zumindest davon ist noch reichlich vorhanden, dachte er zufrieden und ging ohne ein weiteres Wort davon.

Kapitel 13

Wenn du eine doppelt wirkende Dampfmaschine baust, brauchst du einen Zylinder, der immer heiß bleibt, und einen stets kalten Kondensator, damit beim Erhitzen und Abkühlen nicht zu viel Energie verbraucht wird.
(M. Bateaux)

Sebastien beobachtete, wie Juliens Gesichtsfarbe sich bei jedem Spiel veränderte und von dem ursprünglich gesunden Rosa zu dem wurde, was man gemeinhin als Kreideweiß bezeichnet. Es tat ihm fast leid zuzusehen, wie Julien verzweifelt versuchte, mit dem nächsten Spiel wieder alles zum Guten zu wenden, während sich die Schlinge um seinen Hals unaufhaltsam zuzog. Auch wenn Sebastien wieder außer Hörweite geblieben war, konnte er von seinem Beobachtungsplatz im Dachstuhl in die alte Sakristei hinuntersehen. Nachdem das Kloster zur Schule geworden war, hatte man jeden Stein der Kirche abgetragen und für irgendein großes Gebäude außerhalb der Stadtmauern weggekarrt. Irgendjemand hatte erzählt, die geweihten Mauersteine wären nun die Ostwand eines Pferdegestüts, aber Sebastien hatte das nicht nachgeprüft, weil es ihn nicht interessierte. Die alte Sakristei war stehen geblieben, und weil vor den kleinen Fenstern die Mauern des Nachbarhauses begannen, war die Kammer zum Abstellraum umfunktioniert worden. Hier türmten sich zerbrochene Stühle, die seit Jahren auf ihre Reparatur warteten, kostbare Landkarten, die durch die Kriege der letzten Jahrzehnte schnell wieder veraltet gewesen waren, und in der Mitte gab es einen runden Tisch mit unzähligen Brandflecken. Er war der Grund, warum Generationen von Schülern sich in diesem Raum trafen, wenn sie um höhere Beträge spielten. Mit Würfeln oder Karten.

Julien legte gerade zum letzten Mal seine Karten auf das verkohlte Holz vor ihm und die anderen Jungen nickten zufrieden. Sie hatten ihn wieder besiegt. Juliens Hände zitterten und Sebastien hätte vor Erleichterung gerne laut aufgeschrien, doch er presste rechtzeitig die Zähne aufeinander. Die Jungen beugten sich über den Tisch und redeten auf Julien ein. Immer wieder sahen sie zur Decke hoch, als würden sie Sebastiens Zustimmung erwarten. Er fluchte lautlos. Diese Trottel würden noch alles verderben. Aber Julien war viel zu niedergeschlagen und verängstigt, um davon etwas zu bemerken. Die anderen Jungen verließen den Raum und Julien ließ den Kopf in die Hände sinken und weinte.

Nun war es Zeit für Sebastien, die Schlinge zu packen, die die anderen für ihn mit manipulierten Karten um Juliens Hals gelegt hatten. Langsam schob er sich rückwärts über die Balken. Spinnweben klebten an seinem weißen Hemd und seine Knie waren voller Schmutz und Staub. Er seufzte. Was tat er nicht alles, um den Willen seines Vaters zu erfüllen.

Als Julien fast eine Stunde später die Kammer verließ, saß Sebastien weit genug von der Tür entfernt. Es sollte schließlich nicht so aussehen, als hätte er auf ihn gewartet. Schnell hatte er seine Kleidung in Ordnung gebracht und sich hinter der nächsten Ecke auf einen Steinsims gesetzt. Bei jedem Geräusch beugte er sich vor und starrte um die Ecke, damit er Julien nicht verpassen würde, falls der aus irgendeinem Grund nicht den direkten Weg nahm.

Dieses Mal musste es funktionieren, denn die Abgabe von Juliens Arbeit stand noch aus. Sebastien hatte sich beim Hilfslehrer deswegen versichert. Schließlich wollte er nicht drei Gehilfen bezahlen, wenn es nichts mehr zu gewinnen gab.

Endlich hörte er die Tür zur Sakristei. Julien trat in den Korridor und näherte sich ihm. Sebastien holte tief Luft.

»Julien«, flüsterte er, als der andere an ihm vorbeiging. Der zuckte zusammen. Sebastien hob beschwichtigend den Arm.

»Ich wollte dich nicht erschrecken. Setz dich zu mir.« Er klopfte auf die Steine und stellte eine Flasche neben sich, die er in der Jacke verborgen gehalten hatte.

Julien zögerte noch, doch Sebastien tat so, als würde er es nicht bemerken. Er nahm zwei kleine Becher aus den Hosentaschen und schenkte etwas von der grünen Flüssigkeit ein. Seinen setzte er an die Lippen und trank ihn mit einem Mal aus. Er schüttelte sich und deutete noch einmal auf den Platz neben sich.

»Du siehst aus, als könntest du auch einen gebrauchen.«

Julien setzte sich neben ihn und deutete auf den gefüllten Becher. »Was ist das?«

»Absinth mit Wasser.«

»Hm. Kann man davon nicht blind werden?«

»Ja, das habe ich auch schon mal gehört. Aber manchmal brauche ich das. Wenn du meinen Vater kennen würdest, könntest du das verstehen.«

Julien starrte stumm auf seine Stiefel.

»Dem kann ich es nie recht machen«, fuhr Sebastien fort. »Ich bin eben nicht mein Bruder.« Er öffnete die Flasche erneut und goss den Alkohol in seinen Becher. Wieder kippte er ihn auf einmal hinunter und schüttelte sich dann. Das Zeug brannte sich durch seinen Magen und sein Gehirn. Wenn Julien noch lange zögerte, war er verloren, denn in einer halben Stunde würde er keinen klaren Gedanken mehr fassen können.

»Du kennst das vermutlich nicht. Dein Vater scheint ein feiner Kerl zu sein.« Sebastien griff nach dem Becher, den Julien bislang unberührt zwischen ihnen stehen gelassen hatte. Doch kurz bevor er ihn erwischt hatte, nahm der andere ihn hoch und setzte ihn an die Lippen. Er trank langsam und schon nach wenigen Schlucken tränten seine Augen und er begann zu husten.

Sebastien klopfte ihm auf die Schulter und wartete.

»Mein Vater wird mich schlimm verprügeln, wenn ich nach Hause komme«, sagte Julien leise und stellte den leeren Becher zwischen sie beide.

»Warum?«, wollte Sebastien wissen. Seine Hand hatte er mitfühlend auf Juliens Schulter liegen gelassen.

»Ich brauche Geld, um meine Schulden zu bezahlen.«

»Kann ich dir helfen? Dafür muss man sich doch nicht verprügeln lassen.«

»Es sind mehr als ein paar Sous«, gestand Julien und drehte den Kopf zur Seite, um Sebastien in die Augen zu sehen. »Nicht ein harmloses Spiel unter Freunden, so wie wir das machen. Die wollen ihr Geld, sonst blüht mir was. Ich muss es meinem Vater gestehen, damit er mir hilft und ich mir diese Kerle vom Hals schaffen kann. Die lassen das nicht auf sich beruhen ...« Er schluckte.

»Ich weiß einen Ausweg, Julien.« Sebastien zog die Hand von der Schulter des anderen zurück und ließ einen kleinen bedeutungsschweren Augenblick vergehen. »Ich habe auch ein Problem, bei dem du mir helfen könntest.«

❋

»Ich warte noch immer auf die Nachricht von Monsieur Giffard«, mahnte Sebastien den Hilfslehrer, der bei jedem Wort etwas zusammenschrumpfte. Der Mann hatte in Sebastiens Klasse heute Vormittag den Unterricht des Pfarrers übernommen, weil der zu einem Sterbenden gerufen worden war. Dabei hatten Sebastiens strenge Blicke ihn immer wieder zum Stottern gebracht, und gegen Ende der Stunde hatte der Hilfslehrer so stark gezittert, dass er sein gesamtes Manuskript fallen gelassen hatte. Bis er die Blätter wieder eingesammelt hatte, die bis in die letzten Ecken des Raumes gesegelt waren, endete die Folter für den Mann mit den zerzausten Haaren und den abgewetzten Kleidern mit dem Läuten der Schulglocke.

Die anderen Jungen waren längst gegangen und Sebastien versperrte mit vor der Brust verschränkten Armen den Ausgang des Klassenzimmers.

»Ich … Aber …« Der Hilfslehrer stopfte seine Papiere in eine abgeschabte Ledertasche, die einmal ein Vermögen gekostet haben musste. Sebastien runzelte die Stirn und überlegte kurz, ob es sich lohnte, den Grund für den Verlust der gesellschaftlichen Stellung und des Vermögens herauszufinden. Doch er verwarf das Ansinnen. Schließlich nützte ihm dieses Wissen nicht für das, was er vorhatte.

»Sie haben nicht gezögert, mein Geld zu nehmen, und nun warte ich vergeblich auf die Einladung zu Giffards Klasse.« Hinter Sebastien liefen Jungen aus anderen Räumen vorbei und der Hilfslehrer schaute erschrocken auf ihre Gesichter.

Doch Sebastien hatte nur vorgehabt, den zitternden Hilfslehrer einzuschüchtern und ihn an bevorstehende Schwierigkeiten zu erinnern. Niemand außer den beiden hatte seine Worte gehört. Darauf hatte er geachtet.

»Natürlich … Monsieur Giffard wird … Er müsste unlängst …« Der Mann verstummte und starrte mit offenem Mund an Sebastiens Kopf vorbei in den Kreuzgang. Die Ledertasche hielt er mit beiden Armen vor seinem Bauch umklammert.

Sebastien drehte sich misstrauisch um.

Direkt hinter ihm stand ein Junge, unter dessen speckiger Mütze dunkle Locken hervorlugten. Mit seinen dunkelgrünen Augen blickte er wach und neugierig von dem Hilfslehrer zu Sebastien. An seinem Hemd fehlte ein Knopf und am Hals war es eingerissen. Seine Hosen hatte jemand notdürftig von Schmutz befreit, sie hatten einen einfachen Schnitt und der Stoff war von robuster, aber preiswerter Qualität.

Sebastien musterte den Jungen wie eine lästige Fliege auf einem Marmeladenbrot und wandte sich wieder dem Hilfslehrer zu. Doch der antwortete nicht, sondern starrte den Jungen an, als wäre der soeben einem grässlichen Albtraum entsprungen.

»Monsieur?« Der Schrecken im Gesicht des Mannes gefiel Sebastien nicht. »Monsieur?«, versuchte er nun etwas lauter, die Aufmerksamkeit des Hilfslehrers zurückzugewinnen.

Der Junge im Flur räusperte sich verlegen. »Entschuldigen Sie, Monsieur, sind Sie ein Lehrer dieser Schule?«

Bevor der Hilfslehrer antworten konnte, fuhr Sebastien den Störenfried an. »Ja, du Trottel. Er trägt eine wichtige Ledertasche und steht vor einer Tafel. Natürlich ist er ein Lehrer, verdammt.«

»Wie ist es möglich, auf dieser Schule unterrichtet zu werden, Monsieur?«, fragte der fremde Junge. Er hatte Sebastiens schnippische Antwort ignoriert und seine Frage an den Hilfslehrer gerichtet.

Die Frage war absurd und Sebastien hätte den frechen Flegel in seiner ärmlichen Kleidung gerne ausgelacht, aber er musste ihn loswerden. Denn solange er im Flur stand, bekam er nicht die Aufmerksamkeit des Hilfslehrers. Und die brauchte er, denn sein Vater erwartete Resultate von ihm, und er musste wissen, ob sein Plan geglückt war.

»Du kannst nicht auf diese Schule gehen, weil niemand dein Schulgeld bezahlen wird«, sagte er kühl und wartete.

»Aber es gibt so viel zu lernen«, wandte der Junge ein. »Ich interessiere mich für Monsieur Giffard und seine Forschung.«

»Das tun viele.« Sebastien schüttelte den Kopf. Es wurde immer verrückter.

Der Hilfslehrer starrte den Jungen weiterhin wortlos an und dabei stand sein Mund weit offen. Er sah noch armseliger aus als gewöhnlich, und der Anblick des Mannes hielt Sebastien davon ab, den verrückten Jungen grausam in seine Schranken zu weisen. Das Verhalten des Hilfslehrers verwirrte ihn, denn er hatte schließlich vor, den Mann einzuschüchtern, und wollte ihn nicht von einem anderen Schrecken ablenken oder ihn gar beruhigen.

Sebastien seufzte. »Viele interessieren sich für Monsieur Giffards Entdeckungen und seine Experimente.« Er hob die Hand, um den Einwand des Jungen abzuwenden. »Die Schule ist bis unter das Dach voller Jungen, die Erfinder werden wollen und hoffen, von dem großen Mann zu lernen und von ihm unterstützt zu werden.«

Der Junge sah betreten auf den Boden. Endlich war es Sebastien gelungen, ihm seine Frechheit aus dem Gesicht zu wischen. Stattdessen erblickte er nur noch Niedergeschlagenheit und Enttäuschung. Zufrieden wandte er sich wieder an den Hilfslehrer.

»Kann ich leise zuhören? Ich störe auch nicht. Versprochen!«

Sebastien fluchte. Der Junge war neben ihn in den Türrahmen getreten und hatte seine Frage an den zitternden Hilfslehrer gerichtet. Er stand dicht neben Sebastien, roch nach Tieren und Wald und ihre Ellenbogen berührten sich.

Das war zu viel. »Madame Flaubert!«

Wütend rief Sebastien den Namen der Hausmeisterin. Der Flur hatte sich mittlerweile geleert, doch es dauerte nur wenige Augenblicke, bis er ihre schweren Stiefel im Gang hörte. Der fremde Junge streckte die Hand aus, als wolle er den Hilfslehrer berühren, doch dann drehte er sich um und trat in den Kreuzgang zurück. Er horchte auf die Schritte und wandte sich dann in die andere Richtung. Aus irgendeinem Grund löste sich die Starre, die den Körper des Hilfslehrers überfallen hatte. Polternd fiel seine Tasche auf den Boden und er drängte an Sebastien vorbei.

»Wie … ist d-d-dein Name, B-b–b-bursche?«, rief er.

Der Junge war schon fast um die nächste Ecke verschwunden, doch er blieb stehen und sah sich erstaunt noch einmal um. Sebastien interessierte sich nicht für die Antwort, doch er hörte den Namen, den der Junge rief, bevor er im Hof verschwand. Benedict.

❄

Benedict sah noch eine letzte Möglichkeit. Zufällig kannte er das Haus, in dem Monsieur Giffard lebte. Es musste ihm irgendwie gelingen, mit dem großen Erfinder selbst zu sprechen. Auf dem Weg sah er immer wieder zu der Schule zurück, um zu überprüfen, ob die Hausmeisterin ihn verfolgte. Dadurch wäre er beinahe gegen einen Turm gerannt, der am Morgen noch nicht da gewesen war. Nun stand er mitten auf der engen Straße, durch die Benedict bei seinen nächtlichen Streifzügen geschlendert war, und die Kutscher hatten Mühe, um ihn herumzusteuern. Benedict blieb stehen und betrachtete das Gebilde.

Der Turm war aus Holzbrettern gebaut worden und hatte statt einer Spitze eine Plattform, auf der ein Mann mit einem Zylinder stand und verschiedene Geräte in die Luft hielt. Dabei schirmte er mit dem Ärmel seine Augen vor der tiefstehenden Nachmittagssonne ab.

Benedict beobachtete den Mann bei seiner Arbeit. Irgendwann hielt er die vielen Fragen in seinem Kopf nicht mehr aus.

»Monsieur? Was ist das für ein Gerät, mit dem Sie arbeiten?«, schrie er, damit ihn der Mann trotz des Lärms auf der Straße verstehen konnte.

Der Mann schaute mit gerunzelter Stirn zu ihm herunter, als wäre er eine von mehreren Hundert Ameisen, die er unter seinen Füßen zertreten konnte.

Doch Benedict wollte nicht aufgeben. »Monsieur?«, versuchte er es noch einmal. »Womit arbeiten Sie dort oben?« Der Mann hielt in der Bewegung inne und beugte sich zu Benedict herunter. Er musterte ihn von oben bis unten, zögerte einen Augenblick und winkte ihn dann zu sich hoch.

Begierig darauf, etwas zu lernen, wischte sich Benedict die vor Aufregung feuchten Handflächen an den Hosenbeinen trocken und kletterte an den Querbalken des Gerüstes nach oben.

Der Mann zeigte ihm ein hölzernes Dreieck. »Wir vermessen die Stadt«, behauptete er.

Benedict runzelte die Stirn. »Warum sollten Sie das tun?«
»Sieh dich doch um, Junge!«

Benedict sah auf die Straßen hinunter. Durch die verschlungenen Gassen drängten Menschen und Tiere. Vornehme kleine Droschken rauschten unter ihm hindurch und eine große Kutsche von einer Omnibusgesellschaft rollte voller Menschen langsam in die andere Richtung.

Benedict lachte, als er zwei Kinder entdeckte, die auf die hintere Stufe sprangen und die Füße hochzogen.

Außerdem konnte er in die Wohnungen hineinsehen, die sich auf beiden Seiten der Straße im zweiten Stock befanden. Eine Frau rührte eine Suppe, ein Mädchen spielte mit einem löchrigen Stofflappen, ein Mann las in einer zerknitterten Zeitung.

Benedict wurde etwas beklommen ums Herz, und er wusste nicht recht, wo das herkam. Es waren keine reichen Menschen, aber sie trugen saubere Kleidung und wohnten in hübschen kleinen Wohnungen, die sie nicht mit mehreren Familien teilen mussten, wie er es in anderen Stadtvierteln gesehen hatte.

»Eine gute Straße«, murmelte Benedict und dachte an das Haus von Monsieur Giffard, das nicht weit von hier entfernt war. »Eine gute Straße in einer Stadt voller Möglichkeiten.«

»Nein!«, rief der Mann empört. »Ein Drecksloch. Die Ratten fühlen sich hier viel zu wohl. Wir müssen die Krankheiten besiegen durch eine ordentliche Kanalisation und die Straßen verbreitern, damit nicht zu beinahe jeder Tageszeit der Verkehr zum Erliegen kommt. Das wird alles abgerissen.« Er breitete die Arme aus und zeigte auf die Häuser der Straße.

Benedict schluckte und sah in das Fenster, hinter dem das Mädchen spielte. »Was passiert mit den Menschen, die jetzt hier wohnen?«

»Sie werden woanders untergebracht und bekommen dann Wohnungen in den schönen großen neuen Häusern. Ist das nicht wunderbar? Alles verändert sich!«

»Werden Sie das ganze Viertel abreißen?«, fragte Benedict erschrocken.

Der Vermesser schüttelte den Kopf und deutete auf ein Dach, das sich in der Ferne über den Wohnhäusern erhob.

»Der Weg zum Bahnhof muss frei werden. Die Menschen, die einen Ausflug in die Stadt machen, müssen von dort mit Droschken oder den Kutschen der Omnibusgesellschaft weiterfahren. Die Bahnhöfe sind die neuen Stadttore! Und die Straße muss verbreitert werden, weil am Parc Monceau neue Wohnhäuser gebaut werden.« Sein Gesicht bekam vor Aufregung lauter rote Flecken, als er in die andere Richtung deutete. »Wir brauchen neue Hotels für die Weltausstellung.«

Benedict beugte sich über das Gerüst, um zu erkennen, worauf der Mann mit seinem ausgestreckten Arm deutete. Doch er erkannte nur einen großen Haufen Schutt und Geröll. Offensichtlich waren sie mit dem Bau des Hotels noch nicht sehr weit gekommen.

Der Mann hob ein Fernrohr hoch und sah hindurch. »Morgen bringen wir den Theodolit hier herauf und messen die Winkel«, sagte er stolz und reichte Benedict das Fernrohr. »Dahinten wird gerade der nächste Turm fertig. Siehst du ihn?«

Doch bevor Benedict durch das Fernrohr sehen konnte, bahnte sich das Unglück an. Zwei Männer standen am Fuße des Gerüsts und hoben drohend die Fäuste zu dem Vermesser hinauf.

»Ihr Spione!«, brüllte der eine.

»Hört auf, in unsere Häuser zu gaffen!«, verlangte der andere.

Der Vermesser beugte sich zu den Männern herunter und schüttelte den Kopf.

»Eure Wohnungen interessieren mich nicht. Ich mache hier nur meine Arbeit!«, rief er hinunter.

Benedict musterte den Vermesser. In seinem dunklen Anzug und dem schwarzen Zylinder sah er weder wie ein Arbeiter noch wie ein Gelehrter aus, sondern wie ein Beamter des Kaisers.

Die Männer lachten böse und beschimpften den Vermesser. Doch der drehte sich wieder zu Benedict um.

»Das passiert immer wieder. Dabei interessiert mich ihre Wohnung natürlich nicht. Siehst du den Turm dort hinten, auf dem mein Kollege steht?«

Als Benedict das Fernrohr ans Auge hob, wurden die Flüche unten auf der Straße immer lauter, und ein anderes Geräusch erregte ihre Aufmerksamkeit. Es war ein Knirschen und Ratschen. Der Vermesser lehnte sich wieder über das Geländer und begann sofort, die Männer anzubrüllen.

Benedict ließ das Fernrohr sinken und beugte sich nach vorne, um zu sehen, was auf der Straße unter ihnen geschah.

Einer der Männer stand mit einer Säge am Fuß des Gerüsts und sägte an den Balken. Das Gebrüll des Vermessers hielt ihn nicht davon ab, und sein Freund stachelte ihn ununterbrochen an und wetterte gegen den Baron, der die Stadt um jeden Preis für den Kaiser neu gestalten wollte.

Fluchend schwang sich der Vermesser über das Geländer und kletterte zur Straße hinab. Benedict sah sich auf der Plattform um und betrachtete die Geräte, die der Beamte hier oben liegen gelassen hatte. Die Linsen der Fernrohre funkelten in der Sonne. Verschiedene Dreiecke und Winkel lagen auf einer Papierrolle. Die Ecken waren mit Zeichen und Zahlen versehen. Benedict wollte die unbekannten Arbeitsgeräte nur einmal in der Hand halten.

Er sah nach unten. Der Vermesser rang mit dem einen Mann, und die ersten Menschen waren stehen geblieben, um sie zu beobachten. Der andere duckte sich immer wieder unter den Fäusten des Beamten hindurch und sägte weiter an dem Fuß des Turmes, aber niemand griff ein. Noch nicht.

Nur einmal noch wollte Benedict durch das Fernrohr sehen und den Winkel in der Hand halten. Doch als er sich bückte und die Hand danach ausstreckte, krachte es fürchterlich und der Turm neigte sich zur Seite. Die Geräte schlitterten über die Plattform und Benedict griff nach dem Geländer. Bevor er es erreicht hatte, brach der Boden unter ihm ein und er stürzte in die Tiefe.

Kapitel 14

Wenn das Vakuum entsteht, drückt Dampf von oben auf den Kolben im Zylinder. Wenn er unten angekommen ist, lässt du im Zylinder unterhalb des Kolbens Dampf einströmen. Außerdem verbindest du mit einem Regler den oberen Teil mit dem Kondensator, damit der Dampf dort abkühlt und ein Vakuum entsteht. Dadurch wird der Kolben hochgezogen und gleichzeitig durch den Dampf von unten hochgeschoben.
(M. Bateaux)

Charles saß am Esstisch und betrachtete seine Frau am Ende der Tafel. Sie stocherte lustlos in ihrem Gemüse herum. Vor vielen Jahren hatte er es sich zur Gewohnheit gemacht, nach ihrem Befinden und den Ereignissen ihres Tages zu fragen. Doch nachdem er das Geschäft seines Schwiegervaters übernommen hatte, war er auch bei den abendlichen Mahlzeiten mit seinen Gedanken meist noch in seinem Betrieb. Schließlich war das Geschäft *die* Gelegenheit für ihn, vor aller Welt seine Fähigkeiten unter Beweis zu stellen.

Charles streckte seinen Rücken gerade und seine Frau

zog eine Augenbraue in die Höhe. Das war ihre Form der Missachtung, und er hatte noch keinen Weg gefunden, sich von ihr dadurch nicht kränken zu lassen.

»Das ist dein drittes Glas Wein«, stellte er fest, als sie es an ihre Lippen setzte. Sie lachte kurz auf, trank das Glas in einem Zug leer und ließ eine neue Flasche öffnen.

»Du solltest nicht zu viel trinken! Du wirst davon fett um die Hüften, und wir werden bald keinen Schneider mehr finden, der dir Kleider in dieser Größe nähen kann.«

Für einen Augenblick sah sie ihn hasserfüllt an, und Charles spürte, wie sich die Haare auf seinen Armen schaudernd aufstellten. Dann ließ sie niedergeschlagen die Schultern sinken und schob seufzend ihren Teller von sich. Sie war älter geworden, hatte aber trotz der zwei Schwangerschaften noch immer eine schlanke Figur und die wenigen Fältchen um ihre Augen machten sie für ihn noch anziehender. Trotzdem hatte er sie schon seit Jahren nicht mehr berührt, denn er konnte nicht ertragen, wie bekümmert sie immer aussah. Natürlich ahnte er, warum sie nicht mehr lachte und welche Rolle er dabei spielte.

»Was wollte der Beamte, der dich letzte Nacht in deinem Arbeitszimmer aufgesucht hat?«, wollte sie plötzlich wissen und umklammerte das Weinglas mit beiden Händen.

Charles schreckte auf und ärgerte sich darüber, dass sie eine solche Macht über ihn hatte. Nur sie konnte ihn aus der Fassung bringen, wenn er in Gedanken versunken war.

»Das war geschäftlich«, antwortete er knapp. »Nichts, was eine Frau verstehen würde.«

»Denkst du, ich weiß nicht, was auf der Straße vorgeht?« Ihr Lächeln war bittersüß, und als sie in seinen Augen den

Schrecken sah, setzte sie das Glas an und trank es erneut in einem Zug leer.

»Es geht dich nichts an, womit ich unser Geld verdiene«, polterte er.

Sie runzelte die Stirn. »Du arbeitest für die Regierung?«

Verdammt. Er wollte sie verletzen, aber sie las zwischen den Zeilen und in seinem Gesicht. Warum hatte er sie nie so manipulieren können wie ihren Vater?

Am besten antwortete er ihr nicht. Sie konnte von dem Gespräch nichts mitbekommen haben, da niemand mehr im Gebäude gewesen war, als der Beamte ihn besucht hatte – außer dem einen Angestellten, der aber gleich nach Ankunft des Mannes das Haus verlassen hatte. Er stand auf und ging um den Tisch herum. Die Diener hatten sich längst zurückgezogen, als der Ton der Unterhaltung schärfer geworden war. Er schenkte ihr lächelnd noch ein Glas Wein ein und achtete darauf, es besonders voll zu gießen.

»Du hast nach deinen Söhnen geschickt. Was sollen sie für dich tun?«

Er schnaufte wütend. »Was kümmert es dich? Wenn dein Vater wüsste, welchen Beitrag wir für unsere Stadt leisten, wäre er stolz auf mich. Warum kannst du dich nicht einfach freuen und für ein freundliches, warmes Zuhause sorgen?« Er biss sich auf die Lippen. Schon wieder hatte er mehr über sich verraten, als er wollte, und sie hatte sehr viel mehr verstanden, als er angedeutet hatte.

Ihre Augen verrieten es ihm ohne jeden Zweifel. »Ich tue das Richtige«, keifte er. »Es wird den Menschen bald besser gehen in dieser Stadt. Wohlstand und Bildung werden auf den neuen breiten Straßen zu Hause sein.«

»Das klingt nicht nach deinen eigenen Worten«, stellte sie ruhig fest. Natürlich hatte sie recht. Er hielt nichts von Bildung. Wer lesen und schreiben konnte, war für das Büro im Betrieb bestens gerüstet, aber die Arbeiter brauchten nur einen starken Rücken und die Frauen geschickte Hände. Alles andere war nicht gut für die Moral.

»Durch die neue Kanalisation wird niemand mehr krank werden. Du hasst es doch, wenn die Arbeiterinnen sich gegenseitig anstecken und ihre Häuser nicht mehr verlassen wollen.«

»Nein.« Sie schüttelte den Kopf. »*Du* kannst es nicht ausstehen, wenn sie der Arbeit fernbleiben, *ich* ertrage es nicht, wenn wir ihnen nicht helfen.«

»Jetzt helfen wir ihnen.« Triumphierend schlug er mit der flachen Hand auf den Tisch und die Teller erzitterten. »Wenn die neue Kanalisation gebaut ist, wird niemand mehr seinen Nachttopf auf die Straße leeren. Du kannst spazieren gehen, ohne dir einen Schirm über den Kopf zu halten. Die alte Kanalisation hat nicht mal einen Bruchteil der Arbeit erledigen können. Nun wird die beste Kanalisation der Welt gebaut, die Unmengen von Unrat und Schmutzwasser unterirdisch aus der Stadt bringt, und die Ärzte brauchen sich nicht mehr über die dreckigen Straßen zu beschweren.«

»Das klingt nicht nach deinen Worten«, stellte sie noch einmal fest und hob ihr Weinglas. »Du nimmst den Menschen ihr Zuhause, Charles«, sagte sie und trank von dem dunkelroten Wein.

Der Klang seines Namens berührte ihn, und er suchte fieberhaft nach einem Weg, dieses Wortgefecht zu gewinnen.

Doch seine Frau war schneller. Sie beugte sich nach vorne und sah ihm in die Augen. »Die Menschen werden ihren Stadtteil und ihre Gassen nicht wiedererkennen. Die Verkäufer verlieren ihre Hauseingänge, wo sie ihren Karren aufstellen und ihre Waren anbieten können.« Trotz des Weins war ihre Stimme ruhig und eindringlich und traf ihn bis ins Mark.

»Alles wird viel schöner und besser, da gibt es keinen Zweifel«, erwiderte er matt.

»Sie spotten über Baron Haussmann, der das Geld mit vollen Händen ausgibt und Straße um Straße aufreißt. Bald wird ganz Paris eine Baustelle sein. Und niemand fühlt sich mehr zu Hause.«

»Lieber gesund und fortschrittlich als diese alberne Sentimentalität. Niemand will das, was gestern war.«

Sie schüttelte den Kopf. »Da irrst du dich, mein Lieber.«

Charles sprang von seinem Stuhl hoch. »Darum geht es dir! Die Stadt interessiert dich nicht. Dir passt es nicht, wie ich den Betrieb führe, den dein Großvater aufgebaut hat. Ich bin wohl nicht gut genug für deine Familie. Aber du wirst schon sehen, was ich aus diesen Ruinen machen werde. Eine der größten und modernsten Fabriken des Landes entsteht hier und das ist mein Verdienst.« Er schlug nun mit beiden Händen auf den Tisch und stieß gegen sein Glas. Die rote Flüssigkeit ergoss sich über das blütenweiße Tischtuch und hinterließ einen Fleck, dessen Anblick ihm eine Gänsehaut bescherte. Seine Frau schüttelte den Kopf. Eine Träne lief über ihr schönes Gesicht.

Er seufzte und ließ sich wieder auf seinen Stuhl fallen.

»Ein Schuster, der in seinem Keller sitzt und hustet, wird

nun seine Wohnung und seine Werkstatt verlieren und ...«
Sie konnte den Satz nicht vollenden, weil er ihr ins Wort fiel.

»Aber er bekommt ein trockenes Zuhause. Die neuen Keller werden ganz anders gebaut. Er wird keinen Husten mehr haben.«

»Du irrst dich. Er wird kein Dach mehr über dem Kopf haben, denn das neue Haus wird für ihn zu teuer sein.«

Charles starrte seine Frau an. Natürlich konnte er ihr nicht widersprechen. Seine eigenen Mietshäuser waren zum Bersten vollgestopft mit Arbeitern, die aus dem Umland kamen, um in seiner Fabrik zu arbeiten, und auch die Handwerker, die für die großen Baustellen angeworben werden mussten, würden die Stadt überschwemmen und den Wohnraum noch weiter verknappen. Aber wie hatte seine Frau das alles herausgefunden, wo doch die Zeitungen mehr schlecht als recht versuchten, die Bevölkerung zu informieren, indem sie mit Karikaturen die Zensur umgingen?

»Worum geht es dir? Warum interessierst du dich für einen Schuster?«, wollte er wissen. »Kannst du nicht stolz auf mich sein?« Er schluckte, aber er hatte sich längst zu weit herausgewagt aus seinem Schneckenhaus und konnte seine drängendste Frage riskieren. Doch seine Frau ging nicht darauf ein.

»Du wirst deinen Sohn schicken, um weiter nach der Karte zu suchen, und ich möchte wissen, welchen du dafür ausgewählt hast.«

Charles starrte sie an, und ihm wurde schmerzlich bewusst, wie weit sein Mund dabei aufstand. Jahre des Übens und der Selbstdisziplin waren nötig gewesen, um seine Mimik zu kontrollieren, und seiner Frau gelang es noch immer, ihn völlig aus der Fassung zu bringen.

»Woher …? Wie hast du …?« Konnte sie erfahren haben, wessen Karte er suchen sollte? Hatte sie sein dunkelstes Geheimnis gelüftet und ihn all die Jahre darüber getäuscht?

Er schluckte und griff sich an den Kragen, um sich mehr Luft zu verschaffen.

»Gib endlich Sebastien die Möglichkeit, sich vor dir zu beweisen.«

»Nein, Jérôme hat bereits eine Spur verfolgt und wird auch weiter mit dieser Angelegenheit betraut. Der Kleine ist dafür nicht aus dem richtigen Holz geschnitzt.«

»Du hast versprochen, es würde einen fairen Wettkampf zwischen den beiden geben. Der Bessere sollte gewinnen und du bevorzugst Jérôme seit Jahren und gibst ihm die leichteren Aufgaben.«

Er lachte gehässig auf, aber er fürchtete sich vor dem, was sie wusste, und wollte sie verletzen. »Denkst du, ich weiß nicht, wie viel Geld du in deinem Strumpf gesammelt und Sebastien zugesteckt hast, um ihn aus seinen finanziellen Eskapaden zu befreien? Er gibt das Geld mit vollen Händen aus und verschwendet es für Mädchen und Absinth. Bald ist er so ein Trunkenbold wie sein Onkel, und dann wird er nicht den Betrieb übernehmen, sondern auch in einem muffigen Keller sitzen und Schuhe flicken.« Zufrieden über seine bösen Worte strich er sein Hemd glatt und lehnte sich in seinem Stuhl zurück.

Seine Frau starrte ihn an, aber er war sich nicht sicher, was sie empfand. Sie kam um den Tisch herum, und als er schon befürchtete, sie würde sich ihm nähern, um ihn zu ohrfeigen, griff sie nach der Weinflasche und ging zurück zu ihrem Platz. Sie goss das Glas unanständig voll. Dann nahm sie es hoch und verließ damit das Zimmer. Der Wein schwappte bei jedem Schritt über den Rand und hinterließ eine Spur aus roten Tropfen auf dem teuren Teppich.

※

Milou stand vor der Tür und betrachtete die jungen Männer in ihren geplätteten frischen Hosen und den schneeweißen Hemden, die auf das Haus zueilten. Mit gerunzelter Stirn gab sie jedem einzelnen die Hand und begrüßte ihn im Haus von Monsieur Giffard, den sie ihnen gegenüber als ihren Onkel bezeichnete. Seit Tagen schon hatte sie sich auf den Moment gefreut, an dem die Klasse mit ausgewählten Schülern ihren Unterricht beginnen würde. Schließlich sollten kluge junge Männer mit vielen Ideen, Träumen und lautem jugendlichem Übermut das Haus bevölkern. Aber schon nach den ersten Begegnungen war sie maßlos enttäuscht. Keiner der Jungen hatte ihr eine Frage gestellt. Stattdessen hatten die meisten sie aufmerksam gemustert, manche ihren Hals angestarrt und andere beobachtet, wie sich ihre Brüste unter dem Kleid bewegten, wenn sie ihre Hand ausstreckte, um sie zu begrüßen. Die Jungen stammten alle aus reichen Familien, waren in ihrem Alter oder sogar ein paar Monate älter und verhielten sich wie ungehobelte Gossenjungen oder steinalte einsame Männer.

Milou schüttelte den Kopf und wollte sich enttäuscht in ihr Zimmer zurückziehen, als ihr auf der Treppe jemand in den Weg trat. Er hatte sich ihr bei seinem Eintreffen als Sebastien Godin vorgestellt, und sie erinnerte sich an die Arbeit, die er als Bewerbung abgegeben hatte. Milou lächelte höflich und wartete gespannt, ob ihm eine interessante Möglichkeit einfiel, sie anzusprechen.

»Ich freue mich, dich endlich zu treffen. Die Blumen an deinem Schutenhut sind wirklich bezaubernd.« Sebastien strahlte über das ganze Gesicht und deutete auf den Hut mit der breiten Krempe, den Milou mit einem Seidenband unter ihrem Kinn verknotet hatte. In dem Moment vermisste sie ihre Mutter fürchterlich, denn sie hätte gewusst, was eine junge Dame dem charmanten, gut aussehenden Jungen antworten konnte.

»Milou?«

Sie zuckte zusammen. Hatte Sebastien ihr eine Frage gestellt?

Doch als er einen Schritt zur Seite trat, sah sie Henri Giffard am Fuß der Treppe stehen. Sie lächelte Sebastien bedauernd an und beeilte sich, zu Henri hinunterzusteigen. Der Freund ihres Vaters betrachtete sie mit einem liebevollen Lächeln und grüßte Sebastien, der abwartend auf der Hälfte der Treppe stand.

»Es tut mir leid, mein Junge. Ich brauche die Hilfe meiner Nichte. Du wirst in den nächsten Monaten noch ausreichend Gelegenheit bekommen, sie kennenzulernen und dich mit ihr zu unterhalten. Willkommen in meinem Haus!«

»Vielen Dank, Monsieur Giffard«, antwortete Sebastien, aber die Enttäuschung stand ihm deutlich ins Gesicht geschrieben. Außerdem war da noch etwas anderes, das Milou nicht deuten konnte. War er wütend auf den neuen Lehrer, den er doch eigentlich verehren sollte? Milou ging auf Henri Giffard zu, der am Fuß der Treppe stand und ihr seine Hand entgegenstreckte. Irgendetwas hatte Sebastien an sich, was sie faszinierte und doch auch beunruhigte.

»Begleite mich bitte zu einem Kollegen, bei dem ich etwas abholen muss«, bat Henri Giffard sie augenzwinkernd.

»Wenn du es wünschst, Onkel«, entgegnete Milou. Sie drehte sich noch einmal zu Sebastien um. Wahrscheinlich hatte sie sich das Unbehagen eingebildet, denn nun erkannte sie nichts als Freundlichkeit und Zuneigung in seinem Gesicht.

Als sie sich mit einem Nicken von ihm verabschiedete, bemerkte sie seine rechte Hand, die das Geländer der Treppe umklammerte. Dann folgte sie Henri Giffard nach draußen auf die Straße.

Als Benedict die Augen aufschlug, sah er unzählige Stiefel an ihm vorbeieilen. Zwei Männer wurden unter dem Trümmerhaufen herausgezogen, Polizisten liefen auf die Menschenmenge zu und befragten jeden, der lange genug stehen blieb. Andere Beamte waren herbeigeeilt und beschimpften den Mann, der in seiner Wut die Säge geführt hatte. Er war sichtlich erschrocken und kam nur schwankend wieder auf die Beine. Dann schob sich ein Gesicht in Benedicts Blickfeld. Auf einem Wust von rabenschwarzen Korkenzieherlocken saß ein hübscher weißer Hut, der mit einer Schleife unter dem Kinn auf dem Kopf festgehalten wurde. Ungewöhnlich große dunkelblaue Augen musterten ihn besorgt. Das Mädchen streckte die Hand aus und berührte ihn an der Stirn. Benedict zuckte zurück und der Schmerz drang in sein Bewusstsein. In seinen Rücken bohrte sich das zersplitterte Holz, auf dem er gelandet war. Von dem Turm war nichts mehr stehen geblieben. Durch die Sägearbeiten war er zur Seite geschwenkt und zusammengebrochen.

»Er ist bei Bewusstsein.«

»Gott sei Dank!«

»Aber seht euch sein Bein an!«

Als Benedict das Gemurmel und die Rufe der umstehenden Menschen hörte, richtete er sich auf, um sein Bein zu betrachten. Sofort schoss ein fürchterlicher Schmerz in seinen Rücken und der Blick auf sein verdrehtes Bein trieb ihm die Tränen in die Augen. Die Schmerzen ließen Übelkeit in Wogen in ihm aufsteigen. Als er versuchte, sich weiter aufzurichten, spuckte er dem Mädchen sein Mittagessen vor die Füße. Völlig entkräftet ließ er sich wieder zurücksinken und schloss peinlich berührt die Augen.

Wie gerne würde er im Erdboden versinken und erst wieder auftauchen, wenn die streitenden Passanten und das besorgte Mädchen längst verschwunden waren.

Als er die Augen erneut öffnete, rauschte es in seinem Kopf, und die Geräusche drangen wie durch eine dicke Decke an sein Ohr. Die Auseinandersetzung zwischen den Passanten und den Vermessern war zu einer handfesten Schlägerei angeschwollen, die sich auf alle Anwesenden ausdehnte. Alle hatten umgehend Partei für die eine oder andere Seite ergriffen und stießen ihre Spazierstöcke oder Regenschirme nach den Gegnern. Die Polizisten pfiffen verzweifelt nach Unterstützung. Nur das Mädchen kniete zu Benedicts Entsetzen immer noch an seiner Seite und zog nun einen Mann zu ihm herunter.

»Onkel Henri, der Junge wird in dem Tumult totgetreten. Wir müssen ihn hier wegschaffen.«

Der Mann nickte und winkte einigen jungen Männern, die noch unschlüssig am Rand standen.

»Monsieur Giffard?«

»Bitte helfen Sie mir, den Jungen in mein Haus zu bringen. Es ist nicht weit von hier.« Mit diesen Worten stellte sich der Mann zu Benedicts Füßen auf und krempelte sich die Ärmel hoch.

Monsieur Giffard. Benedict wünschte sich in diesem Moment nichts sehnlicher, als unsichtbar zu werden. Nur dieses eine Mal. Da lag er auf dem Boden und konnte vor Schmerzen keinen klaren Gedanken fassen, während er endlich den Mann traf, den er seit Jahren bewunderte. Noch vor wenigen Minuten hätte er alles dafür gegeben, dem großen Erfinder zu begegnen und ihm eine Frage stellen zu können. Doch nun lag er hilflos auf dem Rücken und hatte seiner Nichte die halb verdauten Esskastanien vor die Füße gespuckt. Die Geräusche, die an seine Ohren drangen, wurden immer dumpfer, die Bilder verschwammen vor Benedicts Augen, und er musste sie schließen, um sich nicht wieder zu übergeben. Er spürte, wie jemand ihn aufhob, und der Schmerz schoss vom Bein hinauf bis in den Rücken, sodass er laut aufschrie. Er konnte nicht anders.

Dann verlor er das Bewusstsein.

Kapitel 15

Wenn du an der Kurbel oder dem Zahnrad einen Riemen befestigst, kannst du mit Dampf und Vakuum deine Maschine antreiben. Für die Luftschifffahrt werden an den Riemen Schaufelräder oder Propeller angeschlossen.
(M. Bateaux)

Charles war eine Stunde vor dem Spiegel seines Vaters stehen geblieben und hatte um Fassung gerungen. Die Aufregung, die ungewohnten Gefühle und die Angst vor der Enthüllung seines dunkelsten Geheimnisses hatte er endlich abgeschüttelt, das Gefühl der Kontrolle durchströmte wieder seine Adern und half ihm, auch die kleinsten Muskeln im Gesicht genau zu steuern.

Jemand klopfte an die Tür.

»Komm herein«, sagte er und baute sich neben dem Kamin auf.

»Guten Abend, Vater.« Sein Sohn Jérôme betrat den Raum und setzte sich auf den Stuhl an den runden Tisch, wo vor wenigen Tagen auch sein Bruder gesessen hatte.

Jérôme hatte das hübsche Gesicht seiner Mutter geerbt,

und es gab Charles stets einen kleinen Stich, wenn er ihn betrachtete.

Vor vielen Jahren hatte er es sich zur Aufgabe gemacht, den Ehrgeiz der beiden Brüder zu wecken und ihren Geist abzuhärten, den die Mutter in der Kindheit mit zu viel Aufmerksamkeit, Musik und Märchen aufgeweicht hatte.

»Ich habe eine wichtige Aufgabe für dich, Jérôme. Ich kann sie deinem Bruder nicht anvertrauen, und ich hoffe, du wirst mich nicht enttäuschen.«

Jérôme nickte ernst und wartete stumm auf seinen Auftrag. So war er immer gewesen, und es war leicht, ihn gegen seinen Bruder aufzubringen.

»Ein Beamter der Stadt sucht nach einer Karte von einem gewissen Monsieur Bateaux. Es handelt sich um einen Stadtplan, der von Monsieur Bateaux im Auftrag der Regierung gezeichnet wurde und der seit vierzehn Jahren verschwunden ist. Jemand hat einen Hinweis auf ein Dorf gefunden, in dem ein Kloster liegt, das seit der großen Choleraepidemie als Waisenhaus genutzt wird.«

Jérôme nickte. »Darf ich etwas fragen, Vater?«

Charles nickte und betrachtete sein Gesicht kurz in dem Spiegel, der hinter Jérômes Rücken an der Wand hing. Seine Miene war kalt und ausdruckslos wie immer. Zufrieden strich er mit Daumen und Zeigefinger über seinen Bart.

»Warum lässt man keinen neuen Stadtplan zeichnen?«

»Monsieur Bateaux … verfügt über ein außergewöhnliches Talent und hat die heutigen Ansprüche an eine moderne Stadt mit ihrer Liebe zu technischen Neuerungen verknüpft. Ein Vorfahre von Monsieur Bateaux stammt aus Italien, und sie hat nicht nur Schriften von Evangelista Torricelli und Leonardo da Vinci studiert, bevor sie den Entwurf gezeichnet hat. Ihr Urgroßvater ist selbst wegen seiner ungeheuerlichen Erkenntnisse und Erfindungen als Ketzer verbrannt worden, und es heißt, seine Aufzeichnungen sind alle in Familienbesitz geblieben. Niemand wird je wieder so einen Entwurf mit Kanalisation und Versorgungsleitungen für die Stadt entwerfen können. Dieser Plan ist vollendet und perfekt.«

Jérôme runzelte die Stirn, und Charles spürte, wie sein Herz mit einem Mal schneller klopfte. Auch wenn sein Sohn die innere Unruhe nicht erkennen konnte, machte sich schreckliche Angst in ihm breit. Hatte er nicht nur den Respekt seiner Frau, sondern auch die Ehrfurcht seiner Söhne verloren?

»Vater, hast du gerade gesagt, ›sie‹ hätte italienische Vorfahren?«

»Unsinn«, brüllte Charles. »Wenn ich dir etwas ungemein Wichtiges anvertraue, dann erwarte ich deine Aufmerksamkeit. Ich bin zu nachlässig mit dir. Du wirst keine Erklärungen mehr erhalten, und den nächsten Auftrag bekommt dein Bruder, wenn du mir nicht in zwei Tagen den Stadtplan gebracht hast.«

Jérômes Ohren brannten feuerrot und er setzte sich kerzengerade auf.

»Aber, Vater, das Dokument ist nicht mehr in dem Kloster und der Junge hat seine Lehrstelle bei dem Schuster nicht angetreten. Ich habe keine Spur … außer …«

»Außer?«, drängte Charles ungeduldig.

»An dem Tag, als ich bei dem Schuster war, wurden zwei Frauen in dem Dorf beobachtet, die man dort vorher noch nie gesehen hatte. Eine Nonne und eine Bürgerliche in einem schlichten blauen Kleid.«

»Was ist daran besonders?«

»Der Krämer hat an dem Tag ein blaues Kleid verkauft und die beiden Frauen hatten große Ähnlichkeit.«

»Das ist noch keine Spur«, behauptete Charles grimmig.

»Doch, Vater«, widersprach Jérôme zaghaft und lehnte sich aufgeregt auf seinem Stuhl nach vorne. »Ich habe nicht nur den Krämer, sondern auch den Wirt und den Schuster befragt. Die Nonne hat sich nach dem Jungen erkundigt und die Frau hat den Wirt im Gasthaus nach meinem Namen gefragt.«

Mit einem Knirschen biss Charles die Zähne zusammen, um seinen Schrecken zu verbergen.

»Hat er ihn verraten?«, fragte er nach einem Augenblick, in dem Jérôme nachdenklich aus dem Fenster gestarrt hatte.

»Wie bitte? Nein, natürlich hat er ihn nicht nennen können, weil ich einen falschen Namen benutzt habe.«

Charles spürte Erleichterung, aber vor allem Stolz auf die Verschlagenheit seines Sohnes.

»Was hast du vor?«, fragte er barsch, damit Jérôme ihm seine Rührseligkeit nicht anmerkte. »Wie willst du die Frau finden?«

»Das brauche ich nicht. Sie ist uns gefolgt und wir haben sie zu einem Gasthaus an der Zollstation von Porte Maillot gelockt. Dort ist sie geblieben und beobachtet die Freunde, die ich als Köder dort gelassen habe.«

Charles taumelte und griff nach dem Kaminsims. Sein Sohn hatte einen Schritt weiter gedacht. Musste er ihm sein dunkelstes Geheimnis anvertrauen, bevor er selbst es entdeckte? Tief ließ er die Luft in sich hineinströmen, um die Fassung zurückzuerlangen. Dann schüttelte er den Kopf.

»Ich möchte wissen, ob diese Frau hinter dem Jungen oder hinter dem Stadtplan her ist. Kannst du dich darum kümmern oder soll ich jemand anderen damit beauftragen?«

»Nein, natürlich nicht. Ich finde das heraus ...« Jérôme wartete auf das Zeichen seines Vaters, das es ihm erlaubte, den Raum zu verlassen. Noch immer spiegelten sich am Ende ihrer Unterhaltung Enttäuschung und Kränkung auf seinem Gesicht. Bei der Kontrolle seiner Gefühle war Jérôme keinen Schritt weitergekommen, während sich Sebastien schon deutlich besser beherrschen konnte.

Charles hob die Hand und entließ seinen Sohn. Als Jérôme die Tür hinter sich geschlossen hatte, ließ Charles sich erschöpft auf seinen Sessel fallen und öffnete den obersten Knopf seines Hemdes. Durch die Aufregung der letzten Tage schien sein Hals anzuschwellen.

Außer seinem Sohn musste er noch einen seiner Spione auf die Frau ansetzen, um sicherzugehen. Auch wenn sich diese Frau für den Stadtplan interessierte, durfte sie nicht wieder auftauchen, um ihn in Schwierigkeiten zu bringen.

Nur der Name des Jungen beunruhigte ihn. Benedict. Das war schon ein seltsamer Zufall.

Falls Bateaux tatsächlich wieder aufgetaucht war, drohte ihm keine Gefahr, denn sie wusste schließlich nicht, wer für ihr Unglück verantwortlich war.

Und Benedict konnte nicht wieder auftauchen, denn er war vor fünfzehn Jahren ums Leben gekommen.

※

Als Benedict die Augen öffnete, befand er sich in einem Zimmer, das er noch nie zuvor gesehen hatte. Die Bettpfosten waren mit Schnitzereien verziert und aus dem gleichen dunklen Holz wie der Schrank und ein kleiner Waschtisch. Unter dem Fenster standen zwei Sessel, auf deren Polster sich das Blumenmuster der Vorhänge wiederholte. Die Matratze war dick und weich und die Bettwäsche duftete nach Blumen.

Benedict sah an sich herunter. Er trug nur noch sein langes Unterhemd. Jemand hatte sein Bein wieder gerade gerückt und mit festen Leinentüchern umwickelt, damit es in dieser Stellung blieb. Die Schmerzen waren nicht mehr stechend, sondern eher dumpf, aber die Demütigungen nahmen offensichtlich kein Ende. Jemand hatte ihn getragen und entkleidet. Hoffentlich war das hübsche Mädchen nicht im Raum gewesen, als das passiert war. Hatte er den Namen von Monsieur Giffard gehört? Oder hatte er sich das eingebildet?

Die Tür öffnete sich. Benedict versuchte, sich aufzusetzen, aber er sank verzweifelt zurück in die Kissen, da ihm von den Schmerzen wieder übel wurde. Ein Mädchen trat an sein Bett und reichte ihm eine Tasse, über der es dampfte.

Benedict nahm sie nicht. »Wo bin ich?«, fragte er und wünschte, er könnte die Scham besiegen, die in ihm aufstieg wie die Übelkeit. Es war dasselbe Mädchen, dem er sein Mittagessen vor die Füße gespuckt hatte.

»Bei Monsieur Giffard.« Sie zog die Hand nicht zurück und stellte die Tasse auch nicht auf dem Tisch ab. Stattdessen nickte sie Benedict aufmunternd zu. Doch der ignorierte den Becher nach wie vor.

»Hast du mich hierher gebracht?«

Sie lachte ein helles freundliches Lachen. »Nein, aber Monsieur Giffard und ein paar junge Männer, die in der Straße unterwegs waren.«

Dann hatte er das also nicht geträumt. »Wo ist er?«

»Er bezahlt den Arzt.«

Benedicts Wangen röteten sich. Das war ihm furchtbar peinlich, dabei hatte er gedacht, es könnte nicht unangenehmer werden. Er würde das Geld niemals zurückzahlen können und wollte sich lieber nicht vorstellen, wie Monsieur Giffard auf diese Nachricht reagieren würde.

»Wo wohnst du? Gehörst du zu dem Vermesser? Onkel Henri möchte einen Boten schicken, damit man dich abholt.«

Benedict seufzte. Um nicht antworten zu müssen, griff er jetzt doch nach der Tasse. Er fühlte sich heiß an und die Kräuter hatten einen öligen Schimmer auf der Oberfläche der Flüssigkeit hinterlassen. Am Geruch erkannte er nicht, was sie ihm in das heiße Wasser hineingetan hatten, aber er setzte den Becher an die Lippen und ließ ein paar Schlucke des heißen Gebräus die Kehle hinabrinnen. Wärme breitete sich in seinem Magen aus und er schloss für einen Augenblick die Augen. Er wollte nur kurz dieses Gefühl der Schwere und Entspannung genießen, das er noch nie zuvor gespürt hatte.

Als er die Augen wieder öffnete, war es draußen dunkel geworden. Eine Gaslaterne brannte in der Halterung an der Wand und das Mädchen saß in dem Sessel neben seinem Bett mit einem dicken Buch auf den Knien.

Als er erneut versuchte, sich aufzusetzen, hob sie den Kopf.

»Du sollst liegen bleiben. Onkel Henri hat dir erlaubt, über Nacht zu bleiben, da deine Schmerzen nicht nachließen.« Sie runzelte die Stirn und betrachtete ihn von seinen schwarzen Locken bis zu den Zehenspitzen.

Benedict fühlte sich unwohl bei dieser Musterung und zog die Decke bis ans Kinn hinauf. Doch das Mädchen hatte den Kopf längst wieder gesenkt und sich in ihr Buch vertieft. Ihre Korkenzieherlocken hüpften bei jeder Bewegung lustig auf und ab, aber sie musterte ihn immer wieder und runzelte ernst ihre Stirn.

Auch wenn Benedict das hübsche Mädchen gerne noch ein bisschen angesehen hätte, war ihm ihr besorgter Blick unangenehm. Es war höchste Zeit, das Haus des Erfinders verlassen.

»Danke, das ist nicht nötig«, sagte er und versuchte, den hochnäsigen Tonfall der reichen Leute zu imitieren. »Ich werde erwartet und nehme eure Gastfreundschaft sicher nicht länger in Anspruch.«

Wenn sein Freund Albert ihn hören könnte, würde er Tränen lachen.

»Das wirst du sicher nicht«, erwiderte sie, ohne von ihrem Buch aufzusehen.

Benedict spürte, wie Zorn in ihm aufstieg und die Mattheit und Benommenheit aus seinem Kopf fegte. Er stemmte sich mit aller Kraft hoch und sah sich nach seinen Stiefeln um, da er schließlich nicht barfuß durch die nassen Straßen laufen konnte. So weit war es noch nicht mit ihm gekommen, und er würde alles tun, um das zu verhindern. Und wenn er am Schluss doch in die Lehre beim Schuster gehen musste, sollte es wohl so sein.

Spätestens morgen früh würde ihn Giffard aus dem Haus werfen lassen, weil er ihm das Geld für den Arzt nicht erstatten konnte, und für einen Tag hatte er genug Demütigungen erlebt. Entschlossen schob Benedict das gesunde Bein aus dem Bett. Doch als er das andere nachzog und auf den Boden aufsetzte, brach es einfach unter ihm weg, und er fiel der Länge nach auf den Holzboden und lag dem Mädchen in ihrem Sessel zu Füßen.

Benedict schloss die Augen. Schlimmer konnte es nun wirklich nicht mehr werden.

Das Mädchen stieß einen erschrockenen Schrei aus und kniete sich neben ihn auf den Boden. Sie griff nach seiner Schulter und klang wirklich besorgt, als sie seinen Namen rief.

Benedict öffnete die Augen. Sie hatte sich über ihn gebeugt und ihre Haare fielen auf seine Schulter.

»Woher kennst du meinen Namen?«, fragte er sie skeptisch und schob ihren Oberkörper von seiner Brust.

In dem Moment wurde die Tür aufgerissen und ein Mann polterte ins Zimmer. Er sah auf die beiden hinab und runzelte die Stirn.

»Was ist hier passiert?«, fragte Monsieur Giffard, und der große Erfinder sah so verwirrt aus, dass Benedict unwillkürlich lachen musste. Mit den Armen versuchte er, sich auf das Bett zu ziehen. Aber er schaffte es erst, als das Mädchen ihm mit überraschend muskulösen Armen unter die Achseln griff und ihn stützte. Doch er ließ sich von ihr nicht in die Kissen drücken, sondern blieb aufrecht an der Bettkante sitzen und bemühte sich, das schmerzende Bein nicht mit seinem Gewicht zu belasten.

»Du bleibst besser die Nacht in meinem Haus und lässt dich morgen abholen«, schlug Monsieur Giffard vor. »Soll ich jemanden benachrichtigen?«

Er schüttelte stumm den Kopf.

Der Mann fuhr sich durch das Haar und sah dabei freundlich und wunderbar unvollkommen aus. An der Stirn war es schon etwas zurückgegangen, und feine graue Strähnen durchzogen das braune Haar, obwohl er erst fünfunddreißig Jahre alt war. Benedict atmete tief ein, zögerte noch einen kleinen Augenblick, und dann platzte das aus ihm heraus, was ihn beschäftigte, seit er zum ersten Mal von diesem berühmten Mann gehört hatte.

»Monsieur Giffard, darf ich Ihnen eine Frage stellen?« Dabei achtete er darauf, den Rücken gerade zu halten und seiner Stimme einen festen Klang zu geben. Der Erfinder nickte.

»Natürlich, mein Junge. Ich lasse dir gleich etwas zu essen bringen.« Dann drehte er sich zur Tür und griff nach der Klinke. Bevor er das Zimmer verlassen hatte, nahm Benedict seinen ganzen Mut zusammen und versuchte es noch einmal.

»Monsieur, das ist sehr freundlich von Ihnen. Aber ich wollte Sie bitten, mir zu erklären, warum Ihr Luftschiff nicht zu schwer war, Monsieur.« Er räusperte sich nervös.

»Sie hatten eine Dampfmaschine und einen Propeller, und die waren doch sicher sehr schwer, oder? Warum konnten Sie über die Häuser hinweg bis in die Wolken hinaufsteigen?«

Monsieur Giffard kam wieder einen Schritt in das Zimmer hinein und nahm die Hand von der Türklinke. Interessiert musterte er das Gesicht des fremden Jungen, den er in sein Haus gebracht hatte. Benedict hatte gespannt die Luft angehalten und merkte es erst, als er erleichtert ausatmete.

Monsieur Giffard hatte den Sessel, auf dem das Mädchen vorher gesessen hatte, dichter an Benedicts Bett gerückt und sich darauf niedergelassen.

»Luftschiffe sind nur leichter als Luft, wenn sie in der Hülle heiße Luft oder ein Gas haben, da beides ein geringeres Gewicht hat als die Luft im Luftmeer. Kennst du ein Gas, das sich eignen würde?«

»Ja, Monsieur. Wasserstoff ist leichter, aber es ist schwierig, ihn herzustellen, und es ist sehr teuer.« Benedict spürte, wie sich seine Wangen röteten, weil er vor Monsieur Giffard lieber nicht über Geld reden wollte. Doch der Erfinder nickte begeistert.

»Das stimmt. Je größer die Hülle mit dem Gas ist, desto größer ist der Auftrieb.«

»Und umso größer kann die Last sein, die Sie damit tragen können.«

»Richtig, aber natürlich müssen wir auch über die Stabilität der Hülle nachdenken. Es wurden schon viele verschiedene Formen ausprobiert und es hat auch schon jemand ein Gerüst für die Hülle gebaut.«

»Aber dann wird sie doch wieder schwerer«, protestierte Benedict.

»Ja, deshalb nehme ich immer noch Hanfseile, aus denen ich ein Netz knüpfe. Aber wenn der Wind meine Zigarrenform erwischt, richtet sie sich auf, und dabei ist mir das Netz schon heruntergerutscht.«

Benedict schlug erschrocken die Hand vor den Mund und hätte dabei fast das Gleichgewicht verloren. Schnell hob er den verletzten Fuß auf das Bett, damit er ihn nicht versehentlich belastete. »Ist Ihnen etwas zugestoßen, Monsieur?«

Der Erfinder schüttelte den Kopf. »Ich bin mit einem Schrecken davongekommen. Aber du siehst, wie gefährlich es ist, die Grenzen des Möglichen zu erforschen. Es haben schon viele tapfere Männer und Frauen ihren Forscherdrang mit dem Leben bezahlt.«

Benedict nickte ernst, aber in Gedanken war er noch bei dem, was Monsieur Giffard zuvor erzählt hatte.

»Aber wäre es nicht für die Stabilität am besten, wenn das Luftschiff über einen stärkeren Antrieb verfügt?«

»Das ist eine kluge Frage«, bemerkte der Erfinder stolz und drehte sich kurz zu dem Mädchen um. Es hatte sich längst vom Boden erhoben und stand unschlüssig neben der Tür.

Aber statt zu antworten, betrachtete Monsieur Giffard Benedict nachdenklich.

»Wie ist dein Name, Junge?«

»Benedict.«

»Du erinnerst mich …« Monsieur Giffard unterbrach sich kopfschüttelnd und schwieg einen Augenblick.

»Hast du ein Zuhause?«, fragte er schließlich leise.

Benedict zögerte. Zunächst hatte er sich eine Lüge zurechtgelegt, aber Monsieur Giffard musste ihn längst durchschaut haben, denn er hatte nicht gefragt, wo es war, sondern ob er überhaupt eines besaß.

Irgendwo wartete sicher ein Ort, den er einmal sein Zuhause nennen würde, aber im Moment befand er sich zwischen den Möglichkeiten, und so schüttelte er stumm den Kopf.

»Bleib noch ein bisschen«, sagte Monsieur Giffard. Als er das Zimmer verließ, summte er fröhlich vor sich hin. Das Mädchen folgte ihm.

Benedict ließ sich wieder zurück ins Bett fallen und alle Anspannung wich von ihm. Nun gut, er würde noch etwas bleiben. Warum auch nicht? Vielleicht würde es eine weitere Gelegenheit geben, sich mit Monsieur Giffard zu unterhalten und mehr über seine Erfindungen zu erfahren.

Als sich die Tür wieder öffnete, trat eine Frau mit einem Tablett ein, worauf sie mühelos einen Teller mit kaltem Huhn und Brot, eingemachten Früchten und einen großen Becher dampfenden Kaffee balancierte. Sie hatte ein rundes freundliches Gesicht und roch nach Kräutern und frischem Brot. Erst jetzt bemerkte Benedict, wie sein Magen schon vor Hunger knurrte

Während Benedict aß, spürte er, wie sich der pochende Schmerz langsam aus seinem Körper zurückzog. Nur der süßliche Geruch der weichen Bettwäsche erinnerte ihn beim Einschlafen daran, wie fremd diese Welt in Paris ihm war.

Benedict schlief einige Stunden traumlos, bis am späten Abend Monsieur Giffard nach einem höflichen Klopfen eintrat. Er setzte sich im Bett auf und stellte erleichtert fest, dass seine Gedanken nicht mehr durch Schmerz und Erschöpfung verschwommen waren.

»Wie geht es dir, Benedict?«

»Besser, Monsieur.« Er zeigte auf sein Bein. »Ich kann es schon wieder ein bisschen bewegen.« Bei dem Versuch, den Erfinder von seiner Gesundheit zu überzeugen, zog er das Knie hoch, woraufhin sofort Schweißtropfen über seine Stirn liefen, und er merkte, wie ihm die Farbe aus dem Gesicht wich. Schnell legte er das Bein wieder auf der Bettdecke ab, um sich nicht auch noch auf die Füße des Erfinders zu übergeben.

»Du kannst ein paar Tage bleiben, wenn du möchtest.«

Benedict kniff die Augen zusammen. Der Lehrer sah nicht aus, als würde er Scherze mit ihm treiben.

»Es tut mir leid, Monsieur, aber ich muss Ihnen noch etwas sagen. Das Geld für den Arzt kann ich Ihnen nicht zurückgeben. Selbst wenn ich doch zum Schuster in die Lehre gehe, könnte ich niemals genug verdienen, um …«

Monsieur Giffard schüttelte den Kopf und Benedict verstummte. »Darüber mach dir bitte keine Gedanken. Sag mir lieber, ob du schon von meiner Dampfstrahlpumpe gehört hast.«

Ohne auf eine Antwort zu warten, erzählte Monsieur Giffard von seiner Zeit bei der Eisenbahngesellschaft und von der Erfindung, die ihm ein Vermögen eingebracht hatte.

»Kannst du lesen?«, fragte er irgendwann unvermittelt.

Auch wenn Benedict langsam war, kannte er die Buchstaben und kam zurecht, solange er nichts laut vorlesen musste. Bei dem Gedanken an diese Möglichkeit wurde ihm ganz flau im Magen, doch er nickte langsam.

»Morgen früh werde ich die Jungen aus dem Collège unterrichten, aber ich komme am Abend zu dir und werde mit dir ein paar Grundlagen durchgehen.« Monsieur Giffard wandte sich an das Mädchen, das aus dem Schatten der Tür trat, und Benedict fragte sich, wie lange sie dort schon gestanden hatte.

»Milou, bringst du Benedict morgen nach dem Frühstück die Bücher, die ich auf meinem Schreibtisch bereitgelegt habe?«

Als Milou wortlos verschwand, legte Monsieur Giffard einen Zeitungsartikel auf Benedicts Bett und verließ dann das Zimmer. Benedict hörte seine Schritte auf der Treppe und wünschte, er könnte zum Fenster hinüberhüpfen, um zu beobachten, ob der Erfinder noch einmal die große Werkstatt betrat, die Benedict in seiner ersten Nacht schon im Hinterhof entdeckt hatte. Doch er traute seinen Beinen noch nicht und das flaue Gefühl im Magen würde sich wohl noch nicht so bald verflüchtigen.

Benedict nahm den Artikel aus der Zeitung *La Presse* zur Hand, der aus der Ausgabe vom 23. September 1852 stammte. Langsam setzte er die Buchstaben zu Wörtern zusammen, wobei er sie leise vor sich hin murmelte. Nach einer kleinen Ewigkeit hatte er den Text endlich entziffert und auch den Sinn verstanden. Es war ein Bericht über Monsieur Giffards erste Reise mit dem Luftschiff.

»Freitag, den 23. September, ist ein Mann mit unerschütterlicher Ruhe auf dem Tender einer Maschine sitzend in die Luft gestiegen. Der Aerostat, welcher ihn trug, hatte die Form eines ungeheuern Walfisches; es war ein Luftschiff, dem der Mast als Kiel und das Segel als Steuer diente.

Es war ein schönes, dramatisches Bild, der Anblick dieses Helden des Gedankens, der mit Unerschrockenheit den Gefahren, vielleicht dem Tode trotzte; denn in dem Augenblick, wo ich diese Zeilen schreibe, weiß ich noch nicht, ob die Landung glücklich vonstattengegangen ist. Doch dem Mutigen winkt das Glück!

Ich hoffe, dass die Landung gelungen ist und dass Monsieur Giffard ohne Verzug einen zweiten Versuch unternehmen kann.«

Als Benedict die Zeitung sinken ließ, hörte er Schritte auf der Treppe und vermutete, dass Milou im Flur gelauscht hatte und nun wusste, wie schwer ihm das Lesen fiel.

Trotzdem war er so glücklich wie noch nie zuvor in seinem Leben! Lächelnd strich er mit den Fingern über das weiche Bettzeug. In wenigen Stunden würde er Bücher in den Händen halten, die ihm die Tür zu einer neuen Welt öffneten, und dann würde ein berühmter Erfinder an sein Bett treten und mit ihm über seine Arbeit reden. Wenn das alles ein Traum war, wollte er nie wieder aufwachen!

❋

Charles Godin strich sich mit Daumen und Zeigefinger am Kinn herunter und zwirbelte die Spitze des buschigen Bartes. Nicht nur der Schnurrbart stand an beiden Seiten in einem schwungvollen Bogen ab, sondern auch das Haar am Kinn rieb er stets so lange zwischen den Fingern, bis es sich kringelte. Als Kind hatte er einmal das Bild eines russischen Seefahrers gesehen und das grimmige, bärtige Gesicht hatte sich ihm tief eingebrannt. Es war ein Gesicht, das Eindruck machte und Menschen einschüchtern konnte. Seine eigene Statur war schon immer schmächtig gewesen, und er war stolz auf diesen eindrucksvollen schwarzen Bart, den sonst niemand hatte. Ob seine Söhne diese Eigenart wohl übernehmen würden?

Sebastien rutschte auf seinem Stuhl nach vorne und breitete feierlich die Arme aus.

»Vater, ich habe es geschafft! Ich bin in der Klasse von Monsieur Giffard!«

Charles nickte und beobachtete, wie die Enttäuschung über die fehlende Anerkennung das Gesicht seines Sohnes zeichnete. Sebastien war noch immer zu nachlässig und ließ sich wieder jedes Gefühl an der Nasenspitze ansehen. Dabei hatte er in den letzten Wochen große Fortschritte gemacht. Aus ihm würde wohl doch kein würdiger Nachfolger für das Unternehmen werden.

»Du wirst das Vertrauen des Lehrers nicht gewinnen, solange der Waisenjunge in seinem Haus ist und das große Herz des Erfinders anspricht.«

»Aber ... Wie hast du ...?«

Mit einem Krachen ließ Charles seine Faust auf den Schreibtisch herunterfahren.

»Wenn du keinen ordentlichen Satz zustande bekommst, halte lieber den Mund!«, brüllte er. Dann ließ er sich in seinen Sessel fallen, zwirbelte seinen Bart und beobachtete mit strengem Blick das Gesicht seines Sohnes. Verzweifelt versuchte der, die Fassung zurückzugewinnen. Aber er sah müde aus und war von der Nachricht völlig überrumpelt worden.

»Vater, ich wusste nicht ...« Er räusperte sich. »Also ich habe den Jungen noch nicht getroffen und weiß nicht, wer er ist und wie lange er bleibt.«

»Das spielt keine Rolle«, zischte Charles. »Er ist dort und du bist nicht dort.« Dann streckte er den Arm aus und deutete auf die Tür. »Das sollte sich schleunigst ändern!«

Sebastien stand auf, und der Blick, den er seinem Vater zuwarf, sprach nicht mehr von Enttäuschung, sondern nur noch von Ärger, vielleicht sogar Hass.

Als er die Tür hinter sich geschlossen hatte, lehnte sich Charles in seinem Stuhl zurück und schloss zufrieden die Augen. Vielleicht würde Sebastien nun endlich entschlossener handeln, um seinen Vater zu beeindrucken.

Da krachte es fürchterlich hinter ihm und die Wand bebte. Vor seinem Fenster wirbelte eine riesige Staubwolke den Sand im Hof auf und kreischend versammelten sich die Arbeiterinnen vor seinem Fenster.

Charles sprang auf und öffnete die Tür zum Flur. Auch hier liefen Frauen aufgeregt durch die Gänge und stürmten zu den Fenstern, wobei sie sich unverständliche Worte zuriefen. Als er sich einen Weg durch die Menge der aufgeschreckten Menschen gebahnt hatte und aus dem Haus trat, sah er die Katastrophe. Ein großes Loch klaffte in der Wand der Werkstatt. Dieser zweitklassige Forscher und Erfinder hatte schon wieder den Kessel der Dampfmaschine in die Luft gejagt.

»Verdammt!«, fluchte Charles. »Irgendwann brennt dabei noch das Wohnhaus ab oder die Flammen greifen auf die Fabrik über und dann fliegt hier alles in die Luft!«

Er wedelte mit der Hand vor dem Gesicht, um das Ausmaß der Verwüstung in Augenschein zu nehmen. Es würde einen ganzen Batzen Geld kosten, die Werkstatt zu reparieren und die Mauern zu erneuern.

Charles raufte sich die Haare. Am liebsten würde er den armseligen Erfinder zum Teufel jagen, aber er brauchte einen Erfolg. Die Investitionen in den Mann und seine Arbeitsmaterialien hatten sich angehäuft und noch lange nicht ausgezahlt.

Charles zwirbelte seinen Bart und seufzte. Womöglich hatte er sich den falschen Mann ins Haus geholt.

Plötzlich stürmte eine Frau aus der Staubwolke heraus auf ihn zu und warf sich jammernd auf die Knie. Sie sah nicht verletzt aus, doch ihr Gesicht wirkte übermüdet und schmutzig wie bei allen Frauen, die bei ihm arbeiteten. Schließlich ließ er sie, wie es üblich war, mindestens elf Stunden täglich in der Fabrik schuften. Die Mieten waren überall gestiegen und er konnte ihnen einen großen Teil des Lohnes für die winzigen Zimmer in seinen Mietshäusern wieder abnehmen. So blieb oft nicht viel für das Essen der Familien übrig.

Die Frau hörte nicht auf zu jammern und riss Charles aus seinen Gedanken. Er wandte sich ab, um wieder in sein Büro zu gehen. Dort würde er in Ruhe überlegen, ob er den Erfinder austauschen sollte. Jetzt wollte er den Mann nicht sehen, denn er würde vor lauter Wut die Beherrschung verlieren und das konnte er nicht ausstehen. Denn später wusste er nicht mehr, was er gesagt und wem er gedroht hatte. Doch dann sah er in den Augenwinkeln jemanden aus dem Geröll herauskrabbeln und die Frau zu seinen Füßen schrie auf. Ein Junge, der etwas jünger als seine eigenen Söhne war, kletterte über einen Berg aus Steinen. Sein Gesicht glühte rot von dem heißen Wasserdampf und in seinem Bein steckte ein Stück Blech, das bei der Explosion durch die Luft geflogen sein musste. Die Frau schloss ihn in die Arme. Der Junge war völlig geschockt und apathisch und ließ es wortlos geschehen. Sie hatte helle Spuren in ihrem verdreckten Gesicht, wo unaufhaltsam die Tränen liefen, und ihr lautes Wehklagen hallte über den Hof und verfolgte Charles noch, als er längst wieder in seinem Büro saß und den Teller betrachtete, den seine Frau ihm durch einen Diener aus dem Wohnhaus herübergeschickt hatte. Er achtete darauf, jeden Bissen seines Frühstücks fünfundzwanzig Mal zu kauen.

Kapitel 16

Achte darauf, dass die Kesseldicke ausreichend bemessen ist. Risse, Rost und Kalkablagerungen, die Kesselstein genannt werden, können entstehen. Dadurch oder durch mangelnden Wasserstand können die Kessel überhitzen. Im schlechtesten Fall explodiert der Kessel.
(M. Bateaux)

Das erste Buch, das Benedict aufschlug, war von einem Mann namens Tiberio Cavallo. Es behandelte die Eigenschaften der Luft und anderer Materie, lieferte eine Einführung in die Chemie und berichtete im letzten Teil von den eigenen Versuchen des Autors. Die Seiten waren eng bedruckt mit Formeln, Schrift und Tabellen, und Benedict hätte Tage, vielleicht sogar Wochen gebraucht, um es von der ersten bis zur letzten Seite zu lesen. Doch jemand hatte bestimmte Abschnitte markiert und kleine Zeichnungen zwischen die Seiten gelegt, die den Text verdeutlichten. Obwohl Milou ihm die Bücher stumm gereicht hatte und seitdem über eine Zeitung gebeugt auf dem Sessel neben Benedicts Bett saß, musste sie es gewesen sein, die für ihn die Hilfen angefertigt hatte. Benedict betrachtete das

Gesicht des Mädchens. Unter ihren Augen lagen dunkle Schatten und sie unterdrückte immer wieder ein Gähnen. Vermutlich hatte sie fast die ganze Nacht dafür gebraucht, die Bücher für ihn vorzubereiten.

Benedict hätte gern gewusst, warum sie das getan hatte. Doch immer, wenn er den Mund öffnete, um sie zu fragen oder ihr zu danken, verließ ihn der Mut. Ihm fiel ihre erste Begegnung wieder ein und die Erinnerung an Milou und die Esskastanien trieb ihm die Schamesröte auf die Wangen.

Also murmelte er weiter die Worte vor sich hin, die er las, und verstand mithilfe der Zeichnungen den Zusammenhang problemlos. Nach einem hastigen Frühstück ging er den zweiten Teil durch, und nach dem Mittagessen, das aus Koteletts und Blumenkohl bestand, konnte er bereits mit dem nächsten Buch beginnen. Am Abend kam Monsieur Giffard und fragte ihn nach dem, was er gelesen hatte. Geduldig beantwortete er Benedicts Fragen und freute sich sichtlich über das Gespräch mit ihm.

Auf der schmalen Treppe, die neben Benedicts Zimmer in die anderen Stockwerke führte, wartete Milou zwei Stunden. Die Worte der beiden drangen durch die angelehnte Tür zu ihr hinaus, und wenn sie die Augen schloss, konnte sie sich vorstellen, wie Benedict begeistert mit den Händen gestikulierte und Henri schmunzelnd auf die Anfragen und Bedenken antwortete. Als der Hausherr endlich das Zimmer des Jungen verließ, war es schon spät am Abend. Zufrieden summend lief er mit federnden Schritten die Stufen zu seinem Schlafzimmer hinunter. Milou erhob sich lächelnd und streckte die schmerzenden Arme und Beine aus. Dann griff sie nach der Klinke, zögerte kurz und trat schließlich, ohne zu klopfen, in das Zimmer hinein.

Benedict saß im Nachthemd auf dem Bett und zog bei ihrem Anblick die Decke über sich. Milou ließ sich ohne Erklärung auf den Sessel fallen, auf dem sie den ganzen Tag gesessen hatte, aber sie fühlte sich plötzlich fremd auf diesem Platz. Unbehaglich kratzte ihr Kleid plötzlich überall und sie rutschte an die vordere Kante des Sessels und betrachtete ihre Finger.

»Ich wollte dir nur sagen …« Ihre Stimme klang plötzlich brüchig und unsicher. »Also, ich bin froh … Es ist schön, dass du da bist.« Mutig hob sie den Kopf und sah die Verwirrung, die sich auf seinem Gesicht spiegelte. Hastig fuhr sie fort. »Nicht für mich natürlich. Sondern für Henri.« Die Hitze stieg ihr in den Kopf, und sie spürte, wie sich ihre Wangen vor Verlegenheit dunkelrot färbten. Was hatte sie sich nur dabei gedacht, sich in so eine Situation zu bringen? Schleunigst musste sie dem Jungen erklären, was sie eigentlich meinte.

»Monsieur Giffard hat viel Schwermut und Traurigkeit in sich, die ihn … Aber in den letzten Wochen ist er freundlicher und gelassener geworden, und seit du im Haus bist, summt er vor sich hin und lächelt immer öfter. Ich denke, es tut ihm gut, dass du seine Begeisterung teilst und …« Milou löste eine Strähne aus dem geflochtenen Zopf und umwickelte ihre Finger mit dem schwarzen Haar. »Endlich sind junge Menschen im Haus. Ich bin natürlich keine große Hilfe, weil ich dauernd an meine Eltern denke und traurig werde, aber trotzdem hilft es, dass ich … Zumindest denke ich, es tut ihm gut …« Entschlossen löste sie die Finger aus dem Haar, strich sich die Strähne hinter das Ohr und sah ihn an. Er musste sie für ein dummes Frauenzimmer halten, wie sie hier hilflos stotternd versuchte, ihm etwas mitzuteilen. Das ärgerte sie fürchterlich, auch wenn sie nicht recht wusste, warum. Schließlich war sie es gewohnt, nach ihrem Äußeren und vielleicht noch nach ihrem Klavierspiel beurteilt zu werden, und die Meinung eines jungen Landstreichers war für niemanden wichtig.

Trotzdem wollte sie ihm unbedingt erklären, was ihr Auftreten zu bedeuten hatte und warum sie in sein Zimmer gekommen war. »Manche Menschen sind gern allein, aber ihn macht es krank. Meine Mutter auch. Sie wäre fast gestorben, aber nun geht es ihr langsam wieder besser. Ich denke, er hatte mal jemanden an seiner Seite, der seine Leidenschaft und seine Träume geteilt hat. Ich habe ihn irgendwie an diese Zeit erinnert, aber du bringst sie ihm zurück. Jedenfalls ...« Milou stockte. Hatte sie gerade einem wildfremden Jungen ihre Gefühle anvertraut? Warum war sie nicht einfach in ihr Schlafzimmer hinuntergegangen? Schließlich würde der Junge das Haus bald wieder verlassen und auch sie konnte nicht ewig hierbleiben.

Sie musterte seine krausen dunklen Haare, die ihm ohne seine Mütze frech in die Stirn fielen, die leuchtend grünen Augen, in denen sich der flackernde Schein der Gaslaterne spiegelte, und dann spürte sie, wie die Angst ihr Herz umfasste. Sie mochte seine Neugier, seine Entschlossenheit und die Gründlichkeit, mit der er seine Gedanken abwägte, und als er in die Bücher versunken war und es nicht bemerkte, hatte sie heute unzählige Male sein Gesicht betrachtet und sich gefragt, wo er herkam und was er bereits erlebt haben mochte. Aber dieses Gefühl der Zuneigung war für sie schon immer mit der Angst verbunden, es schon bald wieder zu verlieren. Rasch erhob sie sich vom Sessel und stürmte zur Tür.

»Warum hast du die Bücher für mich vorbereitet?«, fragte Benedict sie, bevor sie die Hand auf die Türklinke gelegt hatte. Sie wirbelte herum. Er sah noch immer verwirrt aus und hatte anscheinend keine Schlüsse aus ihrem seltsamen Auftritt gezogen, aber die Frage schien sich schon viel früher in seinem Kopf gebildet zu haben und war ihm entschlüpft, wie ihr die eigenen Gedanken vor wenigen Augenblicken aus dem Mund gepurzelt waren. Ratlos hob sie die Schultern. Darauf hatte sie keine Antwort. »Vielleicht wollte ich es für Henri tun. Er braucht dich«, vermutete sie.

In seinen Augen sah sie, dass er ihr nicht glaubte, aber er erwiderte nichts. Milou wünschte, sie könnte die Gedanken sehen, die Benedict durch den Kopf sausten und die er nicht in Worte fassen konnte. Aber vielleicht war es besser so. Wenn sie jetzt das Zimmer verließ, hatte sie sich aus der unangenehmen Situation gerettet und konnte morgen so tun, als wäre es nicht passiert.

Sie bemühte sich um ein zaghaftes Lächeln, murmelte »Schlaf gut« und verließ das Zimmer.

Es vergingen einige Tage, in denen Milou die Bücher brachte, viele Stunden bei ihm im Zimmer saß und stumm über einer Zeitschrift brütete. Benedict wagte es nicht, sie noch einmal anzusprechen, aber er genoss ihre Nähe, konnte bald durch das Zimmer humpeln und fühlte sich rundum wohl im Haus des großen Erfinders.

Sobald er aufwachte, nahm er ein Buch zur Hand und las bis zum Abend, wenn ihm schließlich vor Müdigkeit die Augen zufielen. Bis der Tag kam, an dem der große Erfinder Benedict ein ganz besonderes Geschenk machte.

»Benedict!« Monsieur Giffard rief schon im Flur seinen Namen. Als er zur Tür hineinpolterte, streifte Benedict gerade die neuen Hosen über, die das Hausmädchen ihm gebracht hatte. Der Stoff war grob gewebt und trotzdem angenehm weich auf der Haut. Benedict strich mit den Fingern darüber und vermisste seine alten Klamotten nicht, die bei dem Unfall mit Blut und Schmutz verdreckt worden waren und hartnäckig jedem Versuch widerstanden hatten, sauber gewaschen zu werden.

»Kannst du die Treppe hinuntergehen?«

»Ja, das schaffe ich«, behauptete Benedict, vor allem weil er darauf brannte, auch den Rest des Hauses zu sehen.

Erstaunlicherweise kam er mit den Stufen gut zurecht und stand nach wenigen Augenblicken im sonnigen Innenhof, während Monsieur Giffard das große Tor zur Werkstatt aufschloss.

Es war das Paradies. Benedict hatte vor einigen Tagen durch die riesigen Scheiben in die Halle gesehen, aber er hatte nicht geahnt, wie wunderbar es in Wirklichkeit war. Eine Wand war mit Bücherregalen bedeckt, vor die jemand eine Glasplatte geschoben hatte, um sie zu schützen. Davor stand ein Tisch, der die Ausmaße eines großen Bettes weit überschritt und über und über mit Brandflecken bedeckt war. Darauf waren Unmengen kleiner Flaschen, Kolben und Brenner verteilt. In einem Schrank reihten sich Krüge und Flaschen in allen Formen und Farben, Gefäße mit Pulvern und Steinen, die einmal durch das milchige und ein anderes Mal durch das durchsichtige Glas einer bauchigen Flasche schimmerten.

Doch auch Werkzeuge fand er hier, die er aus dem Kloster kannte. Zangen und Schraubendreher und viele verschiedene Messer hingen an einem Brett neben den Regalen. In der einen Ecke befand sich ein großer Ofen, der bis in den Raum gemauert war und über dem ein Haken in der Wand wie ein Kran schwere Kessel trug. Es duftete nach Holz und verbranntem Papier, süßlich und säuerlich zugleich, und es roch nach Fortschritt, nach Aufregung und neuen Ideen. An der Wand hing eine Tafel, auf der Monsieur Giffard verschiedene Dinge skizziert hatte, und daneben standen einige Stühle und ein niedriger Tisch, auf dem noch Teller mit den Resten des Mittagessens standen.

In der hinteren Hälfte der riesigen Werkstatt ragte ein Gerüst mehrere Meter hoch, das mit Stoffbahnen behangen war, und daneben stand einer der großen Wagen, von denen Benedict in Giffards Büchern schon Fotografien gesehen hatte. In dem bauchigen Tank wurde mit Eisen und Schwefelsäure Wasserstoff erzeugt, der dann durch die Schläuche in einen Ballon oder die Hülle eines Luftschiffs geleitet wurde.

Benedict sah mit leuchtenden Augen zur Decke hinauf, die sich weit über ihm wie das Gewölbe einer Kirche in einem hohen Bogen von einer Seite zur anderen spannte. Brandspuren von irgendwelchen misslungenen Experimenten waren die wunderschönste Deckenmalerei, die Benedict sich vorstellen konnte. Glücklich sog er die Luft tief ein. Es konnte keinen besseren Ort geben. Am liebsten hätte er sich wie ein alter Hund vor dem Ofen zusammengerollt und wäre dort als Teil des Inventars für immer geblieben. Leise seufzte er.

Doch dann trat Monsieur Giffard an den Tisch mit den Brandflecken und hob ein Tuch von einem kleinen Experiment. »Sieh dir das mal an und sag mir, was du erkennst«, forderte Monsieur Giffard ihn auf. Und als Benedict an den Tisch trat und sich über das Gerät beugte, das aus einem Uhrwerk und einem kleinen Propeller bestand, durchströmte ihn dieses Kribbeln, das ihn immer vorantrieb, seitdem er zum ersten Mal in den Himmel gesehen und sich vorgenommen hatte, einmal wie ein Vogel zu fliegen. Es war das drängende Gefühl, den Dingen auf den Grund zu gehen und zu verstehen, wie sie funktionierten, um sie sich dann nutzbar zu machen.

Ja, der Herd musste warten, denn er war kein alter Hund. Er war endlich am Ziel seiner Träume in einer Stadt voller Möglichkeiten, im Haus eines Mannes, der ihm das Wissen und die Technik zur Verfügung stellte, von der er sein ganzes Leben lang geträumt hatte.

Stunden später, als der Mond längst hoch am Himmel stand und silbriges Licht in den Innenhof schien, sank Benedict glücklich und erschöpft mit einer Brandblase und einigen Abschürfungen an den Händen in sein Bett und schlief sofort ein.

»Benedict«, flüsterte jemand dicht an seinem Ohr. Er schlug die Augen auf und sah in die dunkelblauen Augen von Milou.

Als sie seinen Namen noch einmal flüsterte, fiel ihm

plötzlich ihre erste Begegnung ein, als sie ihn mit seinem Namen gerufen hatte, und er fragte sich, warum er in den letzten Tagen nicht daran gedacht hatte, die wichtige Frage noch einmal zu stellen.

»Woher kanntest du meinen Namen?«

»Du hast ihn mir gesagt.«

»Nein.« Benedict schüttelte den Kopf. »Als wir uns das erste Mal getroffen haben, hast du mich mit meinem Namen angesprochen. Woher kanntest du ihn?«

»Ich kannte ihn nicht.«

Benedict setzte sich im Bett auf und betrachtete ihr Gesicht, um darin nach der Wahrheit zu suchen.

»Ich habe dein Medaillon gesehen.« Sie zeigte auf die Kette an seinem Hals.

Benedict runzelte die Stirn, aber er zog an dem Band und fischte den Anhänger aus seinem Hemd heraus.

»Das steht mein Name nicht drauf. Da sind nur seltsame Zeichen hineingekratzt, die keinen Sinn ergeben.«

Milou setzte sich auf die Kante seines Bettes und beugte sich über die Hand, in der er das Medaillon hielt.

»Siehst du den Mann darauf? Das ist der heilige Benedict. Deshalb habe ich dich mit diesem Namen angesprochen.«

Er betrachtete das Gesicht des Mannes, das sich ihm auf der Vorderseite des Anhängers entgegenwölbte, und fuhr mit den Fingern darüber, als würde er ihn zum ersten Mal berühren. Obwohl er in einem Kloster aufgewachsen war, hatte niemand ihm gesagt, wer auf seiner Kette abgebildet war. Vermutlich hatten sie ihm wegen dieses Anhängers seinen Namen gegeben. Schließlich hatte er das Medaillon bei seiner Ankunft im Kloster um den Hals getragen.

Milou erhob sich von seinem Bett und deutete mit der Hand auf den Tisch.

»Onkel Henri bat mich, dir Frühstück und zwei neue Bücher zu bringen.«

»Ach.« Benedict kletterte aus dem Bett. Milou musterte seine nackten Beine, die unter dem knielangen Nachthemd herausguckten.

»Auch wenn es dir besser geht, sollst du in deinem Zimmer bleiben, denn er wird heute Mittag die Polizei rufen. Jemand ist in die Werkstatt eingebrochen.«

Klirrend fiel die Tasse, nach der Benedict gegriffen hatte, zurück auf den Tisch und zerschlug auf der Tischkante. Der Kaffee ergoss sich über das weiße Leinen. Milou schnappte blitzschnell nach den Büchern und riss sie hoch, bevor die braune Flüssigkeit sie erreichte.

»Die Bücher, die Hülle für das neue Luftschiff, die kleine Pumpe und der Wagen für den Wasserstoff …«, stöhnte Benedict entsetzt.

Doch Milou schüttelte den Kopf. »Es wurde ein alter Kompass gestohlen, der an der Wand hing, und eine Glasenuhr, die Onkel Henri von seinem Großvater geerbt hat, der Seefahrer war.«

In Gedanken stellte sich Benedict die Werkstatt mit den mannshohen Fenstern vor und überlegte, an welcher Wand diese Dinge gehangen hatten und welchen Wert sie für jemanden haben könnten. Milou schüttelte den Kopf, legte die Bücher auf sein Bett und machte sich dann über das Durcheinander auf dem Tisch her. Als Benedict das Klirren der Scherben hörte, fuhr er erschrocken aus seinen Gedanken auf und beeilte sich, Milou beim Aufräumen zu helfen.

Dabei war er zu ungestüm und stieß die Schale mit den eingelegten Früchten herunter. Milou und er ließen sich gleichzeitig auf die Knie fallen, um das Obst aufzusammeln, und stießen mit den Köpfen zusammen. Milou rieb sich mit den Fingern über die Stirn und lächelte. Ihr Gesicht war ganz nah und Benedict entdeckte eine Handvoll Sommersprossen auf ihrer hübschen kleinen Nase.

Plötzlich gab es keinen Zweifel mehr daran, was er zu tun hatte. Er streckte die Hand aus, um sie zu berühren. Doch Milou stieß ihn beiseite und zeigte unter das Bett. Ihr entfuhr ein leiser Schrei, als sie zwei Gegenstände darunter hervorzog: einen Kompass und eine Glasenuhr. Benedict starrte stumm auf die Gegenstände, doch ihm wollte kein Grund einfallen, warum jemand sie ihm untergeschoben hatte. Es wusste doch kaum jemand von seinem Aufenthalt im Haus des Erfinders. Das ergab keinen Sinn.

Benedict hob den Kopf und sah Milou an. Bislang hatte sie ihm keinen Hinweis darauf gegeben, dass sie ihn in diesem Haus nicht haben wollte und seinen Auszug herbeisehnte. Schließlich musste sie es gewesen sein, die ihm beim Studieren der Bücher durch die Skizzen und Anmerkungen heimlich geholfen hatte.

Milou erwiderte seinen Blick, und es dauerte eine Weile, bis Benedict begriff, was sie dachte. Sie war enttäuscht von ihm, denn sie hatte ihn mit den Gegenständen des Diebstahls überführt. Jedenfalls dachte sie das. Und dann sprach sie es aus.

»Du verschwindest besser, bevor die Polizei hier ist.«

»Aber, Milou, ich habe diese Dinge nicht gestohlen. Jemand muss sie hier versteckt haben.« Verzweifelt schüttelte er den Kopf, denn er sah in ihren Augen, dass sie ihm nicht glaubte.

Milou ließ sich noch einmal auf die Knie sinken und tastete mit den Händen unter dem Bett, bis sie einen großen Schlüssel darunter hervorzog und ihn in die Luft hielt.

»Lass mich zuerst mit Monsieur Giffard reden, damit ich alles erklären kann«, bat Benedict verzweifelt.

Sie schüttelte den Kopf.

»Verschwinde!«

Benedict raffte seine Kleidung zusammen und wandte sich noch einmal an Milou.

»Bitte, glaub mir doch. Ich weiß nicht, wie diese Dinge in das Zimmer gekommen sind. Und den Schlüssel habe ich auch nicht gestohlen.«

In der Tür stand Monsieur Giffard und sah entsetzt auf die Gegenstände in Milous Händen. Wut und Trauer schienen in ihm miteinander zu ringen. Dann trat er stumm einen Schritt zur Seite und deutete auf die Treppe.

Benedict senkte den Kopf. Was konnte er sagen, um diese beiden Menschen von seiner Unschuld zu überzeugen?

Als er endlich den Mund öffnete, weil sich seine Gedanken zu Worten formten, schüttelte Monsieur Giffard den Kopf.

»Du verlässt sofort mein Haus!«

Die Enttäuschung, die aus jedem Wort tropfte, traf Benedict und machte ihn traurig. Natürlich sprachen die gestohlenen Gegenstände für sich, und es gab keinen Grund, ihm zu trauen. Obwohl er die beiden längst in sein Herz geschlossen hatte, kannten sie ihn nicht, und sie würden ihn nun auch nicht weiter kennenlernen. Leise schlich er die Treppe hinunter und drückte die Kleider an seine Brust. Vor der Tür schlüpfte er in die Hose und warf sich das Hemd über die Schultern. Dann trat er auf die Straßen von Paris. Er war wieder allein und wusste nicht, in welche Richtung er sich wenden sollte. Als er um die nächste Ecke gebogen war, tastete er nach seiner Werkzeugtasche, obwohl sie schon lange verloren war. Doch dann spürte er auch das Medaillon nicht mehr an seinem Hals und zu seinem Erstaunen empfand er den Verlust als schmerzhaft.

Er hatte nicht nur seinen besten Freund verloren, als er sich auf den Weg zum Schuster gemacht hatte, sondern auch die einzigen Menschen enttäuscht, die ihm in Paris etwas bedeutet hatten. Seinen Rucksack und sein Werkzeug hatten Ratte und ihre Bande ihm genommen und das Medaillon hatte er in der Aufregung bei Monsieur Giffard fallen lassen. In dem Zimmer, in dem er so viel gelernt hatte.

Es gab keinen Ort, an den er sich flüchten konnte, und keinen Menschen, der sich dafür interessierte, wie es ihm ging.

Benedict fühlte sich einsamer als je zuvor.

Teil 3
Die Aetherpumpe

»I Bvgcbv voe Boxfoevoh efs Bfuifsqvnqf
Wpo N. Cbufbvy
Nju axfj Afjdiovohfo wpo Cfofejdu Cbufbvy
Voe fjofs Wpssfef vfcfs ejf Boxfoevoh efs
Ebnqgnbtdiof jo efs Mvgugbisu wpo
Ifosj Hjggbse«
»Ach du meine Güte«, stöhnte Benedict.
»Was soll das denn bedeuten?«

Kapitel 17

Henri Giffard hat Experimente gemacht, um den Propeller eines Luftschiffs mit einer Dampfmaschine anzutreiben. Je größer die Kraft der Dampfmaschine war, desto schwerer war sie auch und desto größer musste der Gasballon über der Gondel sein, um das Luftschiff in die Lüfte zu heben.

(M. Bateaux)

Milou betrachtete den Anhänger in ihrer Hand und fuhr mit den Fingern über die Symbole, die auf der Rückseite des heiligen Benedict in das Metall gekratzt worden waren.

Eines davon hatte sie schon einmal gesehen, aber ihr wollte nicht einfallen, wo es gewesen war. Die Striche neben den Zeichnungen konnten vielleicht römische Zahlen sein. Milou drehte das Medaillon in der Hand. Dann hörte sie Schritte auf der Treppe. Hektisch sah sie sich um. Wenn jemand das Zimmer betrat und sie hier vorfand, würde sie Fragen beantworten müssen. Schließlich hatte sie in dem Gästezimmer, das bis vor Kurzem von Benedict bewohnt worden war, nichts zu suchen. Kurzerhand ließ sie sich vom Sessel gleiten und kroch unter das Bett.

Im nächsten Moment wurde die Tür geöffnet und zwei Menschen betraten das Zimmer.

»Haben Sie den Schlüssel?«

»Nein, ich hatte ihn zu den Gegenständen unter das Bett gelegt, damit er dort gefunden wird.«

Milou hielt vor Schreck den Atem an. Jemand hatte Benedict reingelegt und ihm den Diebstahl angehängt. Würden die beiden jetzt nach dem Schlüssel suchen und die Lauscherin unter dem Bett entdecken? Sie rutschte lautlos bis an die Wand zurück.

»Monsieur Giffard wird den Schlüssel an sich genommen haben …«

»Aber wir hatten eine andere Vereinbarung. Sie wollten den Schlüssel nur ausleihen.«

»Warum regen Sie sich auf? Der Schlüssel hängt am Bord in der Küche und könnte von jedem gestohlen worden sein.«

»Nein.« Die Stimme des Älteren wurde lauter. »Davon wissen nur sehr wenige hier im Haus.«

»Dann hat Benedict eben ein Geheimnis entdeckt oder einfach Glück gehabt. Hier, nehmen Sie den Sack, der wird Ihre Nerven beruhigen.«

Milou hörte, wie Münzen in einem Beutel aneinanderschlugen, und hätte gern die Hände gesehen, zwischen denen der Handel besiegelt worden war. Denn sie erkannte die Stimmen, brauchte aber noch einen Beweis. Schließlich war es eine schwere Anschuldigung, wenn sie jemandem von dem Komplott gegen Benedict erzählte!

Vorsichtig schob sie sich unter dem Bett wieder nach vorne und spähte unter der Kante hervor, als sich die beiden Männer der Tür näherten.

Sie sah ein Paar grober, aber gut gefertigter Stiefel, wie Henri Giffard sie beim Schuster für seine Diener anfertigen ließ, und neumodische Halbschuhe, die an der Seite mit Knöpfen geschlossen wurden. Es gab zwei ältere Diener im Haus, die von dem Schlüssel gewusst haben konnten, aber sie hatte bislang nur eine Person getroffen, die sich für die neuste Mode interessierte. Sebastien Godin.

❋

Wenn Charles Godin mit seinem Sohn sprechen wollte, dann schickte er eine Kutsche, die ihn in der Schule abholte und in das Elternhaus fuhr. Jedes Mal schwitzte und fror Sebastien gleichzeitig auf dem Weg durch die Stadt, aber heute war er nervöser als je zuvor. In der letzten Nacht hatte er kaum geschlafen. Erst ein großes Glas Absinth mit Wasser hatte den dringend benötigten Schlaf gebracht. Dafür drohte heute Morgen sein Kopf zu zerplatzen. Sebastien presste beide Hände an die Schläfen, um den unangenehmen Druck zu lindern. Doch es half nicht. Das Dröhnen wurde lauter und die Schmerzen rumorten von einem Ohr zum anderen und drückten von innen gegen seine Augen.

Die Kutsche war längst vor dem Wohnhaus zum Stehen gekommen, als Sebastien den Diener bemerkte, der ihm die Tür geöffnet hatte. Dreimal musste er tief einatmen und sich anschließend mit dem Ärmel über die feuchte Stirn wischen. Dann fühlte er sich endlich in der Lage, die Kutsche zu verlassen. Irgendwann musste er schließlich sein Elternhaus betreten. Sebastiens Beine fühlten sich taub an und er strauchelte auf dem Schotter im Hof. Im letzten Moment griff der Diener nach seinem Oberarm und hielt ihn fest.

Sebastien bedankte sich nicht, sondern ging langsam auf die Tür zu.

Bevor er sie erreichte, wurde sie von einem anderen Angestellten geöffnet, der Sebastien den Mantel abnahm. Der Flur schien immer enger zu werden, und als Sebastien endlich die Tür zum Arbeitszimmer seines Vaters erreichte, lief ihm der Schweiß ins Gesicht und brannte in seinen Augen. Als er mit dem Ärmel darüberwischte, bildeten sich feuchte Flecken auf seinem Hemd. Sebastien schüttelte unglücklich den Kopf. Auch wenn er ausgezeichnete Nachrichten hatte, würde sein Vater ihm mit Verachtung begegnen und die Anerkennung für ein anderes Leben aufsparen.

»Herein«, rief Charles Godin mit seiner eisigen Stimme, und Sebastien drückte mit einem leisen Seufzer die Klinke herunter, um einzutreten. Von nun an durfte er keine Schwäche mehr zeigen, wenn er versuchen wollte, einen kleinen Zipfel Respekt von seinem Vater zu erfahren.

»Du bist den Jungen losgeworden«, stellte Charles teilnahmslos fest und ordnete die Bücher, die auf seinem Schreibtisch lagen.

Sebastien nickte. Vor Stunden hatte er einen heldenhaften Bericht einstudiert, um seinen Vater mit seiner Leistung zu beeindrucken. Doch nun fühlte er nur Leere und bohrenden Schmerz in seinem Kopf.

Sebastien hatte noch nie begriffen, warum er als Spitzel fungieren sollte, wenn sein Vater doch ohnehin stets über jedes Ereignis im Haus des Erfinders informiert war, und er würde vermutlich auch heute keine Antwort auf diese zermürbende Frage finden.

»Du hast davon gehört?« Sebastien versuchte, seine Stimme so beiläufig wie möglich klingen zu lassen. Doch sein Vater hatte ihn längst durchschaut. Gönnerhaft deutete er auf den Stuhl vor seinem Schreibtisch und runzelte die Stirn, wobei sich seine buschigen Augenbrauen weit nach oben hoben und seine Augen sich über der großen kantigen Nase beinahe zu berühren schienen.

Sebastien setzte sich, achtete aber darauf, den Rücken gerade zu halten und sich nicht anzulehnen. Dann berichtete er davon, wie er es geschafft hatte, den Waisenjungen aus dem Haus zu jagen.

»Der kleine Landstreicher war nur wenige Tage im Haus und bei den Experimenten ist Giffard noch nicht weitergekommen.«

Charles räusperte sich, und Sebastien unterbrach seinen Bericht, um auf die Fragen seines Vaters zu warten.

»Warum ist er in das Haus gekommen?«

»Er hatte sich verletzt und sie haben ihn reingetragen.«

»Warum hat man ihn anschließend nicht gleich wieder nach Hause geschickt?«

»Das ist doch nicht wichtig …« Sebastien hörte, wie jämmerlich seine Stimme bei diesem Einwurf klang, und wäre am liebsten im Boden versunken. Er stellte sich vor, wie er unter dem strengen Blick seines Vaters immer kleiner wurde und die Möbel ihn bald um ein Vielfaches überragten. Sein Vater ging auf den Einwand gar nicht ein, sondern wiederholte seine Frage.

»Warum hat Giffard den Jungen in seinem Haus behalten?«

Auf diese Frage wollte Sebastien nicht antworten und sein Vater hatte es schon vorher geahnt. Irgendwie wusste er immer, wo der wunde Punkt war, den Sebastien am liebsten verschwiegen hätte.

»Giffard mag ihn«, murmelte Sebastien. »Er war von seiner Neugier und seinen Kenntnissen beeindruckt und wollte ihm etwas beibringen. Deshalb hat er ihn sogar mit in sein Arbeitszimmer genommen.«

»Das Arbeitszimmer, das ihr alle noch nicht gesehen habt, obwohl ihr euch durch einen Wettbewerb qualifiziert habt?«

Sebastien nickte. »Ich habe ihn aber aus dem Haus vertrieben«, platzte es dann aus ihm heraus. Es sollte stolz und triumphierend klingen, denn schließlich war das bislang die schwierigste Aufgabe gewesen, die sein Vater ihm aufgetragen hatte. Doch es klang verzweifelt, wie eine schwache Rechtfertigung, und dabei hatte er wirklich Erfolg gehabt und verdiente die Anerkennung seines Vaters.

»Bist du nun auch mit Giffard in seinem Arbeitszimmer gewesen?«

Sebastien schüttelte traurig den Kopf. Er hätte es ahnen müssen und war trotzdem maßlos enttäuscht, dass sein Vater wieder nur das Scheitern sah und nicht den Triumph.

»Aber ich habe ihn aus dem Haus vertrieben, indem ich ihm einen Diebstahl angehängt habe«, wandte er ein und versuchte noch ein letztes Mal, seinem Vater ein Lob zu entlocken.

»Ach«, bemerkte der und seine Stimme klang hart und

kalt. Sebastien wünschte sich das Dröhnen und die bohrenden Kopfschmerzen zurück, damit sie ihn von der Verachtung seines Vaters ablenken konnten. Doch stattdessen hörte er die Stimme laut und deutlich, die seine Fehler und Versäumnisse aufzählte.

»Nun weiß der Junge, dass jemand ihn aus dem Haus haben wollte. War das wirklich klug? Vielleicht verdächtigt er dich sogar?«

»Nein«, wandte Sebastien ein und legte alle Kraft, die er hatte, in seine Antwort, um den Vater zu überzeugen. »Das ist ausgeschlossen. Wir sind uns nie begegnet und es würde ihm auch niemand glauben. Alles deutet auf einen gierigen Waisenjungen hin. Benedict ist aus dem Haus gejagt worden und sofort verschwunden.«

Charles sprang von seinem Stuhl auf und stützte die Hände auf den Schreibtisch. Sebastien zuckte zurück und schützte seinen Kopf mit den Armen, weil er dachte, sein Vater würde gleich mit irgendetwas zuschlagen oder werfen.

Als er den Kopf wieder hob und zwischen den Armen durchsah, starrte ihn Charles immer noch an.

»Benedict! Ist er wirklich eine Waise?«, fragte Charles und sah auf eine Stelle an der Wand hinter Sebastiens Kopf.

»Ja. In Paris hat er niemanden.«

»Wo ist sein Waisenhaus?«

»Das weiß ich nicht.« Sebastien zögerte. »Soll ich es herausfinden?«

Charles Godin antwortete nicht, sondern fuhr sich mit der Hand durch das glatt nach hinten gekämmte Haar. Zum ersten Mal bemerkte Sebastien, wie licht es an den

Ansätzen bereits war. Auch zogen sich einige weiße Strähnen über den Kopf des Vaters.

»Wie alt ist er? Und wie sieht er aus?«

Sebastien wusste darauf keine Antwort. Wie sollte er den Jungen beschreiben, den er nur flüchtig im dunklen Zimmer betrachtet hatte?

»Mach schon«, befahl Charles und hieb mit der Faust auf den Tisch.

Sebastien zuckte noch einmal zusammen. Was war heute nur mit seinem Vater los? Was auch immer hier gerade passierte, war noch unheimlicher als das kalte und herablassende Gehabe, das er zwar fürchtete, woran er sich im Laufe der Jahre aber irgendwie gewöhnt hatte.

»Er ist ... hmm ... etwas kleiner als ich«, stotterte er, »hat dunkelbraune lockige Haare und ... blaue Augen?« Das wusste er nun wirklich nicht. Sein Vater hätte ihn fragen sollen, welche Farbe die Augen von Giffards kleiner Nichte hatten. Das hätte jeder in der Klasse beantworten können.

»Hat er eine Narbe auf dem Rücken?«

»Das weiß ich nicht.« Erstaunt starrte Sebastien seinen Vater an. Was hatte das alles zu bedeuten?

»Finde es heraus«, zischte Charles.

»Was?«

»Finde es heraus, ich muss es wissen.«

»Aber ich habe ihn aus dem Haus getrieben, wie soll ich ihn denn jetzt wiederfinden?«

»Warum hast du ihn auch so unüberlegt verjagt? Du machst gar nichts richtig. Du bist ein Stümper.« Charles ließ sich auf seinen breiten Sessel fallen und hob drohend den Zeigefinger. »Dein Bruder hätte sich wenigstens mit seinem Plan an mich gewandt, aber so etwas Dummes wie einen vorgetäuschten Diebstahl hätte er niemals vorgeschlagen. Wenn du mehr Verstand hättest, müsste ich mich nicht ständig mit deinen Fehlern rumschlagen«, brüllte er.

Die Kritik traf Sebastien hart, aber heute fühlte er neben der Traurigkeit und Enttäuschung noch etwas anderes, das er nicht recht fassen konnte.

»Finde den Jungen und sag mir, ob er eine Narbe auf dem Rücken hat.«

Charles starrte ihn an, ballte die Hände zu Fäusten und legte sie auf den Tisch. Sebastien beobachtete, wie sich die Fingernägel tief in das Fleisch bohrten und die Knöchel weiß hervortraten. Was hatte das alles zu bedeuten?

»Außerdem hat der Junge einen Stadtplan gestohlen, den ich haben muss.« Dann schlug Charles mit den Händen auf den Schreibtisch und zeigte zur Tür.

Sebastien erhob sich und verließ das Zimmer so verwirrt wie noch nie zuvor. Irgendetwas verbarg sein Vater vor ihm, und der Name Benedict hatte die stärkste Reaktion bei dem stets beherrschten Mann hervorgerufen, die er jemals gesehen hatte. Bevor er sich weiter darüber den Kopf zerbrechen konnte, musste er sich aber zunächst um die Aufgabe kümmern, die sein Vater ihm übertragen hatte.

Wohin würde sich ein Junge wenden, der offensichtlich keine Freunde in der Stadt hatte und weder über Geld noch über Lebensmittel verfügte?

❉

Benedict stand vor einem Brunnen, an dessen Rand eine leicht bekleidete Frauenstatue einen goldenen Fisch im Arm hielt, der einen dünnen Strahl Wasser spuckte. Alles in ihm drängte, die Stadt zu verlassen, aber er konnte es nicht. Es gab noch unzählige Dinge zu entdecken und zu lernen. Da durfte er noch nicht aufgeben, auch wenn er nichts mehr hatte als die Kleider, die er am Leib trug.

Nachdem er unschlüssig durch die Straßen gestreift war, hatte sich Benedict auf den Weg zu dem nächstgelegenen Bahnhof gemacht, dem Gare Saint-Lazare, um sich die Dampflokomotiven anzusehen, von denen Monsieur Giffard mit Feuereifer und Leidenschaft erzählt hatte.

In der großen Halle herrschte ein reges Treiben und die schnaufenden, dampfenden Ungetüme übten durchaus ihren Reiz aus, schließlich wirkten sie wie dicke schwarze Drachen aus einer anderen Welt. Doch nachdem Benedict eine Weile zugesehen hatte, wie die Menschen zwischen den Waggons hin und her eilten und Berge großer grauer Mauersteine von den Wagen auf Fuhrwerke umgeladen wurden, zog es ihn wieder zurück zu der Schule. Die ganze Stadt schien vor Beschäftigung zu summen wie die Bienenstöcke des alten Klosters, das ihm innerhalb weniger Tage so fremd geworden war, dass er es kaum noch sein Zuhause nennen mochte. Eine Baustelle reihte sich an die andere, überall stampfte, dröhnte und klapperte etwas. Wände wurden eingerissen und der Staub hüllte die ganze Straße in eine Nebelwolke. Benedict hustete und legte den Ärmel vor Mund und Nase, doch sobald sich der Staub wieder gelegt hatte, wurde hinter der nächsten Ecke eine Mauer eingerissen, eine Straße mit Teer begossen oder am

Straßenrand ein Loch nach dem anderen gebuddelt, in das später ein ausgewachsener Baum gepflanzt werden sollte. Benedict schüttelte fassungslos den Kopf und zog von Neugier getrieben immer weitere Kreise um die Schule herum, bis er schließlich vor einem gewaltigen Krater stand, der so breit war wie eine ganze Häuserzeile.

Kapitel 18

Je größer der Ballon war, desto schwieriger war das Luftschiff zu steuern und benötigte eine größere Dampfmaschine. Deshalb versuchte Monsieur Giffard, das Gewicht der Dampfmaschine zu verringern, während ich eine Aetherpumpe entwickelte, um die Dichte des Luftmeeres, das auch Aether genannt wird, rund um die Gondel zu erhöhen und damit auch den Auftrieb des Luftschiffes.

(M. Bateaux)

Sebastien hasste diese Straße. Eigentlich hasste er das ganze Viertel. In vielen Gegenden war die Kanalisation schon erneuert worden, damit das Abwasser unterirdisch abfloss und nicht mehr aus dem Fenster gekippt wurde, doch hier war noch nichts von den großen Plänen des Kaisers umgesetzt worden. Sebastien trat in eine Pfütze aus Unrat und der Dreck gluckste unter seinen Füßen und sickerte in die teuren Stiefel hinein. Der Ekel trieb ihm das Frühstück wieder hoch. Sebastien blieb stehen und holte eine kleine Flasche aus seiner Manteltasche. Er zog den Verschluss ab, setzte den Hals an die Lippen und trank das bittere Gebräu mit geschlossenen Augen. Wohlige Wärme breitete sich in seinem Bauch aus, doch auch der stechende Schmerz in seinem Kopf kam mit dem Absinth zurück. Sebastien steckte die Flasche wieder ein und dachte an sein ungeliebtes Elternhaus. Zumindest war es dort immer sauber und so mochte Sebastien die Stadt, so mochte er das Leben. Alles Schmutzige und Hässliche versank im Boden, wurde von der Kanalisation unauffällig weggeschwemmt. Hier stapfte er durch ein Viertel, in dem seit hundert Jahren der Unrat und der Urin der Nacht auf die Straßen gekippt wurden und am nächsten Morgen die Lumpensammler in all dem Dreck wühlten, um ein paar Haare zu finden und für ein armseliges Frühstück zu verkaufen.

Und dann kamen die Kinder, die ganz verdreckt und verlaust waren, weil sie zu Dutzenden in einem Raum geschlafen hatten, und kehrten mit ein paar Alten oder Verkrüppelten den Unrat zusammen, den dann einer von ihnen durch die Stadt zog. Im Sommer sprühten sie vorher Wasser auf die Straße, um den Dreck zu binden, und dann tröpfelte die stinkende Flüssigkeit von dem Wagen herunter und zog eine ebenso stinkende Spur durch die Stadt.

Mit einer Hand hielt sich Sebastien die Nase zu, und mit der anderen tastete er nach der Flasche, während er versuchte, den Dreck von seinen Stiefeln zu schütteln. Doch es war sinnlos, denn auch die Hosen waren mittlerweile mit Unmengen dunkler Spritzer bedeckt.

Bevor er weiterging, nahm er noch einen kleinen Schluck aus der Flasche. Die Häuser wurden schäbiger, Farbe blätterte von Türen und Fenstern und die Scheiben waren zerbrochen oder sogar mit fauligen Holzbrettern zugenagelt.

Der Dreck stand immer höher in den Rinnen, und die Löcher im Pflaster wurden bald so groß, dass ein ganzer Fuß darin Platz hatte.

Immer weniger Händler säumten die Straßen und Hauseingänge und ihre Kleidung wurde zerrissener und ihre Ware weniger und älter. Bald lagen auf den kleinen Handwagen keine Berge von Früchten mehr, wie er es aus seinen Vierteln gewohnt war, sondern nur noch einzelne zerdrückte matschige Obststücke mit Fallstellen, die einen fauligen Geruch verbreiteten. An der nächsten Ecke entdeckte er Ratte und ihre Bande. Sebastien hatte sie nie nach ihrem richtigen Namen gefragt. Doch ihr Gesicht hatte von den Jahren auf der Straße diesen verschlagenen, etwas hinterhältigen gierigen Blick der Nagetiere angenommen, der ihr den Spitznamen Ratte eingebracht hatte. Das ließ sich auch durch die vornehmste Seife nicht abwaschen. Natürlich hatten sie einander noch nicht oft getroffen, denn er suchte sie nur in Einzelfällen auf, in Notfällen wie diesem.

Ratte drehte sich langsam zu ihm um und lächelte ihn an. Ihre Zähne waren gelb und standen unten etwas schief im Mund, doch ihr Gesicht war sonst sauber und ihre langen Haare weniger zottelig als sonst. Sie hatten anscheinend eine gute Woche gehabt.

»Ein Auftrag? Etwas zu tun für uns?«, fragte sie.

Sebastien nickte. Natürlich hatte er einen Auftrag, denn sonst wäre er niemals in diese Gegend gekommen. Ratte wusste es, doch sie war nicht beleidigt, sondern grinste Sebastien frech an und streckte eine Hand aus. Während Milous Finger weiß und schlank waren, hatten Rattes Hände unzählige Stunden draußen verbracht, sodass sie wettergegerbt, gebräunt und rissig waren wie die eines Bauernmädchens.

Sebastien griff in seine Tasche und zog eine Handvoll Francs heraus. Er gab ihr eines der Geldstücke, und damit hatte er Ratte aus der Fassung gebracht, wie er es geplant hatte. Sie stierte auf Sebastiens Hand, die noch immer prall gefüllt war, und vergaß fast, die Finger um die Münze zu schließen. Doch dann war der Moment vergangen und der Franc in den zerlumpten Schichten von Rattes Kleidung verschwunden. Während zwei Jungen aus der Bande sich an den Häuserecken postierten und Wache schoben, damit die Verhandlung nicht gestört wurde, scharten sich die anderen um Ratte und Sebastien und beobachteten jede Bewegung der beiden.

»Ich suche einen Jungen.«

Ratte zog die Augenbrauen hoch. »In dieser Stadt?«

»Ja.« Sebastien nickte. »Es ist eine schwierige Aufgabe, deshalb ist meine Hand prall gefüllt. Du kannst alle, die du kennst, damit beauftragen, denn ich muss ihn unbedingt finden.«

»Was kannst du mir über ihn sagen?«, wollte Ratte wissen und sah jetzt wieder sehr geschäftsmäßig aus.

Sebastien beschrieb Benedict vage. »Er ist etwas kleiner als ich, vielleicht etwas breitere Schultern. Seine Haare sind … dunkelbraun und ziemlich strubbelig.« Er überlegte, was es noch zu sagen gab, während Ratte ihn erwartungsvoll musterte.

»Verflixt, ich habe ihm nicht in die Augen gesehen«, fluchte er. »Woher soll ich wissen, welche Farbe sie haben?«

Waren denn alle verrückt? Warum sollte er die Augen von anderen Jungen betrachten?

Doch Ratte schüttelte den Kopf. »Ich wollte wissen, was er trägt, weil wir uns das bei jedem ansehen, dem wir begegnen. Hat jemand eine Tasche dabei und sind die Hosen geflickt oder nicht? Ist es normaler grober Wollstoff oder sind es feine Hosen wie bei dir?« Sie sah übertrieben langsam an Sebastien herunter. Dann zwinkerte sie ihm frech zu und fuhr fort. »Deine Stiefel sind durchnässt und die Hosen bis zu den Knien bespritzt, weil du dich nicht vorsiehst und die Unebenheiten der Straße nicht kennst. Du bist hier nicht zu Hause, aber du hast keine Kutsche genommen, weil niemand erfahren soll, nach wem du suchst.«

Sebastien starrte das Mädchen erstaunt an.

Ratte nannte den Preis seiner Stiefel und den Namen des Schusters, der sie gefertigt hatte, sie kannte den Schneider, der ihm das Hemd genäht hatte, und wusste, in welcher Straße es Mäntel wie den zu kaufen gab, den er trug.

Doch er hörte nicht mehr richtig zu. Hatte er durch seine Kleidung wirklich so viel über sich verraten? Während Ratte etwas über seinen Haarschnitt faselte, überlegte Sebastien, welche Kleidung Benedict getragen hatte, und es beschlich ihn dabei das ungute Gefühl, dass er Ratte vielleicht unterschätzt hatte. Er nahm sich vor, etwas vorsichtiger zu sein und noch besser darauf zu achten, was er sagte und welche Informationen er preisgab. Am besten würde er ihre Dienste nur noch so selten wie möglich in Anspruch nehmen. Sonst würde sie ihm irgendwann zum Verhängnis werden.

Aber in diesem Fall brauchte er ihre Hilfe. Daran gab

es keinen Zweifel. Benedict trieb sich auf der Straße herum und kannte niemanden, deshalb war sein Verhalten für Sebastien unvorhersehbar. Nur mithilfe derer, die sich in diesen Kreisen bewegen konnten, hatte er die Chance, ihn aufzuspüren.

Sebastien räusperte sich und beschrieb die Farben von Hemd und Hose, die Benedict getragen hatte. Doch er sah an Rattes Gesicht, wie ungenau er beobachtet hatte, und er schämte sich ein bisschen. Dieses Mädchen war in ärmlichen Verhältnissen geboren und hatte sicher keine Schulbildung erhalten, und trotzdem beherrschte sie das, was er selbst verzweifelt versuchte: Sie konnte Menschen beobachten, ihr Äußeres und ihr Verhalten, und das für sich nutzen, was sie sah. Sebastien kramte in seinem Gedächtnis wie in einer Kiste und fand eine Erinnerung, die ihm hilfreich erschien. »Er trägt Werkzeuge bei sich. Ich habe es zwar nie gesehen, aber jemand hat mir davon erzählt. Vielleicht hat er einen Beutel, einen besonderen Gürtel oder eine Tasche unter der Jacke.«

»Werkzeuge?« Ratte richtete sich auf. »Das ist ungewöhnlich.«

Ein Junge hinter Sebastien öffnete den Mund, aber bevor er etwas sagen konnte, stieß ihm ein anderer den Ellenbogen in die Rippen und brachte ihn zum Schweigen.

»Habt ihr ihn vielleicht schon gesehen?«, fragte Sebastien und musterte den Jungen hinter ihm misstrauisch, doch der starrte stumm auf den schmutzigen Boden.

»Das hilft uns weiter«, stellte Ratte fest. »Die wenigsten Jungen tragen Werkzeuge durch die Stadt. Wer in der Lehre ist, hat eigene Werkzeuge, aber der trägt auch gute robuste Lehrlingskleidung und lässt sich nicht von uns erwischen, weil er sich selbst auf den Straßen auskennt.«

Sebastien schöpfte Hoffnung. Er hatte die Richtige um Hilfe gebeten. Ratte kannte sich aus.

»Was genau willst du von uns? Sollen wir dir sagen, wo er ist?«

Sebastien überlegte kurz. Dann schüttelte er den Kopf, denn er hatte eine Entscheidung getroffen.

»Nein. Ich muss wissen, ob er eine Narbe auf dem Rücken hat.«

Ratte lachte kurz auf, aber dann bemerkte sie, dass Sebastien es ernst meinte, und sein eisiges entschlossenes Gesicht schien sie zu erschrecken. Sie verstummte sofort, als sich die beiden kurz in die Augen gesehen hatten.

Sebastien streckte die Hand aus und ließ die Münzen übertrieben langsam in Rattes schmutzige Finger fallen. Die Jungen, die sie umringten, zuckten bei jedem klingenden Geräusch einer landenden Münze leicht zusammen und atmeten hörbar ein.

»Ich gebe dir noch einmal so viel, wenn du Benedict gefunden hast.«

»Soll er verschwinden?«, fragte Ratte.

Sebastien betrachtete ihr Gesicht. Es war eine ernst gemeinte Frage gewesen.

»Das ist eine Möglichkeit, die ich nicht ausschließen kann«, antwortete er. »Erst einmal muss er zu einem Ort gebracht werden, von dem er nicht wegkann, und dann sehen wir weiter. Er hat etwas bei sich, das ich haben muss.«

Die Wahrheit war, dass er nicht entscheiden konnte, ob er Benedict brauchte oder lieber verschwinden lassen sollte. Denn er hatte keine Ahnung, was sein Vater mit ihm zu schaffen hatte. Zunächst würde er sich um die Karte bemühen, die sein Vater haben wollte, und dann würde er vielleicht noch etwas mehr über den Jungen erfahren.

❋

»Michel, es ist schön, dich zu sehen.«
»So hat mich schon lange keiner mehr genannt, meine Liebe. Ich bin Hilfslehrer an einer Schule und höre den ganzen Tag: ›Monsieur Penot, können Sie …?‹, ›Haben Sie schon …, Monsieur Penot?‹«
»Und ich muss mich auch mit einer Frage an dich wenden, mein lieber Cousin.«
Da lehnte er sich auf der Bank zurück und ließ endlich ihre Hand los, die er mit seinen Fingern fest umschlossen hatte. Er breitete die Arme aus und zeigte vage auf die Blumen im Park oder die Menschen, die dort spazieren gingen.
»Das alles gab es noch nicht, als du damals verschwunden bist, mein Herz. Kein Park nach den englischen Vorbildern, keine Gaslaternen, keine geschmiedeten Zäune und Parkbänke.«
Sie beobachtete ihn stumm und wartete darauf, dass er sie nun fragte, warum sie damals Paris verlassen hatte und bis heute nicht zurückgekehrt war.
»Der Tod deines Bruders … Also …« Er räusperte sich und starrte in die Ferne, wo süßlich duftende Rosen blühten und die grünen Sträucher mit vollen weißen Blüten zierten.
Marie ballte die Hände zu Fäusten und schob sie unter

die Oberschenkel. Das blaue Kleid, das sie trug, war an den Beinen nicht so weit wie die Kutten aus dem Kloster, aber es verbarg ihre zitternden Hände.

»Also ...«, begann er noch einmal und Marie biss die Zähne fest zusammen. »Du warst plötzlich verschwunden, und niemand außer dir wusste, wer der Mann in der Werkstatt war. Deshalb gab es keinen Prozess ... Und dann kam vor ein paar Tagen dieser Junge in die Schule und erkundigte sich nach Henri und hatte denselben Namen. Als ich dann deine Nachricht erhielt ...« Er verstummte.

Die Sonne schien warm auf sie herunter, aber Marie zitterte am ganzen Körper und konnte nichts dagegen tun. Monsieur Penot streichelte ihren Rücken, zog seine Hand aber schnell wieder zurück, als er ihren entschlossenen Blick bemerkte.

»Ich muss wissen, wer bei dir in der Schule gewesen ist, und du sagst mir alles, was du über den Unfall meines Bruders weißt.«

Verwirrt kratzte sich Monsieur Penot am Hinterkopf und sah ratlos von ihrem strengen beherrschten Gesicht zu ihrem zitternden Körper hinunter. »Also, wie ich schon sagte ... Ein Junge kam in die Schule, um bei Henri zu lernen. Er trug schlichte Kleidung, sah aber deinem Bruder zum Verwechseln ähnlich. Als ich ihn nach seinem Namen fragte, nannte er ihn. Benedict.« Er machte eine kurze Pause und beobachtete seine Cousine skeptisch aus den Augenwinkeln. Doch sie hielt sich aufrecht. »Und wenn du damals nicht verschwunden wärst, hätte ich dir schon längst erzählen können, was an dem Nachmittag wirklich geschehen ist, als dein Bruder gestorben ist.«

Sie drehte den Kopf zur Seite und starrte ihn an. »Was meinst du damit?«, hauchte sie fast tonlos.

»Ich war da, als Benedict starb, und es war kein Unfall, Liebes.«

※

Benedict umrundete den Krater mehrmals und beobachtete, wie Dutzende Männer an verschiedenen Leitern hineinkletterten, Steine aufstapelten oder Bretter zusammennagelten. In dem gigantischen Krater befanden sich weitere Löcher, die tiefer in die Erde führten. Fasziniert betrachtete Benedict die verschiedenen Handwerker und einen Mann in ausgetretenen Galoschen, der von einem zum anderen spazierte und mit ruhiger, angenehmer Stimme seine Anweisungen erteilte. Alle begegneten ihm freundlich und gehorsam, schafften Steine heran, stützten Mauern ab oder pumpten Unmengen von Wasser aus dem Schacht und führten es durch lange Schläuche in einen Flussarm der Seine. Je nachdem, was er von ihnen verlangte.

Als die Sonne sich den Dächern der Stadt näherte, hatte Benedict die Aufgaben der verschiedenen Handwerker durchschaut und erkannte den Sinn und den Plan, der hinter dem nur scheinbar chaotischen Gewimmel steckte. Er lehnte sich gegen einen Haufen sauber gestapelter Steine, die vom Bahnhof gerade hierhergebracht worden waren, und genoss den Anblick der Baustelle, die nun auf ihn wie eine geölte Maschine wirkte.

Als einer der Männer laut singend auf einen Stein eindrosch, schlugen ihm die anderen lachend auf die Schultern. »Spar dir das für die feinen Leute, die in die Oper kommen!«, rief einer, stützte sich auf dem Stiel seiner Schaufel ab und machte eine tiefe Verbeugung.

»Besser wird es nicht werden«, meinte ein anderer und zeigte auf das Wasser, das aus der Erde gepumpt wurde. »Die bekommen das Haus niemals trocken und am Ende werden nur die Kanalratten singen.«

»Das passt doch!« Wieder brachen die Männer in schallendes Gelächter aus. Die Heiterkeit war ansteckend, und Benedict konnte nicht anders, als in ihr Lachen mit einzustimmen. Dann streckte er sich, um über den Rand der Steine zu sehen, hinter denen er sich versteckte. Den freundlichen Architekten mit den ausgetretenen Galoschen konnte er nirgendwo entdecken, doch er sah ein anderes vertrautes Gesicht. Ratte. Etwa ein Dutzend Jungen umgaben sie, und sie zeigte mit dem Finger auf den Haufen Steine, hinter dem Benedict saß. Es gab keinen Zweifel. Sie hatte ihn entdeckt und sie hatte es noch einmal auf ihn abgesehen. Für einen kurzen Augenblick verspürte er den Wunsch, einfach aufzustehen und sein Hemd aufzuknöpfen, um der Bande zu zeigen, dass es bei ihm nichts mehr zu holen gab.

Doch irgendetwas in Rattes Blick beunruhigte ihn. Dort war nicht mehr dieses freche Grinsen, das sie in der Nacht zur Schau getragen hatte, in der sie einander das erste Mal begegnet waren. Hier war nicht ihr Revier, in dem sie sich einfach nahm, was so unbedacht war, ihr über den Weg zu laufen.

Sie pfiff auf zwei Fingern und zu dem Dutzend Jungen kamen noch weitere hinzu. Sie strömten aus allen Straßen und Gassen des Viertels auf die Baustelle zu und versammelten sich um Ratte. Sie streckte die Hand aus und zeigte auf Benedict. In dem Moment schlug jemand in der Mitte der Baustelle auf eine große Glocke und die meisten Arbeiter legten ihre Werkzeuge ab und strömten auf die Straße zu. Das verschaffte Benedict den Vorsprung, der er brauchte. Er schüttelte den Schrecken ab und rollte den Sandberg hinter den Steinen hinunter in die Baugrube. Dort trugen zwei Männer eine Platte, die aus mehreren Holzbrettern zusammengezimmert war und über einen Schacht gelegt werden sollte, der noch tiefer in die Erde hineinführte.

In dem Moment, als die Platte aufrecht stand und die Männer die Köpfe abwandten, weil eine Horde Jungen und Mädchen mit lautem Geschrei und Gepolter auf die Baustelle stürmte, schlich sich Benedict hinter der Platte in den Schacht hinein. Er kletterte an der eisernen Leiter einige Stufen hinunter, bis er im Schatten stand und von oben nicht mehr zu sehen war.

Die Handwerker, die die Baustelle noch nicht verlassen hatten, versuchten lautstark, die Jugendlichen zu vertreiben. Irgendwann erkannte Benedict die ausgetretenen Galoschen des Mannes, der die Baustelle leitete, weil er in der Nähe des Schachtes vorbeiging. Er erhob seine Stimme kaum über den Lärm, aber die Männer, die für ihn arbeiteten, liefen nicht mehr planlos von einer Ecke zur anderen, sondern griffen sich einige der Jungen, die laut protestierten, und schrien dann mit ihren tiefen Stimmen nach der Polizei.

Das war wirkungsvoll, denn jemand pfiff mehrere Male kurz auf den Fingern und das Geschrei der Kinder entfernte sich von Benedicts Versteck. Er atmete auf und überlegte, wie er aus dem Schacht unauffällig wieder verschwinden konnte, doch in dem Moment schob jemand die Holzplatte über die Öffnung, und um ihn herum war nur noch Finsternis.

Für einen Augenblick raubte ihm das den Atem, denn es erinnerte ihn schmerzhaft an die Nacht, die er im Keller unter dem Schulhaus verbracht hatte. Doch hier war er nicht der Gnade von Marie ausgeliefert, denn er war in Paris, der Stadt, in der alles möglich war. Langsam erklomm Benedict die Stufen und versuchte, das beklemmende Gefühl in seiner Brust zu ignorieren, dem er auf keinen Fall nachgeben durfte. Die schmalen eisernen Tritte und Griffe bewahrten ihn vor einem Sturz in den Schacht, von dem er nicht einmal wusste, wie tief er war. Als er sich dem Deckel seines Verstecks näherte, hatten sich seine Augen an die Dunkelheit gewöhnt, und er war froh über die Strahlen der untergehenden Sonne, die sich durch die Holzplanken zu ihm hinunterstahlen und den Schacht erhellten. Das Klettern fiel ihm gleich viel leichter, weil er die Griffe und die Trittstufen erkennen konnte, und er atmete erleichtert auf. Doch als er sich mit dem Rücken gegen die Abdeckung drückte, um sie vorsichtig anzuheben, erlebte er eine Enttäuschung. Das Holz ließ sich nicht bewegen. Es saß so fest, als hätte jemand ein ganzes Haus daraufgeschoben, damit Benedict hier festsitzen würde. Er griff sich an die Brust, taumelte auf dem schmalen Tritt und klammerte sich mit der anderen Hand an dem Griff fest. Doch er befürchtete, er würde ersticken, wenn er die andere Hand von der Brust nahm, um sich besser festzuhalten.

In der Ferne hörte er Stimmen, doch er wagte nicht, nach den Arbeitern zu rufen, die im Begriff waren, die Baustelle zu verlassen. Niemand würde ihm glauben, dass er nicht zu der Horde gehörte, die das Gelände gestürmt hatte. Die Geräusche wurden leiser und auch in der Stadt rund um die Baustelle herum kehrte langsam Ruhe ein. Das Stampfen der Maschinen verstummte, und die Schläge der Hämmer, die in diesen Tagen stets irgendetwas einzureißen hatten, wurden weniger, bis auch sie der Stille wichen.

Benedict hatte sich an das unaufhörliche Stampfen, Klopfen und Rauschen des Fortschritts gewöhnt und die Ruhe kam ihm unnatürlich und unheimlich vor. Er atmete tief ein und griff dann auch mit der zweiten Hand nach der Leiter, um sich langsam in die Tiefe hinunterzuwagen. Dabei überlegte er, was aus Ratte und ihrer Bande geworden war und warum sie es überhaupt noch einmal auf ihn abgesehen hatten. Als er einige Schritte hinabgeklettert war und sich der Dunkelheit näherte, hörte er plötzlich Stimmen über seinem Kopf.

»Wo ist der verflixte Bengel hin? Verdammt, verdammt, verdammt!«

»Eben war er noch da. Ich verstehe das nicht«, antwortete eine andere Stimme dem Mädchen.

»Er steckte zwischen den Steinen. Ich habe sein hässliches Gesicht dort genau gesehen.«

»Ich finde, er hat ein ausgesprochen hübsches Gesicht«, widersprach das Mädchen, das zu Beginn so ausgiebig geflucht hatte.

»Ist doch egal«, behauptete jemand anders. Die Stimme klang dunkler, aber Benedict war sich nicht sicher, ob sie einem Jungen oder einem Mädchen gehörte. »Der piekfeine Schnösel will ihn haben.«

»Unverletzt«, kicherte ein Mädchen.

Benedict schluckte und umklammerte die eisernen Griffe der Leiter. Welcher piekfeine Schnösel könnte Interesse an ihm haben? Er hatte schließlich nichts gestohlen und Giffard würde ihn doch nicht verfolgen lassen, oder? Schließlich war das Diebesgut ja wieder aufgetaucht. Wollte er ihn wirklich suchen und bestrafen? Aber dann hätte er ihn doch im Haus festhalten können, anstatt ihn wegzujagen. Das ergab alles keinen Sinn.

»Er war hier bei den Steinen und ist nicht die Straßen entlanggekommen«, beharrte ein Junge. »Dort standen überall unsere Wachen.« Die Jungen und Mädchen diskutierten noch eine Weile weiter, aber sie entfernten sich von dem Schacht und Benedict konnte ihre Worte nicht mehr verstehen.

Zu allem Unglück begannen seine Arme und Beine vor Müdigkeit und Hunger zu zittern. Er würde die Nacht nicht auf halber Höhe verbringen können, denn seine Arme waren nicht stark genug, um ihn zu halten. Außerdem würde er vermutlich irgendwann erschöpft einschlafen. Benedict seufzte und nahm all seinen Mut zusammen. Es gab nur eine Möglichkeit, die Nacht zu überstehen: Er musste weiter in die Finsternis hinunterklettern.

Kapitel 19

Um die Dichte des Luftmeeres zu erhöhen, muss die Luft abgekühlt werden, dem Aether also Wärme entzogen werden. Da diese immer nur vom wärmeren zum kälteren Ort fließt, muss die Aetherpumpe die Wärme also gegen die natürliche Fließrichtung pumpen.
(M. Bateaux)

Charles Godin hatte sich einen Moment der Schwäche gegönnt und den Kopf auf die Hände gestützt, während ihn zwischen den Fingern unverwandt die Zahlen anstarrten. Er hasste ihre dicken Bäuche und ihre krummen Linien und verabscheute den Schreiber, der sie in die Bücher eintrug. Natürlich gab es noch andere Ordner, die für die Augen der Beamten bestimmt waren und nur die Informationen enthielten, die Charles Godin auswählte.

Aber diese Zahlen vor ihm waren keine Lügen, sie erzählten von einem großen Fehler, den er noch nicht korrigieren konnte. Langsam hob er den Kopf und sah zu dem Stadtplan, den er neben dem Lederband ausgebreitet hatte. Die Bauarbeiten des Barons gingen zu langsam voran. Das braun markierte Gebiet, das Charles Godin in den letzten

Monaten mühsam aufgekauft hatte, war noch immer nicht von den Maßnahmen betroffen. Er hatte sich weit aus dem Fenster gelehnt, viel Geld aufgenommen und es für seinen großartigsten, kühnsten Schachzug gehalten, und nun würde es ihm vielleicht das Genick brechen.

Er dachte an seine Frau, die nebenan im Wohnhaus am Esstisch saß und schon mehrmals nach ihm hatte rufen lassen. Vermutlich hatte sie begonnen, Wein zu trinken und von einer anderen Zeit zu träumen. Konnte er ihr in die Augen sehen und zugeben, dass er alles verlieren würde?

Charles hob den Kopf und ballte die Hände zu Fäusten. Schon einmal war er kurz davor gewesen, alles zu verlieren, und er hatte das Schlimmste getan, was er sich damals vorstellen konnte. Es verfolgte ihn bis heute in seine düstersten Träume und setzte ihm mit jedem Jahr mehr zu. Seit seine Söhne von dem Jungen berichteten, traute er sich kaum noch, die Augen zu schließen. Wie weit konnte er gehen, ohne seine Seele zu verkaufen? Oder hatte er sie an jenem Tag vor fünfzehn Jahren längst verloren?

Jemand klopfte an die Tür und Charles schob das Buch mit geübtem Griff in die offene Schublade und richtete sich auf.

»Herein!«

»Guten Abend, Monsieur Godin.« Der Beamte betrat das Büro und setzte sich auf den Stuhl vor dem Schreibtisch, auf den Charles gedeutet hatte.

»Monsieur Michelet«, begrüßte er den Mann. »Was führt Sie so spät am Abend in mein Haus?«

Der Beamte lächelte, denn natürlich wussten sie beide, dass kein Angestellter die Besuche belauschen sollte.

»Wir haben von Ihrem Pech mit dem Kessel gehört.« Monsieur Michelet drehte seinen Zylinder zwischen den Händen und sah immer wieder zu dem Fenster hinter Charles' Rücken, als könnte er dadurch in die zerstörte Werkstatt hineinsehen.

Doch in der Scheibe spiegelte sich das hell erleuchtete Büro, da es draußen bereits seit Stunden dunkel war.

Charles hatte bislang nicht die geringste Ahnung, was der Grund für den Besuch des Beamten war. Also nickte er einfach und der Mann fuhr fort.

»Sie haben von den Plänen auf diesem Boulevard gehört?« Der Mann beugte sich über den Stadtplan und zeigte auf eine Stelle, an der sich in der wirklichen Stadt noch lange kein Boulevard befand. Nach Charles' letzten Informationen war dort bislang noch nicht einmal eine Straße, da die Häuser eng beieinanderstanden und die zahlreichen Bewohner sich der Umsiedlung widersetzten.

»Wir haben Probleme mit den Häusern an der Ecke und wollen nicht, dass sich das lange hinzieht, denn bislang ist davon noch nichts an die Öffentlichkeit gedrungen.«

Charles nickte wieder, obwohl er nicht der Einzige war, der die Nachrichtensperre umging, indem er ein Netz aus Spionen bezahlte, die sich in der Stadt und bei den Behörden umhörten.

»Sie haben ein anderes Problem effektiv und ohne Aufsehen beseitigt …« Der Beamte hüstelte und zeigte dann auf einen anderen Bereich auf dem Stadtplan. »Das begrüßen wir sehr. Leider sind uns in unserer Position die Hände gebunden für solche …« Er machte eine bedeutungsvolle Pause und schlenkerte mit der Hand in der Luft, als suche er den passenden Ausdruck. Charles fragte sich, ob der Mann sich jemals beim Sprechen beobachtet hatte. Diese fahrige Handbewegung passte nicht zu seiner klaren Ausdrucksweise und seiner geraden kraftvollen Haltung.

»Außerdem beobachtet uns die Presse auf das Schärfste. Überall tauchen in den Karikaturen die Vermessungstürme auf und werden schlimm diskreditiert.«

Charles verstand die Fremdwörter nicht, die Monsieur Michelet benutzte, aber das Gesicht des Beamten verriet auch so, dass ihm die Haltung der Presse nicht gefiel, die es trotz Zensur immer wieder schaffte, die Regierung zu kritisieren und auf den Missmut der Bürger aufmerksam zu machen.

»Wir haben gehört, Sie hatten lange keine Probleme mehr mit Ihren Kesseln. Nun, so eine Explosion kann schon einen großen Schaden anrichten. Es ist natürlich gut, wenn niemand zu Hause ist und am Vormittag alle ihrer Arbeit nachgehen oder auf dem Markt sind, um einzukaufen.«

Der Mann schaute Charles direkt in die Augen und wartete. Charles nickte knapp. Er war sich nicht ganz sicher, ob er die Bitte des Mannes richtig verstanden hatte, aber er wollte schließlich nicht nachfragen und als Idiot dastehen. Da schob Monsieur Michelet eine Hand in den Mantel und holte einen Beutel heraus, löste den Knoten und schüttete den Inhalt auf den Schreibtisch. Er griff in eine andere Tasche und leerte zwei weitere Beutel auf der dunkelbraunen Tischplatte aus, bis eine gewaltige Menge funkelnder Münzen übereinanderkullerte, in alle Richtungen trudelte und dann endlich in einem ungeordneten Durcheinander liegen blieb.

Das Klingen der aneinanderstoßenden Geldstücke verstummte. Charles betrachtete die Sous, Francs und Goldmünzen und versuchte, ihren Wert zu schätzen. Dann sah er wieder auf und nickte.

»Gut.« Monsieur Michelet ließ sich erleichtert in den Stuhl sinken und atmete sichtbar auf. Dann rieb er sich die Hände. »Wie geht es mit der anderen Sache voran? Haben Sie die Karte in Ihrem Besitz?«

»Ich rechne in den nächsten Tagen damit«, behauptete Charles und dachte noch immer über den Haufen Geld nach, der unberührt vor ihm auf dem Tisch lag. Hatte er die Andeutungen des Beamten wirklich richtig verstanden? Bot ihm dieser Mann einen Ausweg aus seinen finanziellen Schwierigkeiten?

»Gut, gut. Je eher, desto besser. Sie hören dann wieder von uns.« Der Beamte erhob sich, neigte den Kopf zum Gruß und wandte sich zur Tür. Doch bevor er in der Dunkelheit des Flures verschwand, drehte er sich noch einmal um und sah Charles direkt in die Augen.

»Wenn die Sache zu unserer Zufriedenheit erledigt wird …« Wieder hüstelte er. »Es gibt noch mehr Hausbesitzer, die Ärger machen. Sie verstehen, was ich meine?«

Und Charles verstand durchaus.

※

Sebastien rieb sich unentwegt die Augen, während er die Straße entlangging und auf das Haus des Monsieur Giffard zusteuerte. Die Welt schien heute hinter einem grauen Schleier verborgen zu liegen, den er nicht wieder loswurde.

In der letzten Nacht hatte er mehr Absinth getrunken als je zuvor und trotzdem war er erst im Morgengrauen eingeschlafen. Mit dem Gedanken an Ratte versuchte er sich zu trösten. Sie war ein schlaues Mädchen und sie würde den Jungen und die Karte finden. Und dann würde sein Vater endlich aufhören, sich über ihn zu beklagen. Irgendwann musste es Sebastien einfach gelingen, seinen Vater einmal zufriedenzustellen. Ein einziges Mal.

»Monsieur Godin!«

Es war kaum mehr als ein Flüstern gewesen. Sebastien blieb stehen und sah sich um. Hatte ihm sein schmerzender Kopf einen Streich gespielt? Gerade als er weitergehen wollte, umklammerte jemand seinen Oberarm und zog Sebastien hinter einen dicken Kastanienbaum.

Er starrte in das Gesicht des alten Dieners, der ihm den Schlüssel von Giffards Arbeitszimmer verkauft hatte. An seinen Namen erinnerte er sich nicht.

»Sie haben es herausgefunden. Irgendwie haben sie es herausgefunden«, stammelte der alte Mann.

»Wer?«

»Giffard und seine kleine Nichte. Sie streichen durchs Haus und befragen alle Angestellten. Ich bin abgehauen.«

Sebastien schüttelte missbilligend den Kopf. »Sie hätten doch alles abstreiten können. Es gibt keine Beweise. Aber wenn Sie davonlaufen, machen Sie sich natürlich verdächtig.«

»Sie haben immer von irgendwelchen Stiefeln geredet … und Schuhen mit Schnallen oder Knöpfen …«

Sebastien starrte auf seine Schuhe und fragte sich, ob das Gefasel des alten Mannes etwas zu bedeuten hatte.

»Gehen Sie nicht in das Haus, Monsieur Godin, gehen Sie lieber nicht in das Haus«, murmelte der Diener. Dann drehte er sich um und verschwand nach wenigen Schritten in einer engen Gasse.

※

Nach einigen Metern stieß Benedict mit dem Knie gegen eine Lampe und jubelte. Es gelang ihm, sich mit einer Hand festzuhalten und mit der anderen den Griff der Laterne zu erreichen. Danach kletterte er leichtfüßig weiter, bis er den Boden erreichte und in aller Ruhe die Lunte entzündete.

Er stand in einer großen Höhle, die anscheinend für einen Riesen gemacht war. Drei Männer könnten übereinander auf ihren Schultern stehen und die Decke doch nicht erreichen. Der Boden war feucht, und Benedicts Stiefel versanken im Schlamm, als er sich mit der Laterne einige Schritte von der Leiter entfernte. Den größten Teil der Höhle füllte ein schwarzer See. An seinem Rand führten drei Tunnel weiter unter die Erde.

Sollte Benedict hier unter der Leiter warten, bis die Nacht vorbei war und die Arbeiter den Schacht wieder öffneten? Oder war es klüger, einen der Tunnel zu erkunden und nach einem anderen Ausgang zu suchen? Vielleicht war der unterirdische See mit einem der Flüsse von Paris verbunden. Und wenn der Tunnel bis zur alten Kanalisation führte, könnte er durch einen der Lüftungsschächte wieder an die Oberfläche gelangen. Benedict überlegte nicht lange. Sicher war es vernünftiger, am Fuß der Leiter auf Rettung zu warten, doch die dunklen Gänge lagen geheimnisvoll und vielversprechend vor ihm, und trotz der bedrohlichen Dunkelheit, die ihn umgab, ergriff ein Kribbeln seinen ganzen Körper, das er sonst nur bei besonders kniffligen Experimenten fühlte.

Benedict sah sich noch einmal zur Leiter um und überlegte, auf welcher Seite des Schachtes die Sonne untergegangen war. Der erste Tunnel zu seiner Linken führte nach Westen. Der zweite war nicht weit von ihm entfernt und musste nach Südwesten weisen. Der dritte begann auf der anderen Seite der Leiter und lag damit im Süden. Diesen wollte Benedict auf keinen Fall betreten. In einer Zeitung, die er im Haus von Monsieur Giffard in die Finger bekommen hatte, war von der Auflösung der alten Friedhöfe berichtet worden. Die Knochen der Toten wurden ausgebuddelt und in den alten Steinbrüchen unter der Stadt gestapelt, die großenteils im Süden der Stadt gelegen waren. Auch wenn Albert der Anblick sicher gereizt hätte, wollte Benedict in der Dunkelheit nicht gegen einen Haufen Schädel und Beine stolpern. Also wandte er sich nach Westen, hob die Laterne über den Kopf und folgte dem kleinen Lichtkreis in den finsteren Tunnel.

Kapitel 20

Dafür wird rund um das Luftschiff herum eine
Rohrleitung gelegt, durch die das Kältemittel fließt.
Damit es die Wärme der Luft aufnehmen kann,
muss es kälter sein als der Aether.
(M. Bateaux)

Benedict wanderte die ganze Nacht durch die unterirdischen Stollen. Immer wieder gabelte sich der Weg, und er versuchte, weiterhin Richtung Westen zu gehen. Allerdings war er sich nicht sicher, ob es ihm gelang. Denn nicht selten stand er vor einer Wand aus Geröll, weil Teile des Tunnels eingestürzt waren. Jedes Mal kehrte er mit einem flauen Gefühl im Magen um und suchte einen anderen Weg. Nach einigen Stunden wurde der Gestank unerträglich, denn das Abwasser floss durch Rohre in eine Rinne neben dem Fußweg, wobei die Flüssigkeit immer wieder über den Rand schwappte und Benedicts Füße mit der Kloake durchnässte. Irgendwann schienen die Rinne und der Gehweg miteinander zu verschmelzen und schließlich versank Benedict bis zu den Knien in der stinkenden Brühe.

Tränen der Verzweiflung rannen ihm über die Wangen.

Hinter ihm lag ein Labyrinth aus Gängen, und ihn trennten mindestens drei Stunden Fußweg von der Baustelle der neuen Oper, wo er in die unterirdischen Reiche von Paris hinabgestiegen war. Doch selbst wenn er umkehrte, war die Chance gering, diesen Einstieg wiederzufinden.

Das Licht der Lampe flackerte über die feuchten Wände, aus denen überall feine Rinnsale tropften und in die Rinne flossen. Sein Arm zitterte, denn er hielt die Laterne hoch über den Kopf, damit ihr Licht nicht so leicht im Wasser ausgehen konnte, falls er in ein Loch trat oder stolperte. Schritt für Schritt kämpfte sich Benedict durch den schlammigen Untergrund, bis er eine Nische entdeckte, die nur eine Handbreit mit Schlamm bedeckt war. Er steuerte auf sie zu und zog sich hinauf. Dort hängte er die Laterne an einen Felsvorsprung und schlang die Arme um seine Beine, bis sie aufhörten zu zittern. Dann legte er den Kopf auf die Knie und schloss die Augen.

Die Bilder der letzten Tage überrollten ihn. Die Ankunft in der Stadt der Möglichkeiten, die zerstörten Gebäude, das Haus des Monsieur Giffard und seine Werkstatt, die wunderbaren Bücher und Zeichnungen. Milou. Der Rauswurf aus dem Haus des Luftfahrers, der angebliche Diebstahl, das Gespräch mit dem Kastanienverkäufer, der Überfall durch Ratte und ihre Bande und ihr plötzliches Auftauchen an der Baustelle. Unzählige Fragen hämmerten in seinem Kopf und Benedict presste die Hände gegen die Schläfen.

Am liebsten hätte er sich gleichzeitig die Nase zugehalten, denn der Gestank der Brühe unter ihm schien immer schlimmer zu werden.

Luftabzüge hatte er bislang nicht erkennen können, obwohl es sie geben musste, denn sonst hätten sich hier unten sicher schon längst gefährliche Gase gebildet. Aber das Licht der Laterne hatte sich von dem Geschaukel erholt und brannte ruhig in seinem gläsernen Haus.

Benedict dachte an die gemütlichen Zimmer bei Monsieur Giffard und wünschte, es gäbe irgendwo ein Zuhause, in das er zurückkehren könnte und in dem seine Eltern und Geschwister ihn erwarteten. Dort würde man ihm ein heißes Bad einlassen und ihm am Feuer Geschichten erzählen, damit er die beängstigende Enge und Dunkelheit schnell vergessen konnte.

Doch dann erhob sich irgendwo in der Dunkelheit ein Rauschen und riss Benedict aus seinen Gedanken. Erschrocken sprang er von dem Mauervorsprung in der Nische herunter. Er versuchte, in der Ferne etwas zu entdecken. Schoben sich die Wassermassen durch den Tunnel, um ihn hier drin zu ertränken? Aber es geschah das Gegenteil von dem, was er befürchtet hatte. Irgendwo war eine Schleuse geöffnet worden und die Rinne leerte sich und ließ braune klebrige Spuren auf dem schmalen Gehweg zurück. Benedict griff nach der Laterne, doch dann hielt er inne. Wenn er weiterging, würde er dann an einen Ausgang gelangen? Wanderte er immer noch nach Westen?

Er hob resigniert die Schultern. Was spielte es für eine Rolle? Er konnte nicht zurück und musste daran glauben, dass er irgendwo auf einen Ausgang stoßen würde. Das Atmen fiel ihm leichter, als er langsam auf den rutschigen Steinen weiterschlurfte. Der Wasserpegel sank noch immer und mit dem abfließenden Dreck schien plötzlich mehr Luft in dem Tunnel Platz zu haben. Obwohl seine Beine schmerzten, kam er schneller voran.

Unwillkürlich dachte er an Albert, der im Kloster wie ein Bruder für ihn gewesen war und immer versucht hatte, für alles eine Lösung zu finden oder zumindest etwas, über das er sich freuen konnte. Benedict überlegte. Er war dankbar, dass er nicht zu den Katakomben gelangt war, in denen die Oberschenkelknochen und die Schädel längst verstorbener Menschen dicht an dicht bis unter die Tunneldecken gestapelt waren. Obwohl Albert das sicher gefallen hätte, nach Spuren zu suchen, die Hinweise darauf gaben, wer diese armen Leute gewesen waren. Mitten in dem Labyrinth der Abwasserkanäle tief unter Paris musste Benedict bei dieser Vorstellung lächeln. Und plötzlich wusste er auch, was er zu tun hatte, wenn er jemals aus diesen Tunneln herausfinden würde.

Am frühen Morgen des nächsten Tages fand Benedict einen Ausgang. Zuerst veränderte sich die Luft. Sie wurde warm und roch wie die Wäschekammer im Kloster. Die Erinnerung an den Diebstahl der Tücher und die Versuche, etwas zu bauen, das fliegen konnte, schmeckte bitter auf seiner Zunge. Zum einen war sein Abschied bedrückend gewesen, und es gab einiges, das er Albert und Marie hätte sagen sollen, bevor er verschwunden war. Zum anderen gab es am anderen Ende der Stadt ein Haus, in dem jemand seinen Traum geteilt hatte und ihm erlaubt hatte, weiter daran zu arbeiten. Und durch diesen seltsamen Diebstahl war es zu Ende gegangen, bevor es wirklich begonnen hatte.

Doch dann füllte weißer Nebel den Tunnel und hüllte

Benedict in feuchte Wärme ein, die nach Jasmin duftete. Dem Nebel folgte ein Schwall heißen schmutzigen Wassers, vor dem er sich mit einem Sprung rückwärts in Sicherheit brachte. Dabei schlug die Laterne gegen die Steine und erlosch.

Als es endlich aufhörte, in die Tunnel unter der Erde zu strömen, und die Wäscherei über seinem Kopf ihr Schmutzwasser abgelassen hatte, öffnete Benedict die Laterne, um die Kerze wieder zu entzünden. Da bemerkte er einen Lichtstrahl, der durch einen Ritz in der Decke fiel. Winzige Staubkrümel tanzten in seinem Licht, und Benedict legte den Kopf in den Nacken, um seine Herkunft zu untersuchen. Nur einen Schritt von ihm entfernt gab es eine Klappe in der Decke des Tunnels, die mit Scharnieren befestigt war.

Benedict streckte sich, aber seine Fingerspitzen kamen nicht einmal in die Nähe der Klappe. Hastig suchte er in seinen Taschen nach einem Zündholz, mit dem er die Laterne wieder entfachen konnte. Seine Hände zitterten, und alles an ihm war feucht und kalt, sodass es ihm erst nach einigen Minuten gelang.

Mit dem Licht kam sein Fluchtplan aus dem Labyrinth, denn die Kerze beleuchtete eiserne Krampen, die in die Wand geschlagen worden waren und eine Leiter bildeten, die zu der Klappe hinaufführte. Dort oben musste Benedict allerdings feststellen, dass er die Klappe nicht mit einer Hand aufdrücken konnte. Er stemmte sich mit dem Rücken dagegen, doch sie rührte sich nicht. Mit der Laterne beleuchtete er die Scharniere und entdeckte zwei Riegel. Aber kaum hatte er einen geöffnet, sprang der wieder zurück.

Seufzend kletterte Benedict die Krampen wieder hinunter und stellte die Laterne auf dem Mauervorsprung in der Nische ab, damit sie nicht fortgespült würde, falls die Wäscherei ihre Abwasserrohre noch einmal öffnete. Dann erklomm er wieder die Leiter und tastete nach den Riegeln. Mit beiden Händen öffnete er sie gleichzeitig und stemmte sich mit dem Rücken gegen die Klappe. Da endlich öffnete sich der Ausgang aus den Tunneln von Paris und Benedict atmete die klare frische Luft eines sonnigen Morgens.

Er zog sich auf die Straße und stapfte dann mit seiner stinkenden schmutzigen Kleidung los, um jemanden zu finden, der ihm den Weg zu dem Werkzeugmacher an der Zollmauer von Pont Mallot beschreiben konnte. Denn eine Sache war ihm in der vergangenen Nacht klar geworden: Es gab nur einen Menschen, der ihm seine Geschichte glauben würde und helfen konnte zu überlegen, wie es weitergehen sollte. Sein bester Freund Albert. Falls er noch sein Freund sein wollte.

❋

Charles schritt durch die Reihen der Arbeiterinnen und das Rauschen der Dampfkessel und der Maschinen verschluckte den dröhnenden Klang seiner Stiefel auf den groben Holzdielen. Die Frauen sahen dünn und müde aus, aber ihre Bewegungen waren flink und sie führten den Stoff mit sicherer Hand unter den ratternden Nadeln hindurch. Als Charles das Ende der Reihe erreicht hatte, drehte er sich zur Seite und marschierte zu dem kleinen Büro des Vorarbeiters. Hinter der großen Glasscheibe stand sein Sohn Jérôme und wartete.

Neben dem Büro waren noch die zertrümmerten Steine aufgestapelt, die bei der Explosion über den Hof geflogen waren. Ein Maurer rührte Mörtel an und zog eine neue Außenwand hoch, während eine alte Frau mit gekrümmtem Rücken und langen dünnen Fingern einen Besen umklammerte und mit langsamen kraftlosen Bewegungen den Staub zusammenkehrte.

Charles öffnete die Tür, und sein Sohn, der vor dem Fenster gestanden hatte, schien sich beim Anblick des Vaters noch gerader aufzurichten und um einige Zentimeter zu wachsen.

»Als Nonne hat sie den Namen Marie getragen«, begann Jérôme zu berichten. »Im Gasthaus hat sie mit niemandem gesprochen. Sie hat zwei Nächte dort geschlafen, aber nachdem ich ihr Zimmer durchsucht habe, ist sie dort nicht wieder aufgetaucht.« Er räusperte sich verlegen und fuhr dann schnell fort. »Den Stadtplan hatte sie nicht dort versteckt. Es könnte allerdings sein, dass sie ihn unter ihrem Kleid trägt.« Für einen Augenblick wartete er auf die Reaktion seines Vaters, doch der starrte stumm durch die Scheibe zu den Arbeiterinnen und wartete.

»Wir haben sie natürlich verfolgt. Sie hat sich im Park mit einem Mann getroffen, der anschließend zum Lycée impérial Bonaparte gegangen ist. Anscheinend ist er dort Hilfslehrer.« Jérôme kratzte sich unter der Nase, und sein Vater schüttelte langsam den Kopf, um ihn für diese Geste zu tadeln.

»Wenn du um eine Antwort verlegen bist, wedelst du

nicht mit den Händen herum oder kratzt dich irgendwo. Das gehört sich nicht und jeder erkennt sofort deine Nervosität. Sieh einfach dein Gegenüber an, als wäre es an ihm zu antworten.«

Jérôme nickte und senkte dann den Blick auf die Holzdielen zu seinen Füßen.

»Gibt es Neuigkeiten von dem Jungen?«

Jérôme schüttelte den Kopf. »Sie hat nicht mit ihm gesprochen, und falls sie ihn noch sucht, ist sie dabei nicht sehr erfolgreich. Wenn wir nicht wissen, wer sie ist, können wir nicht …« Konzentriert betrachtete er die Spitzen seiner Stiefel. Dann hob er den Kopf und sah seinem Vater direkt in die Augen. »Vater, wie weit sollen wir gehen, um diesen Stadtplan zu finden? Wo ist die Grenze?«

Charles dachte an den Besuch des Beamten und an die geheime Vereinbarung, die er mit ihm getroffen hatte. Bei seinen Spekulationen hatte er einen Fehler gemacht, den er niemals zugeben konnte. Trotzdem hing das Leben der Familie, so wie sie es kannten, an einem seidenen Faden. Seine Vergangenheit durfte ihm nicht in die Quere kommen. Das konnte er nicht zulassen.

»Ich muss den Stadtplan um jeden Preis bekommen, und diese Frau … Wir müssen wissen, wer sie ist.« Er hatte leise und eindringlich gesprochen. Dabei hatte er seinem Sohn für einen winzigen Augenblick die Hand auf die Schulter gelegt. Eine ungeheure Geste für seine Verhältnisse, aber er musste seinem Sohn die Dringlichkeit der Sache klarmachen.

Jérôme schluckte und drehte dann den Kopf. Lange starrte er dorthin, wo eben noch die Hand seines Vaters sein Hemd berührt hatte. Dann knetete er für einen Augenblick die Stirn mit seinen Fingerspitzen und wandte sich schließlich an seinen Vater.

»Wir haben den Hilfslehrer verfolgt. Er heißt Michel Penot und steht erst seit Kurzem in Kontakt mit dieser falschen Nonne. Allerdings wirkte ihr Treffen sehr vertraut, als wären sie sich nicht zum ersten Mal begegnet. Er trifft sie heute Abend wieder. Ich habe mich gefragt, welchen Hintergrund er hat, und herausgefunden, dass er früher selbst Ingenieur werden wollte. Er hatte mit seinen Cousins an einem Patent gearbeitet. Nachdem er sich ein paar Jahre als Hauslehrer durchgeschlagen hatte, bekam er die Anstellung an der Schule.«

»Wie lange ist das her?«, unterbrach ihn Charles. Der Vorarbeiter brüllte in der Halle eine Frau an, und die beiden Männer traten an die Scheibe, um nach dem Aufruhr zu sehen. Als der Vorarbeiter seine Runde durch die Halle fortsetzte, fuhr Jérôme fort, von seinen Nachforschungen zu berichten.

»Vor ungefähr fünfzehn Jahren gab es einen Unfall, bei dem der jüngere Cousin ums Leben kam. Danach wurde die Werkstatt geschlossen und der ältere der beiden Brüder verschwand. Ich weiß nicht, ob es ein Zufall ist, aber der Nachname der Brüder ist Bateaux …«

Charles hörte nicht mehr, was Jérôme außerdem in Erfahrung gebracht hatte. Er war neben seinem Sohn lautlos zu Boden gesunken.

Kapitel 21

*Das Kältemittel ist in der Aetherpumpe flüssig
und steht unter hohem Druck. Von dort wird es
durch sehr kleine Öffnungen in die Rohrleitung außerhalb der Gondel gepumpt. Der Druck wird geringer,
die Flüssigkeit dehnt sich aus und verdampft.
Dabei kühlt sie sehr stark ab und kann
die Wärme der Luft aufnehmen.*

(M. Bateaux)

Es war kurz vor der Mittagsstunde, als Benedict endlich vor der Werkstatt des Werkzeugmachers stand. Über der Erde war er zunächst nicht schneller vorangekommen, denn die Straßenschilder waren bei den Bauarbeiten übermalt worden und für Benedict kaum noch lesbar. Die meisten Menschen, die er gefragt hatte, interessierten sich auch nicht dafür, welchen Namen die Regierung ihrem Viertel gegeben hatte, und benutzten stur die alten Bezeichnungen, was Benedict fast zur Verzweiflung brachte. Schließlich fand er ein paar hilfsbereite Verkäufer, die mit ihren Karren durch die Straßen zogen und alle Handwerker in der Umgebung kannten. Sie beschrieben ihm den Weg und schickten ihn dann weiter, damit sein Gestank nicht ihre Kunden vergraulte.

Das Haus des Werkzeugmachers war kleiner, als er es sich früher vorgestellt hatte, und wirkte nicht abenteuerlich oder voller Aufregung und Erfindergeist. Es quetschte sich zwischen die anderen Häuser, die an die Rückseite der alten Stadtmauer gebaut worden waren, und sogar die Tür war in der gleichen längst abblätternden Farbe gestrichen wie die der anderen. Benedict stand vor dem Haus, aber er konnte sich nicht entschließen hineinzugehen. Vielleicht hielt ihn die Enttäuschung davon ab, denn schließlich war die Lehrstelle in diesem Haus viele Jahre sein Traum gewesen. Aber er musste sich auch eingestehen, dass er sich vor der Begegnung mit Albert fürchtete, auch wenn er sich den ganzen Weg hierher auf seinen alten Freund gefreut hatte.

Unschlüssig trat Benedict von einem Fuß auf den anderen und schob sich die speckige Mütze in den Nacken, denn die Hitze trieb ihm den Schweiß auf die Stirn. Ausgerechnet heute kam endlich der Sommer ins Land, an dem Tag, an dem er die halbe Stadt durchwandern musste.

Langsam wandte er den Blick von dem Haus ab und sah sich nach einem Baum um, in dessen Schatten er Mut fassen konnte, an die Tür des Werkzeugmachers zu klopfen. Doch es kam anders, als er es sich überlegt hatte. Denn als Benedict dem Haus den Rücken zugedreht hatte, öffnete sich mit einem rostigen Quietschen die Tür des Werkzeugmachers, und Albert trat in die Mittagshitze hinaus. Benedict spürte sein Herz aufgeregt klopfen und öffnete den

Mund, um irgendetwas zu sagen, doch er wusste nicht, was das hätte sein können.

Albert war mit einfachen Werkzeugen beladen und eilte die Straße entlang. Nach wenigen Schritten entdeckte er Benedict und blieb stehen. Albert starrte ihn an wie einen Geist, doch nach einem sehr langen Augenblick lachte er und Benedict hätte vor Erleichterung am liebsten laut geschrien.

»Was macht ein Schustergeselle wie du in der großen Stadt?«, neckte er Benedict, klemmte drei Hämmer und zwei Äxte unter den linken Arm und schlug ihm mit der freien Hand auf die Schulter. Sie räusperten sich verlegen, doch dann umarmten sie sich kurz. Dabei fielen ihnen die Werkzeuge auf die Füße und sie fluchten beide wie die Kesselflicker. Die Jungen sahen sich grinsend an und hoben dann gemeinsam die Werkzeuge auf.

»Warte hier«, bat Albert ihn und deutete mit dem Kopf auf die Ware in seinem Arm. »Ich bringe die zur Baustelle und bin gleich zurück. Dann kaufe ich uns eine Suppe im Gasthaus, und du erzählst mir, was dich nach Paris bringt.«

Ohne auf eine Antwort zu warten, eilte Albert die Straße entlang. Benedict setzte sich in den Schatten einer dicken Kastanie und wartete. Seine Füße schmerzten von dem langen Marsch durch die Katakomben und die Straßen von Paris. Er öffnete die Stiefel und versuchte dann, etwas Dreck von seiner Kleidung zu klopfen. Die Stunden, die er bis zu den Knien im Abwasser hatte verbringen müssen, hatten ihre Spuren hinterlassen. Hoffentlich hatte er sich dabei keine Krankheiten oder Schädlinge eingefangen. Benedict schüttelte den Kopf. Sein Freund hatte nicht ein

Wort über seine Aufmachung verloren und ihn sogar an sich gedrückt, obwohl sie im Streit auseinandergegangen waren.

»Komm, alter Mann«, rief Albert schon von Weitem und winkte. Benedict sprang auf die Beine und sie schritten schweigend nebeneinander zu einem Gasthaus an der Ecke. Es lag gegenüber der Zollstation und es duftete aus allen Fenstern nach geräuchertem Fleisch. Benedict spürte, wie sich sein Magen schmerzhaft zusammenzog, während er Albert in die Schankstube folgte und ihm gegenüber an einem kleinen Tisch neben der Tür Platz nahm. Eine kräftige Frau schob ihren stattlichen Bauch hinter der Theke hervor und steuerte auf ihren Tisch zu.

Als sie Albert erkannte, winkte sie, und er hob zwei Finger und zeigte auf sich und seinen Begleiter.

Benedict lachte. »Du kennst die Dame offensichtlich.«

»Natürlich. Jeder kennt sie. Alle Handwerker kommen hierher zum Mittagessen, denn sie macht gute Suppen mit reichlich Fleisch und serviert schäumenden Wein, der aus Äpfeln gemacht ist.«

»Albert, ich kann es nicht bezahlen«, flüsterte Benedict.

»Mach dir keine Sorgen. Hinter der Zollmauer ist das Essen nicht teuer, und ich habe doch gesagt, ich lade dich ein.«

»Danke«, raunte Benedict und ließ sich erleichtert gegen die Lehne seines Stuhles sinken. Bei dem Geruch in dem Gasthaus lief ihm das Wasser im Mund zusammen, und er konnte es kaum erwarten, etwas Warmes in seinem Bauch zu spüren. Die Wirtin brachte eine köstliche heiße Suppe, und Benedict begann nach den ersten Löffeln zu erzählen, was er bislang erlebt hatte.

Albert machte die richtigen Bemerkungen, die nur ein

wahrhaft guter Freund machen kann. Er lachte, als Benedict das Ungeheuer beschrieb, das die Bauern in dem abstürzenden Heißluftballon vermutet hatten, und staunte bei den Beschreibungen der unterschiedlichen Stadtteile, durch die Benedict schon gekommen war.

»Ich bin noch nicht weit gekommen. In allen Straßen wird gebaut, und wir können die ganzen Werkzeuge kaum herstellen, die in der Umgebung gebraucht werden«, stöhnte Albert.

Als Benedict schließlich von Giffard und seiner großartigen Werkstatt berichtete, staunte Albert mit offenem Mund und vergaß Gemüse und Fleisch, das auf dem Löffel über dem Suppenteller schwebte.

Bei der Beschreibung von Milou bemühte sich Benedict um belanglose Worte, doch der Freund kannte ihn zu gut und durchschaute den Versuch. Albert zwinkerte ihm wissend zu und bat ihn dann, mehr von dem Luftschiff und den kleinen Maschinen zu erzählen, an denen der große Monsieur Giffard gerade baute.

»Eine Dampfmaschine als Antrieb für einen steuerbaren Ballon!« Albert nickte anerkennend. »Damit ist Monsieur Giffard berühmt geworden.«

»Das Problem ist das Gewicht. Ich habe eine Dampfmaschine in der Werkstatt gesehen, aber Monsieur Giffard gelingt es nicht, sie noch leichter zu bauen. Sie soll ja trotzdem noch die gleiche Leistung bringen.«

Albert schob den leeren Teller von sich und starrte gedankenverloren aus dem Fenster. »Vielleicht, wenn du die Form des Ballons veränderst und dadurch mehr Auftrieb erhältst«, murmelte er schließlich.

»Ja, das hat Monsieur Giffard auch vermutet. Damit der Ballon trotzdem steuerbar bleibt, hat er die Form verändert.« Benedict zeichnete mit dem Finger eine dicke Zigarre auf die Tischplatte. »Doch bei dieser Form ist das Netz vom Ballon gerutscht. Es ist ein Wunder, dass Monsieur Giffard seinen letzten Versuch überhaupt überlebt hat.«

Albert nickte ernst. »Es ist auch ein Wunder, dass wir beide die Explosion unserer Werkstatt überlebt haben.«

Die beiden Jungen sahen sich an und lachten.

Es schien eine Ewigkeit vergangen, seit sie zusammen im Kloster experimentiert hatten, und trotzdem sprachen sie miteinander über dieselben Dinge wie früher, als sei kein Tag vergangen.

»Ich würde lieber lautlos fliegen wie ein Vogel«, seufzte Benedict und vermisste den weiten Himmel, den sie bei ihren Träumereien immer betrachtet hatten. Wenn er durch das kleine Fenster spähte, sah er nur Häuser, Türen und Fenster.

»In dem Buch stand auch etwas über das Fliegen.«

»In welchem Buch?« Benedict sah den Freund neugierig an. »Wie kommst du denn in der Werkstatt eines Werkzeugmachers an Bücher?«

»Nein, der alte Trunkenbold hat kein einziges Buch und wollte nur einen Jungen, der lesen kann, weil er nach dem Mittag zu besoffen ist, um die Auftragsliste zu entziffern. Den Nonnen hat er etwas von einer Tochter vorgeschwindelt, für die er keinen Hauslehrer bezahlen kann. Es gibt gar keine Tochter.« Albert schüttelte den Kopf.

Benedict spürte, wie der Neid, den er tief in seinem Inneren eingekerkert hatte, sich in Luft auflöste. Er hatte sich bemüht, dem Freund die große Gelegenheit einer vielversprechenden Lehrstelle zu gönnen, und nun stellte sich heraus, dass er bei dem Werkzeugmacher gar keine gute Zeit hatte.

»Es tut mir leid«, murmelte Benedict.

Albert sah ihn erstaunt an. »Warum? Du hast doch immer behauptet, ich würde zu viel Zeit damit verschwenden, den Mädchen hinterherzusehen. So hatte ich keine Ablenkung, wenn ich die Werkstatt fegen und das Feuer schüren musste.«

Benedict grinste, und dann holte er tief Luft, um sich bei dem Freund zu entschuldigen. Für seinen Neid und für den wortlosen Abschied nach einer jahrelangen Freundschaft. Verzweifelt suchte er nach Worten, die das ausdrücken konnten. Doch Albert nickte. Er hatte ihn auch ohne Worte verstanden.

Benedict trank verlegen einen großen Schluck aus dem Krug, den die Wirtin ihnen mit der Suppe gebracht hatte. Das Getränk schmeckte süß und herb zugleich und kribbelte angenehm in seinem gut gefüllten Bauch.

»Es stand in den Papieren, die ich in dem Boden im Skriptorium gefunden habe«, sagte Albert plötzlich und senkte die Stimme, da zur Mittagszeit immer mehr Tische besetzt wurden, an denen Männer und Frauen Suppe, Fisch oder Huhn bestellten und dazu dunkelroten Wein tranken.

»Was stand darin?«, fragte Benedict und versuchte, sich an die Nacht zu erinnern, in der Albert ihm zum ersten Mal von dem Dokument erzählen wollte. Aber er wusste nichts über den Inhalt und hatte damals auch sehr deutlich gemacht, wie wenig ihn der Fund interessierte. Benedicts Wangen röteten sich vor Verlegenheit und er trank schnell noch einen Schluck aus dem Krug.

»Ich weiß nicht genau, denn die Zeichnungen habe ich nicht verstanden, das konntest du schon immer besser. Jedenfalls sind es Flügel und auch verschiedene Maschinen.«

»Sind die nicht beschriftet? Dann ist es doch nicht so schwer, sie zu verstehen …«

»Es ist kein Französisch und auch kein Latein, aber manche Wörter kann ich erraten, deshalb vermute ich, dass es italienisch ist. Aber es ist schwer zu lesen, weil es in winzigen verschnörkelten Buchstaben geschrieben ist. Manches sind normale große Buchstaben, aber sie scheinen irgendwie durcheinandergeraten zu sein. Das werden wir in hundert Jahren nicht lesen können.« Plötzlich sprang er auf und winkte der Wirtin. »Sie bringt uns noch etwas Brot und ich hole das Buch schnell. Die Werkstatt ist ja nur ein paar Schritte entfernt und ich habe das Manuskript unter meiner Matratze versteckt. Warte hier!«

Albert erwartete keine Antwort von Benedict. Aber als das Brot kam, saß er dem Freund bereits wieder gegenüber und breitete ein angestoßenes Buch vor ihnen aus.

»Es ist eine Sammlung mit unterschiedlichen Zeichnungen und Schriftstücken. Das hat jemand selbst gebunden. Er weiß, wie es geht, hat aber nicht viel Übung und kein gutes Werkzeug, siehst du das?« Albert deutete auf das Leder und erörterte die Fehler und Ungenauigkeiten bei der Bindung mit geröteten Wangen.

Benedict nickte geduldig. Bücher hatten ihn nie interessiert, aber die Zeichnungen darin wollte er unbedingt sehen. Endlich öffnete der Freund das Buch und las die erste Seite laut vor:

»I Bvgcbv voe Boxfoevoh efs Bfuifsqvnqf

Wpo N. Cbufbvy Nju axfj Afjdiovohfo wpo Cfofejdu Cbufbvy

Voe fjofs Wpssfef vfcfs ejf Boxfoevoh efs Ebnqgnbtdiof jo efs Mvgugbisu wpo Ifosj Hjggbse.«

»Ach du meine Güte«, stöhnte Benedict. »Was soll das denn bedeuten?«

Albert lachte. Dann blätterte er weiter und klappte große Karten von Gebäuden, Ländern und Städten aus, die mit schwarzer Tinte auf dünnes Papier gezeichnet waren. Manche von ihnen waren in bunten Farben ausgemalt wie ein Gemälde, und auf anderen Plänen gab es Gebäude, die detailreich gezeichnet und mit Schatten versehen waren und sich dem Betrachter scheinbar entgegenstreckten. Außerdem gab es in dieser geheimnisvollen Sammlung einen langen Brief. »Der ist in Französisch verfasst, aber nicht interessant für uns. Nur Liebesgeflüster.« Albert lachte und blätterte dann weiter. »Am besten sind die Zeichnungen. Es ist auch eine Dampfmaschine dabei, aber es sind noch Schläuche oder Rohre angeschlossen, die keinen Sinn ergeben.« Plötzlich hielt er inne und drehte das Buch so, dass die aufgeschlagene Seite direkt vor Benedict lag. »Diese Seite ist mir am liebsten«, verkündete er fröhlich und zeigte auf ein Bild, das in schwarzer Tinte gezeichnet war. Eine Maschine mit unzähligen Kolben, Rohren und Schläuchen thronte über einem Dampfkessel. In sorgfältiger winziger geschwungener Schrift waren die einzelnen Teile beschriftet und anscheinend auch ihre Funktion in wenigen Sätzen erklärt. »Doch dieses Kunstwerk werden wir wohl niemals entziffern. Die meisten Wörter sind das reinste Buchstabendurcheinander. Irgendeine Geheimschrift«, knurrte Albert enttäuscht.

Benedict betrachtete die Seite lange und schloss dann die Augen. Er sah das kluge Gesicht von Giffards Nichte vor sich. »Vielleicht doch«, sagte er leise. »Ich kenne jemanden, der sich gut auf fremde Sprachen versteht.«

Ein Mann betrat die Gaststube, der trotz der Mittagshitze eine Kapuze über der Mütze trug, die er tief in die Stirn gezogen hatte. Er schaute sich kurz im Raum um und ging dann zwischen den voll besetzten Tischen hindurch und ließ sich auf einer Bank an der Feuerstelle nieder, in der für den Abend schon frisches Holz aufgeschichtet worden war.

Michel Penot drehte sich zu dem Mann um und räusperte sich. »Entschuldigung, ich erwarte jemanden. Macht es Ihnen etwas aus …« Dann verstummte er. Der fremde Mann hatte den abgetragenen Mantel von den Schultern gestreift und die Kapuze in den Nacken geschoben.

»Marguerite, bist du es wirklich?«

Sie lächelte bei dem Anblick ihres erstaunten Cousins. Der Name, den sie seit ihrer Geburt getragen hatte, klang erschreckend fremd, nachdem sie so lange die Nonne Marie gewesen war. In den ganzen Jahren hatte sie sich bemüht, einen Tag nach dem anderen zu leben und nicht darüber nachzudenken, ob sie jemals wieder von jemandem mit ihrem richtigen Namen angesprochen werden würde. Dann schüttelte ihr Cousin den Kopf und riss sie aus ihren Gedanken. »Du hast dich früher nur in Briefen oder

Zeitungsartikeln als Mann ausgegeben, aber ich habe nie gesehen, dass du auch Männerkleidung getragen hast. Das ist sicher verboten, oder?«

Sie hob gleichgültig die Schultern und sah sich in der Stube um. »Ich weiß nicht, wer etwas dagegen haben sollte, aber ich trage die Hosen heute zum ersten Mal. Gestern hat mich jemand verfolgt, und die Wirtin sagte mir, mein Zimmer sei durchsucht worden.«

Der Hilfslehrer schnappte geräuschvoll nach Luft.

»Ich bin den Männern gefolgt«, fuhr Marie fort. »Sie haben sich in diesem Gasthaus mit einem jungen Mann getroffen, den ich schon im Kloster gesehen habe. Ich kenne leider seinen Namen nicht, aber irgendetwas an seiner Stimme ist mir vertraut.«

An dem Tisch vor ihr erhoben sich zwei Männer und verließen die Schenke. Dadurch wurde der Blick auf einen kleinen Tisch am Fenster frei, an dem zwei Jungen saßen und die Köpfe zusammensteckten. Auf dem Tisch zwischen ihnen lag ein Buch. Marie stieß einen leisen Schrei aus und hob erschrocken die Hand vor den Mund.

Der Hilfslehrer murmelte kopfschüttelnd »heiße Suppe« vor sich hin, bis die neugierigen Tischnachbarn sich wieder ihrem Mittagessen zuwandten. Dann betrachtete er sie bekümmert. Als sie niemand mehr beobachtete, zeigte Marie auf die beiden.

Der Hilfslehrer nickte. »Der Junge sieht aus wie dein Bruder und er heißt Benedict. Das kann doch kein Zufall sein, oder?« Er räusperte sich und nahm einen Schluck aus einem der Krüge, die vor ihm auf dem Tisch standen. Den anderen schob er zu ihr herüber. »Ich will damit nichts zu tun haben. Irgendetwas ist faul an der Sache, aber bevor ich verschwinde, muss ich dir noch etwas sagen.«

Marie betrachtete das Gesicht ihres Cousins, aber sie musste immer wieder zu den beiden Jungen am Tisch herübersehen, die im Kloster aufgewachsen waren und nur wenige Schritte von ihr entfernt versuchten, ein Geheimnis zu entdecken, das sie vor fünfzehn Jahren so gründlich verborgen hatte. Und sie sahen aus, als wären sie in den letzten Tagen und Wochen um Jahre gealtert. Das brach ihr fast das Herz. Gedankenverloren nippte sie an dem Getränk, das vor ihr stand.

Michel Penot seufzte und schob ihr dann einen Zettel zu. Als sie das Papier in der Hand fühlte, wandte sie den Blick von den Jungen ab und sah ihren Cousin fragend an. Doch er starrte auf den Tisch und setzte dann seinen Krug an die Lippen.

Marie hatte den Eindruck, dass seine Hände zitterten, doch als er ihr keine Erklärung gab, faltete sie das Papier auseinander. Penot war schon immer ein sehr begabter Zeichner gewesen, weshalb er früher zusammen mit ihrem Bruder Bilder von komplizierten Details für sie angefertigt hatte. Aber das, was sie sah, verschlug ihr die Sprache. Mit offenem Mund starrte sie ihren Cousin an. Was er sagte, drang wie durch einen Nebel nur gedämpft an ihr Ohr.

»Das ist der Mann, den ich in der Werkstatt gesehen habe, kurz bevor das Unglück geschah.«

»Das ist möglich«, stammelte Marie und ihre Stimme hörte sich in ihren Ohren ebenso fremd an wie die ihres Cousins. »Ich hatte mich mit ihm getroffen, um über die Finanzierung des Patents zu sprechen. Sein Schwiegervater hatte ihn geschickt, um sich unsere Erfindung anzusehen. Vielleicht hat er etwas vergessen.«

Penot schüttelte traurig den Kopf. »Ich bin mir vollkommen sicher. Er hat an der Maschine herumgeschraubt, denn er kam mit ölverschmierten Händen aus der Werkstatt. Ich hatte ihn nur von Weitem gesehen und mir nichts dabei gedacht. Bis alles in die Luft geflogen ist.« Er schluckte und wischte sich mit dem Ärmel über die Stirn. Marie fuhr mit dem Finger über das Gesicht des Mannes auf dem Papier. Dies konnte der Mann sein, der ihren Bruder getötet hatte, obwohl sie seit fünfzehn Jahren versuchte, damit zu leben, dass sie seinen Tod durch ihre Ungeduld oder ihren Forscherdrang verursacht hatte.

Schließlich hatte sie in all den Jahren oft genug gehört, wie widernatürlich ihr Interesse an technischen Dingen sei und dass sie eines Tages die Konsequenzen dafür tragen müsste. Und nun sollte jemand für den Tod ihres Bruders verantwortlich gewesen sein, der ihr einige Stunden vorher ins Gesicht gesehen hatte?

Marie sah zu dem Tisch herüber und sprang auf. »Wo ist mein Junge?«, rief sie.

Penot zog an ihrem Arm, doch sie wollte sich nicht wieder zu ihm auf die Bank setzen. Hektisch sah sie sich in der Schenke um. Die beiden Jungen waren verschwunden und auch von dem Buch war keine Spur mehr auf dem Tisch zurückgeblieben.

Fahrig zog sie sich die Mütze ins Gesicht, die ihr beim Aufspringen in den Nacken gerutscht war. Dabei huschte ihr Blick über das Gesicht eines jungen Mannes, der an einer Säule lehnte und sie beobachtete. Er war nur wenige

Jahre älter als Albert und Benedict und sie begegnete ihm nicht zum ersten Mal. Es war der Mann, der im Kloster und beim Schuster nach Benedict und dem Buch gefragt hatte.

Sie zerknüllte die Zeichnung, die Penot ihr gegeben hatte. Plötzlich ergab alles einen Sinn: Dieser Mann hatte ihre Forschung vernichtet und dabei ihren Bruder mit in den Tod gerissen. Vermutlich suchte er seit Jahren im Verborgenen nach ihr und ihren Aufzeichnungen. Doch er konnte nicht gewusst haben, dass sie damals schwanger gewesen war, als sie die Stadt überstürzt und voller Reue und Trauer verlassen hatte. Ihr Sohn war deshalb nie in Gefahr gewesen, doch nun hatten Albert und Benedict ihre geheimen Dokumente gefunden, und sie wusste, wie weit Charles Godin gehen würde, um zu bekommen, was er begehrte.

Wütend stemmte sie ihre Hände in die Hüften und sah ihrem Verfolger direkt ins Gesicht. Seine Stimme hatte sie an jemanden erinnert, den sie in der Vergangenheit getroffen hatte, und nun wusste sie auch, wer es war. Charles Godin. Und der Mann, der im Kloster gewesen war und nun in der Ecke an der Säule lehnte, musste sein Sohn sein. Die Stimmen ähnelten sich und sie hatten beide die gleichen dunklen, fast schwarzen Augen. Nun ergab alles einen Sinn.

Sie musste Charles Godin von ihrem Sohn fernhalten, und sie war bereit, alles dafür zu geben. Sogar ihr eigenes Leben.

Doch dann verschwamm der Schankraum plötzlich vor ihren Augen, und sie griff nach der Schulter ihres Cousins, um das Gleichgewicht nicht zu verlieren. Als sie in den bunten Farben sein bedauerndes Gesicht sah, wusste sie, dass er sie verraten hatte. Mit letzter Kraft stieß sie den Krug vom Tisch, mit dem er sie vergiftet hatte, und als er auf dem Boden zerschellte, sackte auch sie auf die feuchten Holzdielen und schloss die Augen.

※

»Sie ist eine Forscherin und liebt technische Zusammenhänge genau wie ihr Onkel. Wenn sie das Buch sieht, wird sie versuchen, die Schrift zu entziffern. Da bin ich sicher.«

»Aber sie wird nicht mit uns reden, wenn wir sie nicht von deiner Unschuld überzeugen können. Für sie bist du ein Dieb.«

Benedict schwieg niedergeschlagen. Sie waren Hals über Kopf losgestürmt, um Milou das Buch zu zeigen, und hatten die Sache nicht zu Ende gedacht. Aber es musste einen Weg geben, sie auf ihre Seite zu ziehen. Plötzlich blieb Benedict stehen und kniff die Augen zusammen. Der Anblick eines Mädchens am Ende der Straße hatte ihn aus den Grübeleien gerissen und eine düstere Ahnung breitete sich in ihm aus. Hatten sie in dieser riesigen Stadt schon wieder seine Spur gefunden? Doch das Mädchen trug ein grünes sauberes Kleid und wurde von einer Magd begleitet. Erleichtert stieß er die Luft aus. Es war nicht Ratte. Albert drehte sich zu ihm um.

»Was hast du?«

»Nichts.« Benedict schüttelte den Kopf. Aber als sie ihren Weg weiter fortsetzten, erzählte er dem Freund von Rattes Überfall und der Begegnung mit ihrer Bande, bei der er in die Katakomben geflohen war. Benedict beantwortete lachend alle Fragen, die Albert ihm zu den unterirdischen Gängen stellte, und wünschte, er wäre mit ihm in den dunklen Tunneln gewesen. Dann wäre es statt einer beängstigenden Wanderung eine abenteuerliche Forschungsreise geworden.

Schließlich standen sie vor dem Haus von Monsieur Giffard. Die Sonne war schon fast untergegangen, doch die Straßen waren noch von vielen Kutschen und Gespannen befahren. Sie starrten zu den großen sauberen Fenstern herüber und rührten sich nicht.

»Was machen wir nun?«, fragte Albert. »Wir haben noch keinen Plan.«

»Ich weiß«, seufzte Benedict. »Aber wir können nicht zurück zu deinem Meister gehen und morgen wiederkommen. Der Weg ist einfach zu weit.«

Albert schlug sich mit der flachen Hand vor die Stirn. »Bei der ganzen Aufregung habe ich gar nicht mehr an meinen Meister gedacht. Ich hoffe, er ist betrunken genug, dass er meine Abwesenheit nicht bemerkt. Aber morgen …«

»Natürlich, morgen musst du zurück sein«, stimmte Benedict ihm zu und merkte, wie schwer sich sein Herz plötzlich anfühlte. Was würde morgen sein? Würden sie beide auf der Straße enden? Hatte er seinen Freund um die Lehrstelle gebracht? Das würde er sich nie verzeihen, denn sie würden völlig mittellos sein und eine Ewigkeit von dem entfernt, was Albert liebte: eine Bibliothek und einen Raum zum Experimentieren. Hatten sie versäumt, erwachsen und verantwortungsvoll zu werden? War es das gewesen, was Marie ihm sagen wollte, als sie ihn in den Keller gesperrt hatte? Benedict schämte sich und konnte doch nicht recht sagen, wofür. Was hätte er anders machen sollen?

In dem Moment packte ihn jemand am Ohr und zog es in die Höhe. Benedict schrie auf und auch Albert tobte empört neben ihm. Hinter sie war ein großer Mann mit breiten Schultern und kurzem weißem Haar getreten.

Benedict erinnerte sich an die hünenhafte Gestalt des Mannes, der damals die Kutsche gelenkt hatte, auf der er nach Paris gekommen war. Später hatte er ihn durch sein Fenster abends öfter beobachtet. Es war der einzige Diener von Monsieur Giffard, der jeden Abend seine Werkstatt betreten durfte, um dort aufzuräumen, den Boden zu wischen und den Vorrat an Feuerholz und Kohlen aufzufüllen. Hatte er etwas mit dem Diebstahl zu tun?

»Lassen Sie uns runter, Monsieur!«, bat Albert verzweifelt, nachdem er das Treten und Kneifen aufgegeben hatte.

»Warum beobachtet ihr Rotzlöffel das Haus?« Die Finger des Mannes schlossen sich wie eine Eisenschelle um ihre Ohren und zogen die beiden Jungen unbarmherzig über die Straße. Ein Omnibus fuhr vorbei, der von zwei prachtvollen schwarzen Pferden gezogen wurde. Die Leute beugten sich aus dem Fenster und lachten über die jammernden Jungen, die offensichtlich einer gerechten Strafe entgegengingen. Benedict hätte alles dafür gegeben, wenn es ihm jetzt möglich gewesen wäre, im Erdboden zu versinken – auch wenn er dann wieder in der Kanalisation gelandet wäre.

Kapitel 22

Wenn die Flüssigkeit die Aetherpumpe erreicht, ist sie immer noch kälter als die Luft um das Luftschiff herum. Die Schwierigkeit besteht darin, dass die Flüssigkeit die Wärme der Luft in der Aetherpumpe wieder abgeben muss. Da die Wärme immer nur vom wärmeren zum kälteren Ort fließt, muss der Flüssigkeit noch einmal Wärme zugeführt werden.
(M. Bateaux)

Seine Mutter erwartete ihn an der Haustür. Sebastien stützte sich am Rahmen ab, bevor er sie mit einem Kuss begrüßte. Sie roch stark nach Rosen, und er wich einen Schritt zurück und schluckte heftig, um sich nicht zu übergeben.

Am Morgen hatte er sofort Ratte aufgesucht, und sie hatte ihm das Werkzeug ausgehändigt, das Benedict bei sich getragen hatte, als er in Paris angekommen war. Doch es war kein Stadtplan dabei gewesen. Den Jungen hatten sie an der Baustelle der neuen Oper entdeckt und wieder verloren. Die Nachrichten hätten nicht schlechter sein können. Vielleicht hatte Giffard ihn längst verdächtigt und auch den Direktor der Schule in Kenntnis gesetzt. Ohne den Stadtplan würde er seinem Vater nicht unter die Augen treten können.

Nachdem er Ratte und ihre Bande verlassen hatte, war er in hübschere Stadtviertel gefahren und hatte sich in verschiedenen Kaffeehäusern in der Stadt aufgehalten, in denen Absinth ausgeschenkt wurde. Um ihn herum hatten die Pariser nach dem langen kühlen Frühling den sonnigen Tag genossen und sich fröhlich plaudernd um die Tische geschart.

Der Lärm ihrer schnatternden Stimmen und das Klirren der aneinanderstoßenden Tassen und Gläser wurde im Laufe der Stunden unerträglich laut und begann, Sebastien in den Ohren zu schmerzen. Irgendwann hatte ihn die Nachricht seines Bruders erreicht. Obwohl Sebastien sich schon angenehm schummerig fühlte, winkte er eine Kutsche heran und ließ sich zum Haus seiner Eltern fahren.

Seine Mutter führte ihn in das Schlafzimmer seines Vaters. Blass lag er in einem schneeweißen Nachthemd auf dem dicken Kopfkissen. Die Decke war bis zu seiner Brust hochgezogen und seine stets nach oben gezwirbelten Schnurrbartspitzen hingen kraftlos an den Mundwinkeln herunter. Sebastien griff nach dem hölzernen Bogen am Fußende des Bettes, weil seine Beine plötzlich nicht mehr kräftig genug schienen, um ihn zu tragen. Die Augen seines Vaters waren weit geöffnet und er beobachtete ihn stumm. Sebastien zuckte zusammen und glaubte, die ungeheure Wut und Enttäuschung körperlich zu spüren, die ihm sein Vater entgegenschleuderte.

»Er kann nicht sprechen«, sagte seine Mutter ruhig.

Sebastien hatte das Gefühl, sein Vater würde sich mit

den kalten, fast schwarzen Augen in seinen Kopf hineinbohren, aber er konnte den Blick nicht von diesem schneeweißen Gesicht abwenden. Fest presste er die Hände gegen die Schläfen, um den Schmerz in seinem Kopf zu lindern. Doch da zog ihn seine Mutter schon wieder zurück in den Flur.

»Dein Bruder durchsucht das Arbeitszimmer«, teilte sie ihm mit. Seine Mutter verschwamm vor seinen Augen, bis sie ihm mit der flachen Hand ins Gesicht schlug.

Sebastien schüttelte sich und stürzte den Kaffee herunter, der ihm von einem Diener gereicht wurde. Dann folgte er ihr in das Arbeitszimmer seines Vaters.

Sein Bruder Jérôme war mit dem Oberkörper in einem Schrank verschwunden.

»Was tust du hier?«, wollte Sebastien wissen und trat ein paar Schritte auf ihn zu. Jérôme erschrak und schlug mit dem Kopf gegen ein Holzbrett. Leise fluchte er, als er sich aufrichtete und seine Stirn massierte.

»Was soll das alles?«, schrie Sebastien und zeigte auf die Berge aus Büchern und Karten, die sich auf dem Schreibtisch türmten. Doch er bereute es umgehend, denn sein Kopf schmerzte fürchterlich und er sehnte sich nach einem großen Glas Absinth und seinem Bett in einem dunklen Zimmer.

»Ich muss etwas über die Frau finden«, zischte Jérôme und zeigte auf eine Decke auf dem Fußboden, unter der ein Paar schlichte Herrenstiefel herausschauten.

❄

Als sie vor der Tür standen, hatte Benedict für einen winzigen Augenblick die Hoffnung, einer von ihnen könnte fliehen. Denn der weißhaarige Mann brauchte eine Hand, um die Klinke herunterzudrücken, und würde ihn oder Albert loslassen müssen. Doch im nächsten Moment öffnete sich die Tür wie von Geisterhand. Der Mann schob die beiden Jungen über die Schwelle. Dann löste sich eine Gestalt aus dem Schatten hinter der Haustür und zeigte auf ein Zimmer am Ende des Flurs. Ein langer Zopf schwang über die Schulter der Gestalt, als sie sich von ihnen abwandte, um die Tür lautlos ins Schloss zu drücken.

Benedicts Herz hatte unerhört schnell geklopft, als er an ihr vorbeigegangen und der herb-süße Geruch von Vanille und Kakao ihm in die Nase gestiegen war.

Mit aller Kraft versuchte er, den Kopf zu drehen, um einen Blick auf sie zu werfen. Doch der Diener war stärker und sein Griff blieb erbarmungslos. Während er die Ohren umklammert hielt, trat er mit dem Fuß gegen die angelehnte Tür und drängte die Jungen in das kleine Zimmer.

Endlich ließ er die beiden los und sie stolperten gegeneinander und rieben mit den Fingern über die schmerzenden, rot leuchtenden Ohren. Im Flur sprach der Mann leise mit jemandem. Dann tauchte neben seinem breiten Rücken wieder die schlanke Gestalt auf. Erneut klopfte Benedicts Herz hektisch. Der Diener verschwand im dunklen Flur und die Gestalt trat in das helle Zimmer, schloss die Tür und drehte sich zu ihnen um. Es war Milou.

»Er wird Monsieur Giffard nicht sagen, dass ihr das Haus beobachtet habt. Denn ich weiß, wer den Diebstahl vorgetäuscht hat«, verkündete sie und trat auf sie zu. Ihre

Wangen waren vor Aufregung gerötet und einige Strähnen hatten sich aus ihrem Zopf gelöst.

»Vorgetäuscht?« Albert hörte auf, sein Ohr zu reiben.

»Ich bin ziemlich sicher, dass Sebastien mit Pepins Hilfe in die Werkstatt eingebrochen ist.«

Benedict drehte sich zu der Tür um und dachte an den hünenhaften Diener, der ungehindert im Haus herumstreifte.

»Nein.« Milou schüttelte energisch den Kopf. »Das war nicht Pepin. Der ist seit dem Diebstahl hier nicht wieder aufgetaucht. Deshalb konnte ich auch nicht herausfinden, warum die Dinge in dein Zimmer gebracht wurden.« Sie setzte sich auf einen schmalen Sessel mit einer rot gepolsterten Lehne und sah die Jungen erwartungsvoll an.

Benedicts Mund stand vor Verblüffung weit offen, und als er es merkte, schloss er ihn verlegen. Er war darauf vorbereitet gewesen, Milou irgendwie von seiner Unschuld zu überzeugen, aber er hatte noch gar nicht darüber nachgedacht, wer einen Grund gehabt haben könnte, ihm die Gegenstände unterzuschieben, und er fragte sich überrascht, warum. Wie immer überwand Albert seine Verwirrung schneller und baute sich vor Milous Sessel auf.

»Du denkst, jemand anderes hat Benedict des Diebstahls beschuldigt?«

Da er so dicht vor ihr stand, musste Milou den Kopf in den Nacken legen, um ihm ins Gesicht zu sehen. Trotzdem nickte sie gelassen. »Das habe ich doch bereits gesagt, oder?«

»Hm«, machte Albert. Dann setzte er sich auf den anderen Sessel und musterte das Mädchen. »Wer ist Sebastien?«

»Onkel Henri hat nach einem Vortrag an der Schule einige Schüler eingeladen, mit ihm zusammen technische Probleme zu besprechen. Er unterrichtet sie in seinem Arbeitszimmer hier im Haus.«

»Aha. Das ist eine gute Gelegenheit zum Stehlen.«

»Nein, die Glasenuhr und der Kompass waren in Henris Werkstatt im Hinterhof. Dort war niemand von den Jungen. Außer Benedict.«

Die beiden sahen zu Benedict. Er stand noch immer an der gleichen Stelle in der Nähe der Tür und hatte während der Unterhaltung von einem zum anderen geblickt.

Nun endlich schien er aus der Erstarrung zu erwachen und sah sich in dem Zimmer um. Er war noch nie hier gewesen, aber die Möbel und die Tapeten ähnelten denen in dem Raum im ersten Stock, in dem er selbst untergebracht worden war. Die Erinnerung an die wunderbaren Tage mit köstlichem Essen, aufregenden Büchern und außergewöhnlichen Gesprächen ließen ihn leise seufzen.

Nun war er zurück in diesem Haus, aber seine Füße schmerzten, und seine schmutzige stinkende Kleidung hielt ihn davon ab, sich auf die Bettkante zu setzen.

Milou stand auf und zog einen Holzschemel unter dem Bett hervor. Sie schob ihn zu Benedict herüber, bevor sie sich wieder setzte.

»Aber ich bin Sebastien nie begegnet und habe ihm auch nichts getan.« Der hölzerne Hocker war niedriger als die Sessel und nun musste Benedict zu den anderen hinaufsehen. Aber es störte ihn nicht. Er streckte die Beine aus und betrachtete seine verdreckten Stiefel.

»Und wer ist dieser Pepin?«, wollte Albert wissen.

»Es gibt nur zwei Diener, die an den Schlüssel für die Werkstatt kommen und sie auch betreten dürfen. Der eine ist absolut vertrauenswürdig.« Sie zeigte auf die Tür, durch die der breitschultrige ältere Mann verschwunden war. »Und der andere ist nach dem Diebstahl spurlos verschwunden. Das ist Pepin.«

Albert nickte und sah dann zu Benedict. »Gut für dich«, verkündete er fröhlich. »Aber was hast du diesem Sebastien nur getan, dass er dich aus dem Haus vertreiben wollte?«

Stumm sah Benedict aus dem Fenster und überlegte. Draußen im dämmrigen Licht der untergehenden Sonne erkannte er den Stall, in dem er sich in der ersten Nacht versteckt hatte. Die Werkstatt war von hier nicht zu sehen, aber sein Besuch dort drin und die Zusammenarbeit mit Monsieur Giffard konnten etwas sein, um das ihn die Jungen der Schule beneideten.

Einer von ihnen hatte ihm doch in der Schule sehr deutlich gesagt, dass sie alle aus reichen Familien stammten. Von ihnen hatte sicher noch niemand die Nacht in einem Stall verbringen müssen. Offenbar kam Milou zu dem gleichen Schluss.

»Wenn du keinem von ihnen begegnet bist, dann müssen sie eifersüchtig geworden sein«, vermutete sie.

»Regelt ihr eure Streitereien immer so brutal in der großen Stadt?« Albert schüttelte ungläubig den Kopf. »Eine tote Maus unter dem Kopfkissen. Eine zugebundene Zimmertür mit Schlamm auf der Klinke. Gestohlene oder vertauschte Kleidung. Das sind Dinge, mit denen man jemanden ärgert, auf den man eifersüchtig ist, oder? Ein Diebstahl ist zu bösartig, denn er kann schlimme Folgen haben.«

»Hast du noch andere Feinde?«, wollte Milou wissen.

Die beiden Freunde sahen einander an.

»Ratte«, sagte Albert.

»Ja, Ratte«, bestätigte Benedict und erzählte Milou in wenigen Worten von dem ersten Überfall bei seiner Ankunft in Paris und seiner Flucht in die Katakomben. Als er seinen Bericht beendet hatte, war Milous Gesicht dunkelrot. Verwirrt sah Benedict zu seinem Freund hinüber.

»Was …?«

Aber der hob nur ratlos die Schultern. Milou sprang auf.

»Ich hole uns Kaffee aus der Küche«, verkündete sie und verließ das Zimmer.

»Es gibt noch eine Möglichkeit«, sagte Albert und betrachtete die aufgeschlagenen Bücher, die auf dem Tisch ausgebreitet waren. »Vielleicht hat Milou uns nicht die Wahrheit gesagt.«

»Was meinst du damit?« Benedict erhob sich von dem Schemel und streckte Arme und Beine.

»Wir haben nur ihr Wort. Sie hat uns dazu gebracht, den alten Diener und diesen Sebastien zu verdächtigen. Aber vielleicht wollte *sie* dich aus dem Haus vertreiben.«

Benedict holte Luft, um zu protestieren und Milou in Schutz zu nehmen, aber die Gedanken purzelten durch seinen Kopf, und er musste sie erst zwingen, sich ordnen zu lassen. »Sie hat mir von Anfang an geholfen, den Vorsprung der anderen aufzuholen. Sie hat ganze Nächte damit zugebracht, Bücher für mich vorzubereiten, damit ich überhaupt eine Chance hatte, mich mit Monsieur Giffard zu unterhalten. Wenn sie mich wirklich loswerden wollte, hätte sie das nicht tun müssen. Sie weiß, wie schwer mir das Lesen fällt und wie lange es bei mir dauert. Hätte sie mir nicht geholfen, dann wäre ich schon längst wieder auf der Straße gelandet.« Benedict wandte sich von Albert ab und sah aus dem Fenster. Mittlerweile war es draußen fast dunkel geworden.

»Hm«, machte der Freund. »Warum beschäftigt sie sich dann mit solchen Sachen? Hier liegen nur Bücher über Geheimsprachen und berühmte Menschen, die verschlüsselte Nachrichten verschickt haben. Sieh dir das an!«

Albert entzündete eine Gaslampe, die an der Wand über dem Tisch hing, und studierte in ihrem Licht die aufgeschlagenen Bücher und Papiere.

Benedict sah sich in dem Zimmer um. Vor einem Bild, das Milou und ihre Eltern zeigte, blieb er stehen. Die beiden Erwachsenen standen neben Milous Stuhl und überragten sie doch kaum. Mutter und Tochter trugen den gleichen kleinen Hut auf ihren hochgesteckten Haaren und sahen einander zum Verwechseln ähnlich. Sie hatten beide hübsche runde Gesichter, die von aufgedrehten Locken eingerahmt wurden. Benedict fragte sich, wessen Bruder Henri Giffard sein mochte. Seine wachen Augen und sein spitzes Kinn konnte er bei keinem der beiden Erwachsenen wiedererkennen. Benedict trat zu dem kleinen Tisch am Fenster, vor dem Albert auf und ab ging. Dort hatte Milou Dutzende Bücher aufgestapelt. Sie türmten sich zwischen den Tischbeinen und auf dem schmalen Fensterbrett und einige lagen aufgeschlagen auf der Tischplatte.

»Sieh dir das an«, drängte Albert ihn und klopfte mit der Hand auf die Seite eines Buches.

Benedict beugte sich endlich darüber und betrachtete

eine Zeichnung, die ihm seltsam vertraut vorkam. »Was ist das?«

»Das ist eines der Symbole, die in dein Medaillon gekratzt waren. Wenn ich das hier richtig verstehe, dann ist das der Hinweis auf die Art und Weise, wie eine Geheimsprache verschlüsselt worden ist. Es bezeichnet die Reihenfolge, in der das Alphabet aufgeschrieben wurde.« Albert ließ sich wieder in den Sessel fallen und legte die Hände an die Schläfen. »War daneben nicht eine römische Zahl? Die steht dann für die Anzahl der Buchstaben, um die man die Reihe verschieben muss.«

Benedict konnte seinem Freund nicht folgen. Er starrte auf die Schrift neben den Zeichnungen und bemühte sich, ihren Sinn zu verstehen. Doch Albert sprang immer wieder auf, beugte sich über das Buch, murmelte vor sich hin und ließ sich wieder in den Sessel fallen. Dann zog er das Manuskript unter seiner Jacke hervor und beugte sich tief darüber.

Benedict entzifferte Satz für Satz der aufgeschlagenen Buchseite, aber er konnte nicht aufhören, über Alberts Verdacht nachzudenken, und es fiel ihm zunehmend schwerer, die geschwungenen Buchstaben zu Silben und Wörtern zusammenzusetzen. Das Feuer knisterte leise in dem kleinen Ofen neben der Tür und die Wärme erfüllte Milous Zimmer und vertrieb die letzten feuchten Erinnerungen an die Katakomben. Benedict dachte über alles nach, was geschehen war, seit er in die Stadt gekommen war, und fragte sich immer wieder, wer einen Grund haben konnte, ihm einen Diebstahl anzuhängen. Schließlich wollte er Alberts Theorie nicht glauben, obwohl ihm die Auswahl der Bücher und

Milous Interesse an Geheimsprachen seltsam vorkamen. Dann riss ihn ein Poltern aus seinen Gedanken.

Die Tür schwang auf und krachte gegen die Wand, als Monsieur Giffard in das Zimmer stürmte.

»Wie bist du in mein Haus gekommen?« Mit dem Finger zeigte er anklagend auf Albert, der vor Schreck aufgesprungen war. Dann erblickte er Benedict und schüttelte erstaunt den Kopf. »Du bist wieder da?«, fragte er.

Doch Benedict hatte keine Gelegenheit zu antworten, denn in dem Moment kam Milou mit einem Tablett zurück, auf dem dampfende Tassen und einige Teller mit Brot und Gebäck standen. Sofort begann sie, mit hochrotem Kopf ihrem Onkel zu erklären, warum sie die beiden Jungen in ihrem Zimmer versteckt hatte.

»Das ergibt keinen Sinn.« Seufzend ließ sich Monsieur Giffard auf Milous Bett fallen und griff nach einem süßen Gebäckstück. »Warum sollte Sebastien Godin dich aus dem Haus vertreiben? Er hat deutlich weniger Interesse an meiner Arbeit als die anderen Jungen und seine Familie ist eine der reichsten in der Stadt. Mit einem Kompass und einer alten Glasenuhr kann er nichts anfangen.«

Benedict schüttelte verwirrt den Kopf. »Als ich in die Stadt gekommen bin, hat mich eine Bande überfallen und ausgeraubt. Ein paar Tage später jagen sie mich wieder. Hier im Haus darf ich endlich forschen und experimentieren und dann werde ich des Diebstahls verdächtigt.«

»Die Hinweise waren eindeutig«, warf Monsieur Giffard ein und legte das Gebäck gedankenverloren wieder auf den Teller. »Wenn Milou Pepin und Sebastien nicht belauscht hätte …«

»Wie kam es eigentlich dazu?«, wollte Benedict wissen. »Und warum beschäftigst du dich mit den Symbolen von meinem Medaillon?«

»Von was für einem Medaillon redest du?« Giffard richtete sich auf und musterte Benedict.

»Und was sollen die Nachforschungen über Geheimsprachen?«, wollte Albert wissen.

Nun sahen alle Milou an und warteten auf eine Antwort.

»Ich habe in deinen Büchern einen Brief gefunden, Henri.« Sie stockte. »Er war in Geheimsprache verfasst und mit diesem Symbol gekennzeichnet.«

Dann geschahen viele Dinge gleichzeitig. Milou nickte mit dem Kopf zu den Büchern auf dem Tisch, aber in ihren Händen glitzerte Benedicts silbernes Medaillon im Schein des Feuers und der Gaslampen. Albert hielt das versteckte Buch neben die aufgeschlagenen Seiten auf dem Tisch, um die Symbole zu vergleichen. Benedict streckte die Hand nach dem Medaillon aus und Giffard sprang vom Bett auf und lief auf Albert zu. Milou murmelte irgendetwas, doch keiner achtete auf sie. Denn Monsieur Giffard hatte in Alberts Händen das geheime Buch entdeckt und versuchte, es an sich zu reißen.

»Das sind die Gedanken eines großen Erfinders!«, protestierte Albert.

Monsieur Giffard schloss die Augen und schüttelte den Kopf. »Diese Aufzeichnungen gehören in der Tat einem großen Kopf. Aber keinem Erfinder, sondern einer Erfinderin.« Ungeduldig blinzelte er zu Albert, bis der endlich nachgab und dem Hausherrn das Manuskript überließ. Wütend sah er Benedict an, als wäre der dafür verantwortlich.

Monsieur Giffard öffnete das Buch und strich mit den Fingern über die Worte auf der ersten Seite, die sich aus einem Durcheinander von Buchstaben zusammensetzten. »Marguerite«, flüsterte er und begann zu weinen.

※

Sebastien umklammerte einen weiteren Becher Kaffee und wartete, bis sich der Nebel in seinem Kopf langsam auflöste. Auf dem Teppich vor dem Schreibtisch lag eine Frau, die er noch nie gesehen hatte. Seine Mutter kniete neben ihr und befühlte ihre Stirn und ihren Nacken, während Jérôme auf dem Stuhl seines Vaters Platz genommen hatte und in den Unterlagen blätterte.

Dieser Anblick half besser, als der Kaffee der ganzen Stadt es gekonnt hätte. Sebastiens Verstand arbeitete wieder klar, sein Blick war nicht mehr verschwommen. Nebenan lag sein Vater, der für eine ungewisse Zeit in seinem Körper gefangen war und ihnen nicht sagen konnte, was als Nächstes zu tun war. Nun war der Augenblick gekommen, auf den er sein ganzes Leben lang gewartet hatte. Heute würde sich entscheiden, wer der würdige Nachfolger für den Vater war.

Sebastien betrachtete das ernste Gesicht seines Bruders und dessen lange schlanke Hände, die sich durch die Unterlagen wühlten und auf dieser Seite und jener Zeichnung verharrten. Jérôme trug ein tadellos gebügeltes Hemd, das klassisch geschnitten war und keinen einzigen Fleck zeigte, obwohl er irgendwie diese fremde Frau hier hereingeschafft hatte. Langsam ging Sebastien zu dem Spiegel seines Vaters und betrachtete seine eigene Kleidung. Er fuhr mit den Fingern über alle Knöpfe, zupfte hier und blies dort etwas Staub fort, bis auch er wieder seiner makellosen Vorstellung entsprach.

Dann suchte er im Spiegel das Gesicht seiner Mutter. Sie beobachtete ihn und ihre grünen Augen wirkten glanzlos und müde. Doch sie nickte ihm zu, um ihm Mut zu machen, sich seinem großen Bruder zu stellen und es mit ihm aufzunehmen. Das hatte sie schon seit Jahren getan, dafür benötigte sie keine Worte mehr.

Sebastien drehte sich um und räusperte sich. Wenn er den Platz seines Vaters einnehmen wollte, musste er das seinem Bruder klarmachen.

»Der Junge ist mit dem Stadtplan verschwunden«, sagte er laut.

Jérôme fuhr zusammen und hob den Kopf. »Du weißt von dem Stadtplan?«

»Ja, natürlich. Ich sollte ihn schließlich besorgen.«

»Aber du hast ihn nicht gefunden.«

»Genauso wenig wie du«, behauptete Sebastien. Da sich die Wangen seines Bruders röteten, wusste er, wie recht er hatte.

»Ich weiß nicht, wem Vater den Stadtplan verkaufen wollte, aber er braucht ihn«, gab Jérôme zu und deutete mit den Händen auf die unzähligen Dokumente auf dem Schreibtisch. »Wir sind in Schwierigkeiten, wenn wir den Plan nicht finden. Ich weiß noch nicht genau, was passiert ist. Aber ich finde es heraus.«

Sebastien sah kurz zu seiner Mutter. Panik drohte ihn zu überrollen und schnürte ihm die Kehle zu, doch sie blieb ruhig neben der Tür stehen und beobachtete ihre Söhne. Hatte sie von dem drohenden finanziellen Ruin gewusst?

Sebastien sah sich in Gedanken neben Ratte in ihren zerlumpten Kleidern in den Straßen voller Schlaglöcher und Dreck herumirren. Übelkeit stieg in ihm auf. Er drehte sich zu dem Mülleimer um, doch dann hörte er, wie seine Mutter leise mit der Zunge schnalzte. Das hatte sie schon früher getan, um ihn in Anwesenheit seines Vaters vor einem Fehler zu bewahren. Oft hatte er ihren Hinweis nicht verstanden und es stets bitter bezahlen müssen. Sebastien schluckte und atmete tief ein.

»Es spielt keine Rolle, warum Vater uns in diese Lage gebracht hat. Wir werden den Stadtplan finden und die Sache in Ordnung bringen. Ich habe … jemanden, der sich in der Stadt besser auskennt als irgendjemand sonst. Es wird nicht mehr lange dauern, bis wir den Jungen gefunden haben.«

Sebastiens Brust weitete sich vor Stolz, und er konnte es sich nicht verkneifen, triumphierend zu seiner Mutter herüberzusehen. Sie musste ungeheuer stolz auf ihn sein.

Jérôme stützte sich mit den Fäusten auf den Büchern ab und lehnte sich nach vorne über den Schreibtisch.

»Ja, Kleiner. Daran habe ich keinen Zweifel«, sagte er und lächelte listig. »Doch ich weiß genau, wo er ist, und ich habe das Buch mit den geheimen Dokumenten mit eigenen Augen gesehen. Der Stadtplan ist da drin.«

Sebastien schnappte nach Luft. Das musste eine Lüge sein.

»Die beiden Jungen haben es quer durch die Stadt geschleppt und sind nun wieder im Haus deines berühmten Erfinders.« Jérôme richtete sich auf und begann, die Karten aufzurollen und die Bücher ordentlich zu stapeln, wobei er allerdings seinen kleinen Bruder nicht aus den Augen ließ.

»Benedict ist bei Monsieur Giffard?«, fragte Sebastien ungläubig. Er hatte diesen kleinen Landstreicher schließlich aus dem Haus vertrieben. Wieso hatte er sich zurückgewagt?

»Wenn du Vaters Platz einnehmen willst, musst du ein bisschen mehr vorweisen als diesen kindischen Diebstahl«, behauptete Jérôme. Dann klemmte er sich eine Karte unter den Arm und verließ das Zimmer.

Sebastien starrte auf die Tür, die hinter ihm ins Schloss fiel, und trat dann auf seine Mutter zu. Die Enttäuschung lähmte seinen Geist mehr als ein halbes Dutzend Gläser Absinth. Er wünschte sich nichts sehnlicher als eine Umarmung seiner Mutter. Wie schön wäre es, wenn sie ihn fest an sich drücken und ihm dann mit Rat und Geld zur Seite stehen würde. Seine Mutter kontrollierte mit den Fingern ihre perfekte Frisur, steckte eine kleine verirrte Haarsträhne mit einer Nadel fest und sah ihn dabei mit zusammengekniffenen Augen an.

»Was soll ich tun?«, flüsterte er hilflos.

»Du musst die Karte holen«, zischte Madame Godin und sah ihren Sohn streng an. »Versuch, die verdammte Karte zu bekommen, bevor dein Bruder sie hat. Wenn wir sie haben, kriegen wir von deinem Vater alles, was wir wollen. Er ruiniert mit seinem Ehrgeiz die ganze Familie, wenn wir nichts dagegen tun!« Sie drehte sich um und rauschte aus dem Zimmer.

Verzweifelt betrachtete Sebastien sein Gesicht im Spiegel. Wenn er schon einen Bart hätte, könnte er die Enden jetzt zwirbeln, so wie es sein Vater immer tat. Das hätte ihn sicher beruhigt und bestärkt. Sein Vater hatte immer sehr zufrieden und beherrscht gewirkt, nachdem er eine Weile vor dem Spiegel seinen Bart gezwirbelt hatte.

»Warum willst du deinem Vater überhaupt gefallen?«, fragte eine leise Stimme.

Sebastien zuckte erschrocken zusammen und griff nach einem Regal, um nicht gegen die Tür zu stolpern. Den Krach hätte sein Bruder sicher gehört und sich über ihn lustig gemacht. Nach den ersten Gläsern Absinth hatte Sebastien schon des Öfteren mal ein Stimmchen gehört, aber es war nie so eine wunderschöne warmherzige Stimme gewesen.

Er beugte sich über die Frau, die auf dem Boden lag. Die Männerkleidung, die sie trug, war einfach und sauber. Von ihrem Gesicht konnte er kaum etwas erkennen, da es von ihren langen schwarzen Haaren verdeckt wurde. Sie lag noch mit der gleichen leicht verdrehten Haltung der Arme auf dem Teppich, wie zu dem Zeitpunkt, als er das Zimmer betreten hatte. Konnte sie trotzdem aufgewacht sein?

»Du musst deinem Vater nicht beweisen, wer du bist.«

Hatten sich ihre Lippen bewegt? War das leise freundliche Flüstern von ihr gekommen? Sebastien wich einen Schritt zurück. Sein Kopf fühlte sich klar und wach an, aber er wollte seinen Ohren nicht trauen.

In dem Moment hob die Frau ihren Kopf vom Teppich und sah ihm direkt ins Gesicht.

»Dein Vater ist ein Mörder«, sagte sie leise.

Kapitel 23

*Die Dampfmaschine treibt also nicht nur
den Propeller an, um das Luftschiff steuerbar zu
machen, sondern auch die Aetherpumpe. In großer
Höhe ist die Luft sehr kalt, aber die Wärme,
die dem Aether entzogen wird, tritt an der
Aetherpumpe aus, weshalb sich die Reisenden
rund um die Maschine aufwärmen können.*
(M. Bateaux)

»Seit fünfzehn Jahren warte ich auf ein Lebenszeichen von Marguerite und nun stolpern mir zwei Jungen ins Haus und bringen es mir. Hat sie es euch gegeben?« Giffard drückte das Buch an sich und seufzte.

Albert räusperte sich. »Eigentlich habe ich es Ihnen nicht gebracht«, sagte er leise. »Ich habe es im Skriptorium des Klosters gefunden, aber ich kann es nicht lesen, deshalb wollten wir …« Aber er konnte den Satz nicht zu Ende führen, denn Giffard fiel ihm ins Wort.

»Natürlich kannst du es nicht lesen. Es ist in Geheimschrift abgefasst und in Italienisch, Latein und Griechisch. Sie ist eine unglaublich kluge Frau gewesen.«

»Gewesen?«, fragte Milou. »Ist sie die Liebe, die du verloren hast?«

Giffard nickte. »Unsere Eltern waren gegen die Verbindung, und Marguerite hatte alle Hände voll damit zu tun, ihre Forschungen zu veröffentlichen, ohne dass jemand ihre wahre Identität erkannte. Sie war nicht aufzuhalten, hatte immer neue Ideen und Träume. Ich habe sie grenzenlos bewundert – und ich habe sie geliebt.« Er stockte. »Ich wollte mit ihr weggehen. Wir haben immer von einer Insel geträumt, die von Felsen umschlossen ist und nur von unseren Luftschiffen angesteuert werden kann. Dorthin wollten wir fliehen und ein ungestörtes, glückliches Leben führen.« Mit den Fingern blätterte er durch die Karten, Zeichnungen und Beschreibungen. Bei dem Brief hielt er inne und las. Dabei formten seine Lippen leise die Worte, die seine große Liebe ihm vor fünfzehn Jahren gerne gesagt hätte:

»Mein Geliebter, gestern habe ich Deine Hand gehalten und mit Dir von einem Ort geträumt, an dem wir glücklich und zufrieden sein könnten. Doch heute bin ich auf der Flucht. Vor mir. Vor meiner Familie und vor Dir, weil ich Euch nicht mehr in die Augen sehen kann, noch nicht einmal mir selber. Mein Ehrgeiz hat meinen Bruder getötet. Das werde ich mir niemals verzeihen und Ihr solltet mir auch nicht verzeihen. Ich finde einen Ort, an dem ich mich weit weg von der Versuchung der Wissenschaft verbergen kann. Und ich werde mir nur sehr selten erlauben, von Dir und einem glücklichen Leben mit Dir zu träumen. Das ist meine Buße! Für immer Dein! M.«

Es dauerte lange, bis Henri Giffard seine eigenen Worte wiederfand. Milou hatte inzwischen das Tablett zwischen den Büchern auf dem Tisch abgestellt und Benedict und Albert mit Kaffee und Gebäck versorgt. Leise aßen sie und wärmten sich an dem heißen kräftigen Getränk. Zwischen zwei Schlucken sah Albert immer wieder mit gerunzelter Stirn zu dem Erfinder hinüber. Vermutlich überlegte er, ob er die kostbaren Aufzeichnungen jemals wieder in seinen Händen halten würde.

Benedict seufzte leise. Der Mann, der ihm in diesem Haus so begeistert und engagiert von der Technik und ihren Errungenschaften berichtet hatte, wollte eigentlich nur aus der Stadt und ihrer Enge entfliehen, um mit seiner Geliebten ein Leben zu führen, in dem sie niemand verurteilte für das, was sie beide waren: wissbegierige, kluge Menschen. Die Welt steckte voller Überraschungen.

»Seit fünfzehn Jahren warte ich auf ein Lebenszeichen von ihr«, murmelte Giffard. »In all den Jahren habe ich dieses Haus niemals für mehr als ein paar Stunden verlassen. Nur für den Fall, dass sie mich hier suchen würde. Dabei drohen mir die Beamten des Präfekten schon seit Wochen. Denn die Straße soll bis zu meinem Haus neu bebaut werden, aber ich habe die Entschädigung nicht akzeptiert. Wer kann uns schon für ein ganzes Leben voller Liebe entschädigen, das uns dieser grässliche Unfall genommen hat?«

»Was war das für ein Unfall?«, fragte Milou in die Stille hinein. Benedict und Albert hielten den Atem an. Giffard fuhr sich mit dem Ärmel über das nasse Gesicht und richtete sich auf. »Wir wollten beide ein Luftschiff wie dieses bauen.« Er blätterte in dem Manuskript und zeigte ihnen die Seite mit dem Gefährt, das unter einem riesigen Ballon befestigt war.

Auf seiner Spitze thronte ein Wetterhahn und in den Seilen unter dem Ballon hing ein Segelschiff mit enormen Ausmaßen. »Während ich versuchte, das Gewicht meiner Dampfmaschinen zu verringern, hatte sie in ihrer Werkstatt eine Maschine gebaut, die sie Aetherpumpe nannte. An jenem Tag vor etwa fünfzehn Jahren erwartete sie einen Investor, der ihre Forschungen und den Patentantrag finanzieren wollte. Es kam dann irgendwann der Schwiegersohn des Mannes, und als sie die Maschine vorführen wollte, ist sie explodiert. Dabei kam ihr Bruder ums Leben. Das hat sie nicht verkraftet.« Giffard überschlug einige Seiten, bis er bei der Zeichnung landete, die Albert am meisten fasziniert hatte. »Das ist die Aetherpumpe«, verkündete er feierlich und deutete auf die Rohre und Kolben auf dem Papier. Dann sprang er auf einmal auf die Füße. »Wenn ihr mir keinen Hinweis auf Marguerites Aufenthaltsort geben könnt, dann werden wir wenigstens herausfinden, was damals wirklich passiert ist.«

»Wie bitte?« Benedict hatte etwas Kaffee auf den Boden gespuckt. Seit er in Paris angekommen war, passierten die seltsamsten Dinge, die überhaupt keinen Sinn machten. Doch es gab nur eines, das er sich sein ganzes Leben lang gewünscht hatte: fliegen. Mit diesem Buch und der Werkstatt von Monsieur Giffard gab es nun endlich die Möglichkeit, diesem Wunsch einen Schritt näher zu kommen, und Giffard wollte stattdessen in der Vergangenheit wühlen und Detektiv spielen? »Monsieur«, protestierte er, »das ist doch lange vergangen. Warum wollen Sie denn unbedingt …?«

Doch Giffard war schon zur Tür gestürzt und hatte sich seinen Mantel gegriffen.

»Warte, Henri«, rief Milou. »Wir helfen dir.«

»Nein.« Albert stellte sich in den Türrahmen. »Eine Aethermaschine, die nicht funktioniert, will ich nicht bauen. Er soll die anderen Seiten heraustrennen und uns überlassen. Wir haben die geheimen Pläne schließlich gefunden und wir wollen sie auch behalten.« Er verschränkte die Arme vor der Brust, als Milou ungläubig den Kopf schüttelte.

Benedict ließ sich auf den Schemel fallen und betrachtete seine schmutzigen Kleider. Er fühlte körperlich, wie die beiden an ihm zerrten. Wem sollte er zustimmen? Er brauchte Zeit, um über alles nachzudenken. Über Ratte und Sebastien oder jemand anderen, der ihm den Diebstahl untergeschoben hatte. Über Giffards Geschichte und über Marguerite, die im Kloster ihren größten Schatz versteckt hatte und noch immer spurlos verschwunden war. All das lag wie ein Buch vor ihm, dessen Buchstaben er nicht schnell genug entziffern konnte.

Auch Milou hatte bereits einen Mantel über die Schultern geworfen. »Ihr wollt doch Erfinder werden. Da könnt ihr euch doch nicht die Chance entgehen lassen, mit Henri Giffard an einer Maschine zu bauen.«

»Einer Maschine, die wahrscheinlich explodiert«, warf Albert ein.

»Einer Maschine, die vielleicht ein riesiges Segelschiff tragen kann«, entgegnete Milou.

Benedict sah von einem zum anderen. Niemand hielt ihn mehr für einen Dieb und er war im Haus von Monsieur

Giffard anscheinend wieder willkommen. Also war es ein erfolgreicher Tag gewesen. Vielleicht konnte er wieder bei dem Erfinder lernen, wenn er ihm jetzt mit dieser Maschine half. Und er würde einfach besonders gut aufpassen, damit ihnen die Werkstatt nicht um die Ohren flog.

Benedict stand auf. Er hatte seine Entscheidung getroffen. »Gehen wir in die Werkstatt und versuchen, uns nützlich zu machen.«

Albert hob resigniert die Schultern und nickte zögernd. Aber Giffard steckte plötzlich wieder den Kopf ins Zimmer.

»Wir gehen nicht in meine Werkstatt. Ich versuche schon seit fünfzehn Jahren, diese Maschine aus dem Gedächtnis nachzubauen. Dafür habe ich einen ganz besonderen Ort gewählt. Folgt mir!« Mit diesen Worten verschwand er wieder im dunklen Flur des Hauses.

❊

Jérôme trat an das Bett seines Vaters. Charles räusperte sich und versuchte, sich aufzusetzen. Leise stöhnte er und kniff die Augen zusammen. Dann stemmte er sich hoch und schwang mit zusammengebissenen Zähnen die Beine aus dem Bett.

»Wir haben keine Zeit«, nuschelte er und Speichel lief ihm die Mundwinkel hinunter. Jérôme wich vom Bett zurück, bis er mit dem Rücken gegen die Kommode stieß. Charles sah das Entsetzen im Gesicht seines Sohnes und ahnte, wie erbärmlich er aussehen musste.

»Ich kann mich nicht erst anziehen und eine stählerne

Miene einstudieren«, zischte er und wischte sich mit dem Ärmel über den Mund. Auf der rechten Seite spürte er die Berührung des Stoffes nicht. Das jagte ihm einen Schrecken ein und selbst sein Herz schien einen Moment innezuhalten.

Charles zwang sich, langsam ein- und auszuatmen. Vor wenigen Stunden hatte er außer den Augenlidern noch gar nichts bewegen können. Seine Beweglichkeit und seine Beherrschung würden zurückkommen. Es war sicher nur eine Frage der Zeit. »Du musst jetzt handeln und die Karte besorgen«, sagte er langsam. Seine Stimme wurde mit jedem Wort kräftiger, doch Jérôme musterte ihn noch immer skeptisch. »Und dann müssen wir das ganze Pack loswerden und die Spuren verwischen«, fuhr Charles leise fort. Er drehte den Kopf zur Tür. Doch dort stand niemand. Wann würde seine Frau endlich wieder nach ihm sehen? Charles zwang sich, das Wichtigste in die Wege zu leiten, und das war die Rettung seines Vermögens. Über alles andere konnte er anschließend nachdenken.

»Stiehl die Karte oder bestich jemanden, der sie dir besorgt! Ich werde dafür sorgen, dass das Haus anschließend in die Luft fliegt und niemand den Verlust anzeigt.« Charles keuchte und brauchte alle Kraft, um nicht wieder zurück in die Kissen zu sinken und die Augen zu schließen. Speichel tropfte ihm in den Kragen und er hasste seinen Körper wie noch nie zuvor.

»Geh!«, befahl er seinem Sohn mit letzter Kraft, und er sah in Jérômes braunen Augen, dass er ihm auch dieses Mal gehorchen würde.

Zufrieden gab Charles der Erschöpfung nach und ließ

sich kraftlos in die Kissen fallen. Dann dachte er darüber nach, wie er die Geister der Vergangenheit ein für alle Mal loswerden konnte. Bei dieser Vorstellung lächelte er und spürte, wie mit einem unangenehmen Kribbeln das Gefühl in die rechte Hälfte seines Gesichts zurückkehrte.

Sebastien starrte die Frau auf dem Boden an und lauschte ihrer unglaublichen Geschichte.

»Welcher Grund könnte meinen Vater dazu bewogen haben, Ihren Bruder töten zu lassen? Das ergibt doch keinen Sinn!« Das war eine Lüge. Sebastien hatte nicht den Hauch einer Ahnung, wozu sein Vater fähig war. Die Vorstellung eines Mordes erschreckte ihn zwar, aber sie überraschte ihn weniger, als er gedacht hatte. Im Grunde kannte er seinen Vater nicht und wusste nichts über dessen geheime Ziele und Pläne.

Marie beobachtete ihn und antwortete dann mit ihrer leisen weichen Stimme, wobei sie immer wieder zur Tür sah, als befürchtete sie unerwünschte Zuhörer.

»Der Anschlag galt mir. Dein Vater wollte mich blamieren und meine Erfindung sabotieren, weil er an sie glaubte.«

»Aber dann hätte er doch erst recht nicht …«

»Doch«, unterbrach ihn Marie. »Dein Vater hatte sich gegenüber seinem Schwiegervater bereits weit vorgewagt und von meinem brillanten Verstand geschwärmt. Als er mich in der Werkstatt überraschte und mir gegenüberstand, konnte ich nicht mehr vortäuschen, ein Mann zu sein, und er war natürlich schockiert. In den gebildeten Kreisen diskutierte man zu der Zeit darüber, Mädchen während der Menstruation aus dem Unterricht zu nehmen. Das Blut sollte in den Unterleib fließen und nicht in das Gehirn, das ohnehin kleiner ist als das von Männern. Denn schließlich sollten sie später junge Männer zur Welt bringen, die für unser Land kämpfen.« Marie seufzte und hielt einen Moment inne, bevor sie fortfuhr. »Daran hat sich in den letzten fünfzehn Jahren nicht viel geändert. Eine Frau darf nur allein auf die Straße, wenn sie zum Friedhof oder in die Kirche geht. Vielleicht wird das irgendwann einmal anders, aber …« Sie schüttelte den Kopf. »Dein Vater wollte mich blamieren und dann enthüllen, dass der talentierte Monsieur Bateaux in Wirklichkeit eine unfähige Frau mit einem kümmerlichen kleinen Gehirn ist. Da dein Vater nichts von Technik versteht, hat er aus meiner Maschine eine Bombe gemacht und meinen Bruder in die Luft gesprengt. Dabei hatte er vermutlich nicht die Absicht, jemanden ernsthaft zu verletzen. Aber das kannst du besser beurteilen, Sebastien.«

Die melodische Art, mit der sie seinen Namen aussprach, und ihr freundlicher Tonfall berührten Sebastien, und er verabscheute sich für seine Schwäche. Sein Vater wäre entsetzt, wenn er ihn jetzt sehen könnte. Vermutlich verriet sein ganzer Körper jeden Gedanken, der ihm durch den Kopf sauste. Er drehte sich von der Frau weg, um seinen Gesichtsausdruck vor ihr zu verbergen und über die Geschichte nachzudenken. Dann hörte er ein leises Rauschen und etwas krachte mit Wucht gegen seinen Hinterkopf.

Kapitel 24

Ich habe die Werkstatt der Nähstube vorgezogen und das Schicksal herausgefordert. Die Aetherpumpe ist explodiert und hat meinen geliebten Bruder das Leben gekostet. Sie haben mir seit Jahren gesagt, dass eine Frau nicht neugierig und experimentierfreudig sein darf, und nun muss ich mit der Schuld leben.
(M. Bateaux)

Marguerite wischte sich die schmutzigen Hände an den Hosen ab und klopfte an die Tür von Henri Giffard. Es hatte Stunden gedauert, bis sie von Charles Godins Arbeitszimmer hierhergelangt war.

Nachdem sie die Lampe fallen gelassen und den Jungen hinter den Schreibtisch gezogen hatte, war sie zur Tür hinausgestürmt. Im Flur war keine Menschenseele zu sehen gewesen. Marguerite hatte an den Türen gehorcht und sich langsam bis zur Haustür vorgetastet.

Doch dann rief jemand ihren Namen und ihr Herz schien einen Moment stehen zu bleiben. Hatte Charles Godin sie erkannt? War ihre Chance auf eine Flucht vertan?

»Marguerite!«, rief eine Frauenstimme nah an ihrem Ohr.

Marguerite wirbelte herum und sah in das Gesicht einer Frau, die nur wenig älter war als sie. Sie umklammerte ihr Handgelenk und zog sie vom Flur in ein kleines Zimmer.

»Ich habe Sie gleich erkannt, aber meine Söhne wissen nicht, wer Sie sind.« Madame Godin hielt noch immer Marguerites Handgelenk umklammert. Die Frauen waren beide schlank und hatten die gleiche Größe. Würde Marguerite sich losreißen und die Haustür erreichen können?

»Was wollen Sie von mir?«, zischte sie.

»Wissen Sie, was damals wirklich in Ihrer Werkstatt passiert ist?«, fragte die andere.

Marguerite zitterte am ganzen Körper. Wollte Madame Godin sie in eine Falle locken?

»Wir haben nicht viel Zeit«, drängte die Hausherrin ihren Gast. »Ich nehme an, Michel Penot hat Sie informiert. Mein Vater hat Ihre Arbeit vergöttert. Er hat einen ganzen Abend fröhlich gelacht, als er von seinen Spionen erfuhr, dass Sie eine Frau sind. Doch mein Mann wusste nichts davon. Ich nehme an, er hat die Maschine sabotiert, um sich die Demütigung zu ersparen.« Sie schwieg einen Augenblick und starrte auf die Fensterscheibe, als würde sie direkt in die Vergangenheit sehen.

»Es tut mir leid«, flüsterte sie schließlich und streckte ihren Rücken. »Ich habe im Laufe der Jahre viel Unrecht gesehen, das mein Mann angerichtet hat, um das Ansehen und Vermögen der Familie zu vergrößern, aber es vergeht kein Tag, an dem ich nicht an Ihren hübschen Bruder denke, der viel zu früh von uns gehen musste.«

Marguerite wollte schreien und der Frau ihre Faust in

den Magen schlagen, damit sie endlich aufhörte zu reden. Doch die Traurigkeit und Hoffnungslosigkeit, die diese Frau ausstrahlte, nahm ihr den Wind aus den Segeln.

»Was geschieht nun mit mir?«, fragte sie ruhig. »Werden Sie mich gehen lassen, damit ich mein Kind retten kann?«

Madame Godin ließ sofort das Handgelenk los, als hätte sie sich plötzlich an Marguerites nackter Haut verbrannt.

»Ihnen wurde so großes Unrecht angetan. Mein Mann liegt nebenan hilflos im Bett. Wollen Sie keine Rache nehmen?«

Marguerite schüttelte, ohne zu zögern, den Kopf. »Ich will nur die in Sicherheit bringen, die ich liebe. Das war alles, was ich immer wollte. Nur das!«

Madame Godin starrte sie mit offenem Mund an. Dann hob sie langsam den Arm und deutete auf eine Tür am anderen Ende des kleinen Zimmers, das mit geblümten Sofas vollgestopft war. »Das ist der kürzeste Weg hinaus … Marguerite?«

Sie war schon an die Tür getreten und hatte die Hand auf die Klinke gelegt, als sie sich beim Klang ihres Namens noch einmal umdrehte.

»Sie wissen, dass er Henris Haus in die Luft jagen wird?«

Marguerite nickte.

»Es tut mir leid«, murmelte Madame Godin. »Alles.«

Wie durch ein Wunder war Marguerite einige Augenblicke später unbehelligt in den Hof hinausgelangt und durch das Tor auf die Straße getreten.

Da sie keine Ahnung hatte, in welchem Teil der Stadt sie sich befand, wusste sie nicht, wie weit es bis zu dem Haus war, das sie suchte. Marguerite war durch die Straßen geirrt und hatte sich nach hohen Gebäuden und Kirchtürmen umgesehen, die ihr verraten konnten, in welcher Straße sie war. Doch sie erkannte keine vertrauten Gebäude. Als die erste Kutsche an ihr vorbeifuhr, hatte sie ihre Taschen durchsucht, aber nichts gefunden. Jérôme hatte das Geld und all ihre Sachen an sich genommen.

Irgendwann war sie an eine Zollmauer gekommen, hinter der mehrere Dutzend Pferde gefüttert und getränkt wurden. Außerhalb von Paris waren aufgrund der geringeren Zölle die Preise niedriger.

Da wusste Marguerite, dass sie in die falsche Richtung gegangen war. Als sie eines der Pferde stahl, bemerkte sie zu spät, dass ein Zollbeamter zu ihr herübersah, bevor sie das nächste Haus erreicht hatte. Doch wie durch ein Wunder schoben sich zwei Kutschen zwischen den Mann und Marie. Die Fahrgäste sprangen aus dem Wagen und umringten den Beamten, der nur halbherzig versuchte, sich an ihnen vorbeizudrängen. Da es nicht sein Pferd war und er nicht sicher sein konnte, dass hier ein Diebstahl geschehen war, gab er es auf und wandte sich den zeternden Reisenden zu. Als Marie um die Ecke geritten war, trieb sie das Pferd zur Eile an und war heilfroh darüber, dass sie Hosen trug. Denn schließlich hatte das Pferd keinen Sattel. Aber es war eine alte Stute, die sich nicht über die Frau wunderte, die auf ihrem Rücken durch die Stadt ritt und irgendwann laut juchzte, als sie trotz der vielen Baustellen eine vertraute Brücke erkannte. Zum ersten Mal seit fünfzehn Jahren hatte Marie das Bedürfnis zu beten, denn sie wollte jemandem danken, dass sie es bis hierher geschafft hatte.

Von der Brücke war es nicht schwer gewesen, das Haus

von Henri Giffard zu finden, weil sie diesen Weg in einem anderen Leben schon unzählige Male gegangen und gefahren war.

Ungeduldig hämmerte sie gegen die Tür des Mannes, den sie damals über alles geliebt hatte, trug Männerkleidung, roch nach Pferd und Schweiß und hatte schmutzige Hände, die an der Hose nicht sauberer wurden. Doch niemand öffnete ihr. Nach einer Weile ging sie an der Front des Hauses entlang zu der Toreinfahrt, die in den Hof hineinführte. Unterwegs spähte sie in jedes Fenster, aber sie konnte keine Menschenseele entdecken.

Stattdessen sah sie offene Schränke und durchwühlte Kommoden, Berge von Trödelkram und überall Bücher, die unwirsch auf den Boden geworfen worden waren.

Marguerite bekam kaum genug Luft, um nicht in Ohnmacht zu fallen, und hielt sich an der Mauer fest. Dann atmete sie tief ein und lief zur Hintertür. Als sie mit der Hand gegen das Holz drückte, schwang die Tür nach innen. Schnell betrat Marguerite die Küche und stolperte über ein Bein. Auf dem Boden saß ein weißhaariger Mann mit ungewöhnlich breiten Schultern, dessen Arme hinter dem Rücken gefesselt waren. In seinem Mund steckte ein Stück Stoff, das im Nacken verknotet worden war. Marguerite kniete sich neben ihn und löste die Fesseln.

»Vielen Dank, Madame«, hustete der Mann. Nachdem er ein Glas Wasser getrunken hatte, sah er Marguerite neugierig an.

»Ist das möglich? Sind Sie es, Marguerite?«

Sie erinnerte sich an den hünenhaften Diener, der schon

vor Henri in diesem Haus gewesen war, aber sein Name wollte ihr nicht einfallen. Also nickte sie stumm. Dann rappelte sie sich auf, rannte durch alle Zimmer im Erdgeschoss und sah hinter umgekippte Sessel und Stühle. Der alte Mann folgte ihr.

»Es ist niemand hier, Madame. Monsieur Giffard hat mit den Kindern das Haus verlassen, bevor die Männer hier aufgetaucht sind.«

»Welche Kinder?«, fragte Marguerite atemlos.

»Seine Nichte Milou, Benedict und sein Freund Albert.«

»Aber Henri hat keine Geschwister. Wie kann er da eine Nichte haben?«

»Sie ist nicht wirklich seine Nichte. Aber Monsieur Giffard ...«

Marguerite winkte ab. »Das spielt keine Rolle. Wo sind sie jetzt?«

»In der Werkstatt, Madame.« Der Diener deutete eine Verneigung an und begann dann, die Schubladen der Kommoden zu schließen und die Bücher vom Boden aufzusammeln.

Marguerite ergriff seinen Arm. »Sie müssen das Haus verlassen. Ist sonst wirklich niemand hier? Ich weiß nicht, wie viel Zeit wir noch haben, aber es ist hier zu gefährlich.«

»Ich verstehe nicht, Madame. Die Männer haben nicht gefunden, was sie gesucht haben. Warum sollte es gefährlich sein hierzubleiben? Sie werden sicher nicht zurückkehren, oder?«

»Ich weiß es genau. Sie kommen zurück und wir dürfen dann nicht mehr hier sein. Ich muss in die Werkstatt und Henri und die Kinder warnen.« Marguerite rannte zurück zur Küchentür und trat in den Hof hinaus. Schon von Weitem sah sie durch die bodentiefen Fenster die Zerstörung im Inneren der Werkstatt. Die Tränen stiegen ihr in die Augen.

»Henri! Benedict! Albert!«, schrie sie verzweifelt in den Raum hinein.

Die Werkstatt glich einem gigantischen Trümmerhaufen. Jérôme und seine Männer hatten keinen Winkel der riesigen Halle verschont und auf der Suche nach der Karte alles kurz und klein geschlagen. Niemand antwortete ihrer Stimme, die in der Werkstatt gespenstisch fremd klang.

Da berührte sie jemand an der Schulter und sie zuckte zusammen. Es war der Diener und nun fiel ihr auch sein Name wieder ein. Claude.

»Verzeihen Sie, Madame. Sie haben mich nicht gehört.« Er deutete auf seine Hand, die ihre Schulter berührte, und zog sie dann schnell zurück. »Nachdem Sie damals … verschwunden waren, hat Monsieur Giffard noch eine weitere Werkstatt eingerichtet. Sie liegt außerhalb der Zollmauern an einem geheimen Ort.«

»Können Sie mich hinbringen?«, fragte Marguerite leise.

»Natürlich, Madame«, antwortete Claude und umrundete die Kutschen im Unterstand neben der Werkstatt. Doch keine hatte den Besuch von Charles Godins Männern unbeschadet überstanden. Hilflos hob Claude die Schultern und erklärte dann Marguerite den Weg, die bereits auf den Rücken ihrer gestohlenen Stute geklettert war.

❉

Charles bewegte jeden Finger einzeln und betrachtete fassungslos, wie ungelenk und stockend sie sich beugten und streckten. Solange niemand sein Zimmer betrat, konnte er keine weiteren Anweisungen geben. Also krümmte er die Zehen und übte, die Augenbrauen vorwurfsvoll hochzuziehen, während er auf seine Frau wartete, die er seit zwei Jahren nicht mehr berührt hatte. Aber sie kam nicht. Also würde er selbst nach einem Diener rufen müssen, um die nötigen Dinge zu veranlassen. Es dauerte einige Minuten, bis seine Stimme kräftig genug war, um bis in den Flur vernehmbar zu sein. Sofort steckte ein junger blonder Mann den Kopf herein und verneigte sich. Es war einer von denen, die schon seit Jahren hier arbeiteten und denen er auch knifflige Aufgaben übertragen konnte.

»Kommen Sie näher«, krächzte Charles und richtete sich im Bett auf. »Bringen Sie die Nachricht in den Stall, damit sie sofort zugestellt wird.« Er deutete mit dem Kopf auf den Nachttisch. Zögernd öffnete der junge Mann die Schublade, nachdem er sich mehrmals mit einem Blick zu Charles versichert hatte, dass er das Richtige tat.

»Anschließend kommen Sie sofort zurück und helfen mir beim Anziehen«, verlangte Charles, als der Diener das Zimmer verließ. Die Zeit verrann ihm zwischen den Fingern und Charles konnte nichts dagegen tun. In Gedanken hatte er seinen Körper unzählige Male verflucht, aber er konnte ihn auch mit der größten Anstrengung seines Willens nicht dazu bekommen, wieder einwandfrei zu funktionieren. Als der Diener endlich zurückkam, hatte Charles gerade das erste Bein aus dem Bett gehievt. Quälend langsam zog der Diener ihm eine Hose an und knöpfte mit zitternden Fingern das Hemd zu. Charles wollte keine Zeit verschwenden, schlüpfte barfuß in die bereitgestellten Schuhe und verzichtete auf jede weitere Kleidung. Nach einem Blick in den Spiegel wäre er beinahe zurück ins Bett gestolpert. Er sah aus wie sein Vater auf dem Totenbett. Blass und kraftlos.

»Holen Sie Wasser und einen Lappen!«

Während der Diener ihm das Gesicht wusch, verbrachte Charles die demütigendsten Minuten seines Lebens. Ein Mann wischte ihm den Speichel aus dem Gesicht, der immer wieder unaufhaltsam aus den Mundwinkeln rann, denn Charles brachte selbst kaum die Kraft auf, um die Arme zu heben. Dann endlich war der Moment vorbei und er ließ sich von dem jungen Mann zu seinem Arbeitszimmer führen. Langsam setzte er die Füße voreinander und platzte fast vor Ungeduld. Als er den Raum endlich erreichte, schwankten seine Beine unter ihm, und er spürte durch sein Hemd die kräftigen Arme des Dieners, die ihn umklammerten, damit er nicht auf den Teppich sank. Sein Stuhl war besetzt. Mit jugendlicher Selbstverständlichkeit saß sein Sohn in dem Sessel hinter dem Schreibtisch und beugte sich über einen Stapel Bücher und Landkarten.

»Hast du die Karte?« Charles erschrak bei dem Klang seiner Stimme. Sie klang fremd und schwach, und sie passte nicht zu der Wut in seinem Bauch, die ihn innerlich verbrannte.

Jérôme hob den Kopf und musterte seinen Vater. Doch er stand nicht auf, um den Platz zu übergeben, und rechtfertigte sich nicht.

»Du bist ein großes Risiko eingegangen«, bemerkte er.

Charles versuchte vergebens, die Gefühle seines Sohnes zu erkennen. Vielleicht lag es an seiner körperlichen Schwäche, die ihn zittern ließ und seinen Blick verschleierte, aber es war auch möglich, dass sein Sohn dazugelernt hatte. War er wütend oder stolz und beeindruckt?

»Die Grundstücke, die du gekauft hast, liegen außerhalb des Stadterneuerungsplans. Was willst du mit ihnen? Hast du auf die Entschädigung spekuliert?«

Charles nickte. »Hast du die Karte? Wenn der Präfekt die Karte erhält, ist diese Familie so vermögend wie niemals zuvor. Sie werden unsere Grundstücke kaufen und uns fürstlich entschädigen.« Die Worte hatten Charles seine letzte Kraft gekostet. Seine Arme hingen am Körper herab, und er konnte nicht verhindern, dass sein Kopf immer wieder nach vorne kippte. Der Diener musste mittlerweile fast sein gesamtes Gewicht tragen, aber er schnaufte nicht hinter ihm. Sein Atem ging leise und regelmäßig und das Geräusch beruhigte Charles seltsamerweise. Sein Sohn musste die Größe dieses fabelhaften Plans begreifen und ihn voller Stolz und Anerkennung ansehen. Aber er tat es nicht. Stattdessen schüttelte er den Kopf.

»Ich habe die Karte in Giffards Haus nicht gefunden und ich will kein Blut an meinen Händen kleben haben. Der Diener wird sich von seinen Fesseln befreien können, bevor du den Auftrag erteilst, das Gebäude zu sprengen.« Jérôme erhob sich endlich von dem Stuhl. Aber er trat nicht auf seinen Vater zu, sondern verharrte hinter dem Schreibtisch.

»Du willst doch mein Imperium erben«, protestierte Charles und richtete sich auf. »Hilf mir jetzt gefälligst, es zu retten!« Die Wut in seinem Bauch entflammte und verlieh seiner Stimme neue Kraft. »Wir holen die Karte von Giffard. Ich habe Spione in der ganzen Stadt und finde ihn schneller, als du die Bücher zuschlagen kannst.«

»Ich weiß längst, wo er ist«, seufzte Jérôme. »Aber ich werde dir nicht mehr helfen. Zahl mir mein Erbe aus!«

»Nein«, presste Charles zwischen den zusammengebissenen Zähnen hervor.

»Dann gehe ich zu meinem Onkel.«

»Der Bruder deiner Mutter ist ein Schuster, der in einem stinkenden Keller in Rouen sitzt«, höhnte Charles.

»Nicht mehr, lieber Vater. Mittlerweile hat er eine Fabrik gebaut, die Stiefel herstellt. Gute Schuhe werden immer gebraucht. Und wenn der nächste Krieg kommt, brauchen die Soldaten neue Stiefel. Er ist auf dem besten Weg, ein Vermögen zu verdienen, wenn er so weitermacht«, berichtete Jérôme und Stolz schwang in seiner Stimme mit.

Es traf Charles wie ein Schlag ins Gesicht. Der Mann, den er vom Thron verdrängt hatte, sollte ihn überflügeln und dazu noch die Anerkennung seines Sohnes erlangen?

»Du bekommst von mir nicht einmal ein Pferd, um nach Rouen zu reiten«, zischte Charles und spürte, wie ihm wieder der Speichel über das Gesicht lief. Er konnte es nicht verhindern und hatte nicht die Kraft, um die Arme zu heben und sein Gesicht mit dem Hemdsärmel zu trocknen.

»Das ist nicht nötig, Vater«, sagte Jérôme und lachte bitter auf. »Ich fahre mit der Eisenbahn.«

Charles sah in das Gesicht seines Sohnes. Es gab keinen Zweifel, er hatte ihn verloren. All die Wut verließ ihn und wich der Verzweiflung. Seine Beine gaben nach und er sackte gegen den Oberkörper des Dieners.

»Schaff mich ins Bett«, hauchte er. »Und dann werde ich retten, was zu retten ist.«

※

Wenn Giffards Werkstatt in Paris das Paradies war, dann war Benedict jetzt im Himmel angekommen. Er stand in der geöffneten Tür der größten Halle, die er je gesehen hatte. Nicht einmal in seiner Vorstellung hätte er sich diesen wunderbaren Raum ausmalen können. In der Mitte thronte, von dicken Eichenbalken abgestützt, ein gigantisches Segelschiff aus dunklem poliertem Holz.

Um den Rumpf herum schlängelten sich glänzende Rohre und Kolben, die alle mit einem Dampfmotor am Heck des Schiffes verbunden waren. Überall lehnten Leitern an den Planken und armdicke Schraubenschlüssel türmten sich auf dem Boden und unzähligen kleinen Tischen, die in der Halle rund um das Ungetüm verteilt standen. Das Deck des Schiffes war nicht zu sehen, weil es von Bergen aus Stoff und Netzen bedeckt war. An den Wänden standen die üblichen Werkzeuge, die Benedict schon in Paris erkundet hatte. Ein Wagen, auf dem die Gerätschaften standen, die benötigt wurden, um Wasserstoff zu erzeugen, verschiedene Schraubzwingen, Hämmer, Sägen und Werkzeuge, um Metall zu bearbeiten und Rohre zu schneiden.

Während Monsieur Giffard Milou stolz durch den Raum führte und seine Geräte überprüfte, machte sich Benedict an der Feuerstelle zu schaffen, die an einen monströsen Kachelofen erinnerte und mit verschiedenen Klappen ausgestattet war. Der Ofen bedeckte die Hälfte der Wand, in der auch die Tür war, und Benedict schaufelte Kohlen und Holz in die Luken, um ein Feuer zu entfachen. Was auch immer sie in dieser Werkstatt tun würden, erforderte sicher heiße Flammen.

Als Giffard das Segelschiff umrundet hatte, fegte er mit dem Ärmel verschiedene Metallstücke und Holzreste von einem Tisch und breitete das Buch von Monsieur Bateaux darauf aus, der eigentlich eine Frau war, wenn man der Geschichte des großen Erfinders Glauben schenken konnte.

Benedict beobachtete jede Regung in Giffards Gesicht und lauschte jedem gemurmelten Wort, das er von der Zeichnung übersetzte. Nun hatte sich auch Albert in die Halle hineingewagt und schaute dem großen Erfinder über die Schulter. Benedict konnte den Gesichtsausdruck seines Freundes nicht deuten. Einerseits wirkte er neugierig und aufgeregt wie früher, aber irgendetwas bedrückte ihn auch. Benedict berührte ihn an der Schulter, aber Albert schüttelte den Kopf, ohne zu ihm aufzusehen, und beugte sich noch weiter über das Buch.

»Verdammt«, fluchte Monsieur Giffard. Immer wieder lief er zwischen dem Buch und seinem Schiff hin und her, überprüfte eine Schraube, drehte an einem Rädchen oder verstellte den Hahn an einem Rohr. »Ich habe aus der Erinnerung ein gutes Modell der Aetherpumpe gebaut, aber hier gibt es eine Anmerkung, die ich nicht entziffern kann.« Resigniert hob er die Schultern. »Wir müssen erst die Verschlüsselung knacken, bevor wir den entscheidenden Teil überprüfen können.« Dann richtete er sich auf, streckte seine Arme und dehnte den Rücken, bevor er sich aufmachte und einige klapprige Stühle aus den Ecken der Halle zusammensammelte. Milou beugte sich über das Buch. Sie hatte einige Schritte von dem Tisch entfernt gestanden und etwas Silbernes zwischen ihren Fingern kreisen lassen. Aber Benedict nutzte die Gelegenheit, seinen Freund am Ärmel zu packen und zu dem Schiff zu ziehen.

»Sieh dir das an«, bat er Albert fröhlich und zeigte auf die geschwungenen Leitungen und die blanken Rohre. »Das war immer unser Ziel, oder? Mit einem großen Erfinder an einer außergewöhnlichen Erfindung zu bauen ...« Benedict spürte, wie sich seine Wangen vor Aufregung röteten. Gleich würden sie mit Monsieur Giffard um den Tisch sitzen und über eine geheimnisvolle Zeichnung beraten, bis sie den Schlüssel gefunden hatten, um die Anmerkungen zu lesen. Er war tatsächlich im Himmel.

Doch Albert schüttelte den Kopf. »Nein, Benedict, *du* wolltest immer fliegen und dich in die Luftmeere hinaufschwingen, weil du dich nirgendwo zu Hause fühlst. Aber ich war im Kloster zu Hause und ich bin es auch bei meinem Werkzeugmacher. Auch wenn er schwierig und unzuverlässig ist, lerne ich doch eine Menge über Werkzeuge und werde bald selber welche anfertigen. Ich ...« Hilflos hob er die Arme und ließ sie dann wieder fallen. »Wenn ich nicht vor Tagesanbruch in der Werkstatt bin, habe ich alles verloren, was mir wichtig ist.«

Benedict presste die Hände auf die Schläfen, um die Gedanken zu beruhigen, die auf ihn einstürmten und seinen Kopf verwirrten. Natürlich wollte er Albert nicht das nehmen, was der sich für seine Zukunft wünschte. Aber sah er denn nicht die Chance, die sich ihnen bot, und die Möglichkeiten, die Giffard ihnen eröffnen konnte? Benedict spürte, wie die Zeit verrann. Doch vergeblich versuchte er, dem Freund zu sagen, was er dachte und fühlte. Die Worte wollten sich nicht von ihm finden lassen und sträubten sich hartnäckig, wenn Benedict nach ihnen griff.

»Ich gehe zurück«, sagte Albert nach einer kleinen Ewigkeit leise und Benedict nickte stumm. Dann umarmte er ihn.

»Du bist ein wahrer Freund, Albert Gautier.«

Monsieur Giffard trat neben die Jungen und streckte Albert die Hand entgegen. Der löste sich hastig aus Benedicts Armen und ergriff sie.

»Du kannst nicht in der Nacht die Stadt durchqueren. Außerdem ist der Weg viel zu weit, um ihn zu Fuß zu gehen. Die Kutsche steht vor der Tür und mein Diener wird dich nach Hause bringen.« Giffard lächelte und zeigte auf das Buch, über dem Milou tief gebeugt hockte. »Du musst die Dokumente hierlassen, aber ich möchte dir etwas dafür geben. Schließlich hätte ich sie niemals gefunden, wenn du sie mir nicht gebracht hättest.«

Albert kniff die Lippen zusammen, und Benedict wusste, wie schwer es ihm fiel, dieses Angebot anzunehmen. Aber Giffard zählte einige Bücher auf, die Albert sicher gebrauchen konnte, und schenkte ihm zusätzlich noch einige teure Werkzeuge. Schließlich überstieg der Wert der Gegenstände das Jahresgehalt seines Meisters um ein Vielfaches und Albert winkte peinlich berührt ab. Doch Giffard bestand auf dem Handel. Beladen mit den Werkzeugen und dem Versprechen, ihm die Bücher zu schicken, brachte er Albert selbst zur Tür, um mit ihm noch ein paar Worte zu wechseln.

Benedict sah den beiden hinterher, und es schmerzte ihn, seinen Freund nun wieder ziehen zu lassen. Als Milou ihm mit den Fingern auf die Schulter tippte, zuckte Benedict erschrocken zusammen. In Gedanken war er zu der Hütte zurückgekehrt, in der sie zusammen die ersten Experimente vorbereitet und ihre Erkenntnisse gesammelt hatten.

»Ich möchte dir etwas geben«, sagte Milou leise und zog ihn zum Tisch herüber. Dort war das Buch noch immer auf der Seite mit dem Plan der Aetherpumpe aufgeschlagen, aber Milou blätterte weiter zu einer Seite mit Buchstabenkauderwelsch.

Mitten auf die Seite ließ sie einen Anhänger fallen. Als er neben sie trat, erkannte Benedict seine Kette mit dem Bild des heiligen Benedict. Doch bevor er danach greifen konnte, drehte Milou den Anhänger um und deutete auf die Zahlen und Symbole auf der Rückseite des Heiligenbildes.

»Du hast den Schlüssel«, flüsterte sie.

»Das ist unmöglich.«

»Nein. Die geheimen Dokumente und der Schlüssel waren im gleichen Kloster versteckt. Das hat schon seinen Sinn. Du hast aus irgendeinem Grund das Medaillon bekommen, um damit dieses große Geheimnis zu lüften.«

»Aber wer sollte …?«

»Das weiß ich auch nicht. Aber ich habe herausgefunden, wie die Geheimsprache funktioniert. Das Symbol ist die Art der Verschlüsselung. Hier ist das Alphabet verschoben und die römische Zahl steht für die Anzahl der Buchstaben, die du weiterzählen musst. Dann beginnt das Kauderwelsch von der ersten Seite nicht mit einem B, sondern mit einem A, und Bvgcbv ist Aufbau.«

Benedict betrachtete das Buchstabengewirr in den geheimen Dokumenten, sein Medaillon und die Tabellen, die Milou auf einem Stück Papier notiert hatte. Als Giffard die Halle wieder betrat, hatte er das Prinzip endlich verstanden. Mit Milous Tabellen war es leicht, die Geheimschrift zu übersetzen. Denn auch das Symbol auf seinem Medaillon bestand aus Buchstaben, die übereinandergeschrieben waren: MS. Milou hatte sie entdeckt und herausgefunden, dass sie für Mary Stuart standen, die angeblich in England vor Jahrhunderten diese Art der Buchstabenverschiebung benutzt hatte.

»Aber darauf wäre ich nie im Leben gekommen.« Staunend betrachtete Benedict seinen Anhänger. »Ich habe ihn sicher nur aus Versehen bekommen und er war für jemand anderen gedacht.«

Milou berührte seinen Arm. »Bestimmt nicht«, flüsterte sie. Dann rief sie ihren Onkel an den Tisch und zeigte ihm die entschlüsselte Nachricht. Monsieur Giffard lachte. »Natürlich! Von Mary Stuart und ihrer Lebensgeschichte war Marguerite schon als Kind beeindruckt. Da hätte ich auch selbst drauf kommen können.« Mit schnellen Strichen notierte Giffard die Anweisungen neben der Aetherpumpe auf einem Zettel und schrieb den entschlüsselten Text daneben.

Benedict war einen Schritt zurückgetreten und beobachtete, wie der Erfinder flink mit den Buchstaben jonglierte und dann mit Leichtigkeit die Leitern erklomm, um die notwendigen Änderungen an der Aetherpumpe vorzunehmen.

Plötzlich kam er sich neben dem riesigen Segelschiff wie ein Zwerg vor. Hilflos musste er zusehen, wie der große

Erfinder mit den geheimnisvollen Anweisungen zu den Maschinen hinaufkletterte, und er fragte sich, ob er von hier unten genug sehen würde, um zu verstehen, was Giffard an seiner Aetherpumpe noch verändern musste. Schließlich hatte er sich vorgenommen, alles im Auge zu behalten und darauf zu achten, dass nichts in die Luft fliegen konnte. Hatte er sich zu viel vorgenommen? Die Verzweiflung übermannte ihn, und er begann, langsam das Schiff zu umkreisen und die Stränge und Rohre zu verfolgen, um die Konstruktion der Aetherpumpe und der Dampfmaschine zu durchschauen. Da hörte er eine Stimme drei Meter über sich.

»Benedict, wo bleibst du denn? Ich könnte deine Hilfe gebrauchen!«

Kapitel 25

Auf meiner Flucht aus Paris stellte ich fest, dass ich ein Kind unter dem Herzen trug. Zwischen Verzweiflung und Glück hin- und hergerissen, verstecke ich mich zunächst bei meinem Großvater. Doch man sucht nach meinen Aufzeichnungen und die Spuren führen in unser kleines Dorf an der Küste. Ich fliehe in der Nacht mit meinem neugeborenen Kind.
(M. Bateaux)

Sebastien zog sich in den Schatten eines Schrankes zurück, als sein Bruder aus dem Zimmer stürmte. Doch er war nicht der Einzige gewesen, der das Gespräch zwischen Vater und Sohn belauscht hatte. Sebastien bemerkte eine Bewegung hinter sich. Seine Mutter hatte in ihrem Zimmer hinter der Tür gestanden und trat nun zu Sebastien. Wortlos ergriff sie den Arm ihres Sohnes und zog ihn zu sich herein, als der Diener Charles Godin durch den Flur zurück in sein Bett schleppte.

Sebastien zitterten die Knie. Sein Vater hatte furchtbar ausgesehen, doch sein eiserner Wille strahlte aus den matten dunklen Augen. Dankbar lächelte er seiner Mutter zu, die ihn auf einen Sessel schob und ihm einen Becher Kaffee reichte.

Dann kniete sie sich vor ihn und legte die Hände auf seine Knie. Sebastien schluckte. Seine Mutter hatte ihn seit Monaten nur noch sanft an der Schulter berührt oder einen Kuss auf seine Wangen gehaucht. Als er ihre Nähe spürte, wollte sich Sebastien in ihre Arme werfen und von ihr getröstet werden. Sie sollte die hässlichen Worte der Gefangenen vertreiben und ihm sagen, was für ein netter und gerechter Mann sein Vater war. Die Wahrheit konnte Sebastien nicht mehr ertragen.

Doch stattdessen zog sie ihn mit ihren Enthüllungen noch tiefer in die dunklen Geschäfte der Familie hinein.

»Charles hat die Firma meines Vaters groß gemacht, aber nun geht alles den Bach runter. Das ganze Geld steckt in Grundstücken, die niemand kaufen wird, und ich halte das nicht mehr aus.«

Sebastien rutschte auf seinem Sessel ein Stück von seiner Mutter weg und starrte sie an. Was sollte das bedeuten?

»Ich werde nicht dabei zusehen, wie dein Vater das Ansehen meiner Familie ruiniert«, fuhr sie fort.

»Was meinst du damit? Was wirst du tun?«

»Nichts.« Sie schüttelte den Kopf und erhob sich wieder. »Ich habe meine Sachen gepackt und verlasse Paris.«

»Aber … wo willst du hin?«, stammelte Sebastien. Sein Vater hätte ihn dafür gerügt, doch seine Mutter lächelte traurig.

»Ich gehe zu meinem Bruder nach Rouen. Er wird für mich sorgen.«

»Ich dachte, du bist auf meiner Seite, und nun gehst du

mit Jérôme?« Sebastien sprang von dem Sessel und baute sich vor der Tür auf, als könnte er seine Mutter auf diese Weise zum Bleiben zwingen.

»Nein, ich gehe nicht mit Jérôme, sondern zu meinem Bruder. Ich ertrage das Leben mit deinem Vater nicht mehr und das wird sich auch nicht ändern. Ich habe die Hoffnung aufgegeben, und ich kann nicht mehr mit ansehen, was Charles aus dem Lebenswerk meiner Eltern macht.« Sie seufzte und breitete die Arme aus, als wollte sie die Erinnerungen in diesem Haus umarmen. Dann sah sie Sebastien wieder in die Augen. »Mein Bruder hat auch Platz für dich und Jérôme, und er hat euch angeboten, in seiner neuen Fabrik zu arbeiten.«

»In der Fabrik? Oder in der Geschäftsführung?«

Sie antwortete nicht.

»Aber ich hatte noch etwas vor mit meinem Leben. Ich habe noch nicht einmal die Schule beendet. Ich will nicht mit den Händen arbeiten, sondern eine Firma leiten.«

»Es tut mir leid, mein Schatz.«

Er sah sie an, als hätte er sie noch nie zuvor gesehen. Sie war ihm immer zerbrechlich vorgekommen und warm und nun sah er die kleinen Falten und die tiefen Ringe unter ihren Augen. Ihre Wangen waren in den letzten Jahren vom Wein aufgeschwemmt und ihre Hände von dicken blauen Adern gezeichnet. Sebastien drehte sich um und verließ das Zimmer ohne ein Abschiedswort.

Es gab nur eine Chance, seinen Lebenstraum zu erfüllen und nicht in einer dreckigen stinkenden Fabrik zu enden. Er musste die Karte besorgen und seinem Vater helfen, alle Spuren zu verwischen. Zum Glück hatte Giffards Diener

Pepin ihm von der geheimen Werkstatt erzählt. Diese Information machte ihn zu einem wertvollen Verbündeten für seinen Vater, und er ging in sein Zimmer, um mit ihm zu verhandeln.

Als er einige Zeit später wieder in den Flur trat, hörte er das erschöpfte Röcheln seines Vaters, und ein Schauer lief ihm über den Rücken. Aber er hatte bekommen, was er wollte: das Versprechen, seinen Vater zu beerben und schon in den nächsten Jahren in der Firma als sein Nachfolger eingeführt zu werden. Zähneknirschend hatte sein Vater zugestimmt und auch die hohen Geldzuwendungen genehmigt, die Sebastien für sich verlangte. Aber als er gegangen war, hatte er zum ersten Mal Stolz in den Augen seines Vaters gesehen. Sebastien hatte eingefordert, was ihm zustand, und sich endlich den Respekt seines Vaters verdient.

※

Der Weg lag vor ihr und auf dem Hügel thronte die riesige Halle, die Henri Giffards geheime Werkstatt sein musste. Noch vor der letzten Kurve, als sie die Mühle hinter sich gelassen hatte, war sie langsamer geritten und hatte mit dem Gedanken gespielt, zum Müller zurückzukehren und nach dem Weg zu fragen. Aber nun war sie wieder zuversichtlich. Die Wälder versteckten die Werkstatt vor dem Dorf und der Hügel erlaubte Henri und seinen Mitarbeitern einen weiten Überblick. Hatte er sie von dort oben schon erspäht? Würde er sie erkennen und ihr entgegenlaufen? Oder hatte sie seine Liebe durch ihre Flucht verloren? Plötzlich zog sich ihr Herz schmerzhaft zusammen.

Vielleicht hatte er geheiratet, und eine große Familie mit vielen Kindern hinderte ihn daran, sich an sie zu erinnern. Wie ein harter Klumpen klopfte ihr Herz mühsam weiter, aber es hätte sie nicht verwundert, wenn es seinen angestammten Platz in ihrer Brust verlassen und ihr plötzlich in den Magen gerutscht wäre. Schließlich hatte sie ihrem Herzen in den letzten Jahren zu viel zugemutet. Sie würde es ihm nicht übel nehmen, wenn es nun aufgab. Aber vorher musste sie Henri und die Kinder warnen. *Ihr* Kind. Sie musste es in Sicherheit bringen.

Als sie nach einiger Zeit das Gebäude erreicht hatte, sah sie noch immer keinen Menschen. Hatte sie sich getäuscht? War sie zu dem falschen Haus geritten? Langsam näherte sie sich dem Tor, das weit offen stand. Sie hörte Stimmen und rasselnde Geräusche. Plötzlich stieg Dampf aus den Schornsteinen in den Himmel hinauf.

Marguerite schwang sich vom Rücken der braven Stute und schlang den Strick um einen dicken Stein neben dem Eingang. Dann betrat sie die Werkstatt, und ihr ganzer Körper zitterte, als sie das Innere der Halle sah. Giffard hatte ein riesiges Segelschiff hier hereingeschafft und mit Balken und Gerüsten abgestützt. Um den Rumpf herum waren Propeller angebracht und mit einer Dampfmaschine verbunden. Als sie sich einige Schritte weiter hineinwagte, erkannte sie ihre Konstruktion wieder. Henri hatte ihre Aetherpumpe nachgebaut. Erschrocken griff sie sich an die Brust und fühlte mit klammen Fingern, ob ihr Herz noch am richtigen Platz war und tapfer weiterklopfte.

Dann entdeckte sie Henri Giffard. Sie wollte ihm in die Arme fallen und ihn anschreien. Wie konnte er es wagen, ihre gefährliche Aetherpumpe nachzubauen und alle in Gefahr zu bringen? Und wo waren die Kinder?

Langsam zog er eine Schraube fest und kletterte dann die Leiter herunter. Als er sich umdrehte, sah er sie.

Mit offenem Mund starrte er sie an und ihre Beine zitterten. Sie konnte sich nicht bewegen. Ein Mädchen kam hinter dem Rumpf hervor und blieb zwischen ihnen stehen. Sie sah von einem zum anderen.

»Henri«, sagte Marguerite leise.

»Wer sind Sie?« Das Mädchen sah misstrauisch aus, aber Marguerite konnte sich ihm nicht zuwenden, um es zu besänftigen.

»Bist du es wirklich?« Henri Giffard kam einen Schritt auf sie zu, doch dann hielt er inne, als würde er seinen Augen nicht trauen.

»Ihr habt keine Wache aufgestellt«, erwiderte sie matt. Dann erinnerte sie sich an die Geschehnisse der letzten Tage und schüttelte die Benommenheit ab. »Henri, ihr seid alle in großer Gefahr. Charles Godin hat es auf dich abgesehen. Irgendwie ist er auf die Idee gekommen, dass du eine Karte hast, die er braucht. Dein Haus wurde durchwühlt und es wird in die Luft gesprengt, Henri. Vielleicht kennt er auch diese Werkstatt.« Sie holte tief Luft. »Wo ist der Junge?«

»Er ist oben und überwacht das Füllen.« Er hob den Arm und deutete auf die Stoffberge, die sich langsam vom Schiff erhoben. »Jemand muss auf die Sandsäcke achten, damit das Netz gut über dem Stoff liegt und nicht scheuert.«

»Das weiß ich. Hast du vergessen, wie oft wir das gemeinsam gemacht haben?«

Traurig schüttelte er den Kopf. Dann ging er wieder einen Schritt auf sie zu und hielt erneut inne.

»Warum hast du die Aetherpumpe gebaut? Das ist zu gefährlich.«

»Nein, deine Konstruktion funktioniert und ich werde es dir beweisen. Ich arbeite schon seit fünfzehn Jahren daran und mit deinen Aufzeichnungen konnte ich endlich das letzte Rätsel lösen.«

»Du hast meine Sammlung gesehen?«

»Die Jungen haben sie mir ins Haus gebracht. Nach all den Jahren hatte ich es fast aufgegeben.«

Marguerite näherte sich ihm und legte die rechte Hand auf seine Wange. »Es tut mir leid, dass es so lange gedauert hat«, flüsterte sie.

Henri griff nach ihrer Hand, und für einen Augenblick befürchtete sie, er würde sie zurückstoßen. Doch dann schrie das Mädchen plötzlich auf. Sie hatte sich am Fenster aufgestellt und zeigte aufgeregt in das Tal.

»Da sind noch mehr Menschen unterwegs. Kutschen und Reiter nähern sich dem Hügel. Oje, eine riesige Staubwolke. Ich kann nicht zählen, wie viele es sind.«

»Wir müssen hier verschwinden«, bat Marguerite Henri.

»Das ist unmöglich. Wir haben kein Transportmittel mehr und würden ihnen direkt in die Arme laufen.«

»Aber hinter der Werkstatt liegt ein Fluss. Vielleicht können wir auf diesem Weg entkommen.«

»Oder wir fliegen«, ertönte eine Stimme weit über ihnen. Marguerite legte den Kopf zurück und entdeckte zwischen den bunten Stoffbahnen, die sich über dem einströmenden Gas aufblähten, Benedicts Gesicht.

※

Als Sebastien auf den Hof hinaustrat, stockte ihm der Atem. Er war in das Haus hineingegangen, um Stiefel anzuziehen, und hatte dafür lange gebraucht, denn im Nachbarzimmer hatte seine Mutter ihre Sachen gepackt, und die Versuchung war groß gewesen, noch einmal zu ihr hineinzugehen.

Doch sein Vater hatte diese Zeit anscheinend genutzt. Der ganze Hof stand voll mit Kutschen und Pferden. Auf der Straße drängten sich Reiter vor dem Tor und inmitten dieser Enge thronte Charles Godin. Halb saß er, halb lag er auf einer offenen Kutsche, und jedes Wort, das er leise und kraftlos sprach, wurde von einem Diener laut in die Welt geschrien. Sein kranker Vater hatte es geschafft, die Zügel wieder in die Hand zu bekommen, und seine eigenen Chancen sanken, sich heute mit einer großen Tat zu beweisen.

Wo auch immer Charles Godin diese berittene Truppe angeheuert hatte, ihre Pferde waren gewaltig. Sebastien konnte nicht über sie hinwegschauen und schlängelte sich leise zwischen ihnen hindurch zu seinem Pony. Es war eine große Stute mit einem glänzenden Fell, doch sie wirkte zwischen diesen hünenhaften Menschen und Tieren mit ihren ledernen Jacken und Leinen mit all den glänzenden Metallösen und Schnallen wie ein Bauerntölpel. Sebastien blieb neben der Kutsche seines Vaters kurz stehen.

»Vater«, rief er zu ihm hinauf. Langsam und mit der Schwerfälligkeit eines steinalten Mannes lehnte sich

Charles Godin zur Seite, um seinem Sohn in die Augen zu sehen.

»Vater, ich wollte allein zu der Werkstatt reiten. Wir erregen zu viel Aufsehen, wenn wir uns mit einer ganzen Truppe nähern.«

»Das hoffe ich doch«, keuchte Charles kraftlos. »Schließlich sollen sie sehen, wer sie am Ende in den Abgrund treibt.«

»In welchen Abgrund? Was redest du denn?«

»Sitz auf, mein Sohn. Du sollst Zeuge sein, wie wir unsere Familie retten und alles wieder zum Besten wenden.«

Sebastien schüttelte den Kopf. Alles lief schief. Er wollte nicht Zeuge sein und schon gar nichts mit Abgründen zu tun haben. Doch sein Vater war schon zurück in das Lager gesunken, das ihm die Diener auf der Kutsche mit Decken gepolstert hatten. Nun hatte er keine Möglichkeit mehr, mit ihm das Vorgehen zu besprechen. Missmutig stapfte Sebastien zu seinem Pony. Was hatte er sich nur gedacht? Sein Vater würde ihn niemals ernst nehmen und als gleichwertigen Partner im Geschäft akzeptieren. Wenn er die Firma übernehmen wollte, musste er auf den Tod seines alten Herrn warten. Sebastien schwang sich auf sein Pferd und beobachtete, wie Charles Godins leichenblasses Gesicht zwischen den purpurnen Decken leuchtete. Dieser Mann würde die Kontrolle niemals abgeben. Nicht einmal an den Tod.

Dann trieb er sein Pferd an und drängte sich zwischen den Reitern auf die Straße. Sobald es eine Möglichkeit gab, sich zu beweisen, würde er sie nutzen. Und es dauerte nur eine Stunde, bis die Gelegenheit gekommen war.

Die Reiter wurden langsamer und die Kutschen schlossen auf, als sie die Zollmauer im Osten der Stadt erreicht hatten. Sie näherten sich einer kleinen Ansammlung von Häusern, die um eine Mühle geschart waren. Dahinter begann der Weg, der geradeaus auf den Hügel zuführte. Wenn sie an der Mühle vorbei waren, würden sie von den Menschen in der geheimen Werkstatt gesehen werden. Das hatte der Diener ihm berichtet und es schien der Wahrheit zu entsprechen.

Sebastien drängte seine Stute an den Rand der Straße und ließ sich zurückfallen. Bevor die Reiter den Weg fortsetzten, mussten alle Fahrzeuge beisammen sein, und die Kutsche mit seinem Vater war auf der holprigen Straße weit zurückgefallen. Sebastien entfernte sich von den anderen, und als er von einigen Büschen und Sträuchern verdeckt war, trieb er sein Pony zu höchster Eile an. Der Weg am Fluss entlang war weiter als der über die Straße, da er einen großen Bogen beschreiben musste, um sich der Werkstatt von der Seite oder von hinten zu nähern.

Nach wenigen Augenblicken erreichte er das Wasser. Sebastien tauchte fast bis zur Hüfte ein, bevor das Flussbett endlich wieder flacher wurde. Auf der anderen Seite des Flusses wuchsen halbhohe Sträucher und verbargen ihn zum Teil vor den Blicken vom Hügel. Hier konnte er geduckt reiten und rasch vorankommen. Plötzlich sah Sebastien Milous hübsches Gesicht vor sich, und er fragte sich, ob er sie dort oben auf dem Hügel wiedersehen würde. Hatte sie ihren Onkel begleitet? Vielleicht konnte er mit ihr die Werkstatt verlassen, bevor sein Vater sie erreichte. Denn er hatte keinen Zweifel daran, wie der Hügel aussehen würde, wenn Charles Godin mit ihm fertig war. Eine rauchende Ruine. Sebastien trat seinem Pferd kräftig in die Seite. Dieser Stadtplan war seine einzige Möglichkeit, das Leben zu führen, das er wollte. Falls er Milou dabei an seiner Seite hatte, würde eine wunderbare Zukunft vor ihm liegen, die er am Morgen noch nicht zu erträumen gewagt hatte. Während ihm die Sträucher gegen die Arme schlugen, betete er leise für eine flache Stelle, durch die er seine Stute treiben konnte.

Kapitel 26

*Die Cholera ist schlimmer als je zuvor und
die Menschen sterben zu Hunderten und Tausenden.
Sie haben auf dem Land ein altes Kloster als Waisen-
haus eingerichtet, und ich werde dort helfen und
Buße tun für das, was ich getan habe. Unter den
Waisen wird mein Kind behütet aufwachsen.*
(M. Bateaux)

Marguerite starrte Benedict an, der sich über die Reling beugte. »Dir geht es gut«, murmelte sie und griff sich erleichtert an die Brust.

Benedict runzelte die Stirn. »Schwester Marie?«, fragte er und kletterte dann langsam an einer Leiter herunter. Henri Giffard streckte eine Hand aus, und Benedict wusste nicht, was er damit vorhatte. Wollte er Marguerite berühren oder ihm mit der Leiter helfen? Doch dann ließ er sie wieder sinken und sah zwischen Benedict und der Frau hin und her.

»Sie haben selbst die Papiere geschrieben und versteckt?«, wollte Benedict wissen. »Haben Sie mir den Anhänger gegeben?«

Milou keuchte leise. Benedict war zwar immer langsam gewesen, aber er hatte das Gespräch zwischen Marguerite und Henri von dort oben verfolgt und seine Schlüsse gezogen. Nur so konnte es sein. Seine Schwester Marie war die Wissenschaftlerin, die ihrem geliebten Henri davongelaufen war. Sie hatte ihre Dokumente im Kloster versteckt und sich dort als Nonne ausgegeben. Hatte sie ihm den Anhänger zugesteckt oder nur den Schlüssel für die Geheimschrift hineingeritzt und auf diese Weise getrennt von den Dokumenten versteckt? Und warum hatte sie seine Forschungen so fürchterlich hart mit dem dunklen Keller bestraft, wenn sie selbst gegen alle Widerstände eine Forscherin gewesen war?

»Bitte hört auf, an der Aetherpumpe herumzuschrauben. Sie wird in die Luft fliegen und uns alle töten.« Marguerite deutete mit den Armen auf das Segelschiff.

»Aber, Marguerite, wir haben deine Aufzeichnungen und wir können sie bauen«, wandte Henri ein. »Das wünsche ich mir seit Jahren.«

»Ich könnte es nicht ertragen, wenn jemand verletzt wird«, flüsterte Marguerite.

Die anderen schwiegen. Unzählige Fragen rauschten durch Benedicts Kopf. Obwohl eben noch alles ganz klar und deutlich gewesen war, wusste er nun nicht, wo er anfangen sollte, sie zu sortieren und laut auszusprechen. Konnte diese schöne Frau mit den langen lockigen Haaren und der verschmutzten Männerkleidung die gleiche sein, die er im Kloster sein ganzes Leben lang in einer Nonnentracht gekannt hatte?

Plötzlich störte ein Kreischen die Stille. Milou hatte sich

vor einem Fenster aufgebaut und schlug sich die Hand vor den Mund. Alle eilten zu ihr und starrten nach draußen. Eine Staubwolke bildete sich bei der Mühle und eine wabernde dunkle Masse aus Reitern und Pferden und einigen Fuhrwerken schob sich den geschwungenen Pfad den Hügel hinauf.

»Wir haben nicht mehr viel Zeit. Wenn du der Aetherpumpe nicht vertraust, Marguerite, dann hängen wir einen Korb an den Ballon, aber wir müssen hier so schnell wie möglich verschwinden.« Giffard stürzte auf die Leitern zu und rief dabei Anweisungen über seine Schultern. »Milou, geh auf das Dach hinauf und beginn mit den Messungen. Wie steht der Wind? Ach, du weißt schon, worauf du zu achten hast. Ich beschleunige den Prozess, damit sich der Ballon schneller füllt. Marguerite, Ballon oder Schiff?«

Benedict betrachtete das Gesicht der Nonne, die keine war. Furcht konnte er erkennen, aber auch eine planende Gelassenheit, die er noch nie gesehen hatte. Sie schien im Kopf die Möglichkeiten zu berechnen. Dann stemmte sie die Hände in die Hüften und beugte sich über das aufgeschlagene Buch auf dem Tisch.

»Charles Godin hat meine Pumpe sabotiert«, rief sie zu Henri Giffard hinauf, der weit über ihnen an der Gaszufuhr hantierte. »Wenn ihr alles nach dieser Zeichnung gebaut habt ...« Sie trat einen Schritt zurück und betrachtete die Schläuche und Rohre am Rumpf des Schiffes. Dann drückte sie Benedict die Zeichnung in die Hand. »Komm mit mir nach oben«, bat sie ihn. »Wir werden alle Verbindungen überprüfen und die Dampfmaschine in Gang setzen.«

Sie arbeitete schnell, ohne hektisch zu werden, und

Benedict beobachtete aus den Augenwinkeln ihre Bewegungen, während er selbst ihren Anweisungen folgte und überprüfte, was sie ihm auftrug. Es war die sonderbarste und beste Viertelstunde seines Lebens. Denn die Frau, die ihn einst in einen Keller gesperrt hatte, traute ihm zu, die Verbindung der Schläuche zu kontrollieren und für den reibungslosen Ablauf der Maschine zu sorgen. Mit jeder erfüllten Aufgabe schien er einige Zentimeter zu wachsen, sich schneller und geschmeidiger zu bewegen und die gezeichneten Zusammenhänge schon vorauszuahnen, bevor er die Buchstaben auf dem Plan entzifferte.

Schließlich nickte Marguerite ihm zu. »Hol das Mädchen vom Dach herunter, wir sind fertig zum Abheben!«

Benedict drängte sich an dem immer größer werdenden Ballon vorbei zur Treppe. Henri Giffard schob eine mannshohe Kurbel neben der letzten Leiter in ein Zahnrad unter den Deckenbalken. »Ich zähle bis zwanzig und beginne dann mit dem Kurbeln. Sag Milou Bescheid und benutzt dann die äußere Treppe, um zu uns in die Halle zu kommen.«

Benedicts Herz klopfte vor Vorfreude und Aufregung, als er durch die Luke auf das Dach der Halle stieg und sich nach der zweiten Treppe umsah. Sie lag am nördlichen Ende der Halle, doch er konnte Milou nicht entdecken. Benedict begann, hin und her zu laufen und hinter Vorsprünge und einige alte Fässer zu spähen. Denn es gab kein Geländer und er wollte sie durch lautes Rufen nicht erschrecken und womöglich ein Unglück verursachen.

Schließlich machte er sich ratlos auf den Weg zur Nordseite, um zu sehen, ob sie bereits wieder hinuntergegangen war. Vor der Treppe lagen verschiedene Geräte auf dem Boden. Hinter sich hörte Benedict ein lautes Quietschen. Monsieur Giffard hatte begonnen, das Dach aufzuschieben, und die erste Strebe erhob sich knarrend aus ihrem angestammten Bett. Dann erklang ein leises Wimmern von der Treppe. Als er sich umdrehte, schlug ihm Sebastien mit aller Kraft die Faust ins Gesicht.

Benedict taumelte rückwärts und für einen Augenblick wurde es ihm schwarz vor Augen. Doch bevor er mit der Schulter auf den Trägern des Daches aufschlug, klärte sich sein Blick, und sein Bewusstsein klammerte sich an das, was er sah. Milou hockte auf der ersten Stufe und war mit den Händen an das Geländer gefesselt. Sebastien sah ihn fallen und drehte sich triumphierend zu dem Mädchen um. Benedict streckte das Bein aus und trat dem anderen in die Kniekehlen. Dann fiel er krachend auf das Dach und der Aufprall nahm ihm den Atem.

Keuchend rappelte sich Benedict wieder auf und neben ihm rollte sich Sebastien herum und stützte sich an einem Mauervorsprung ab, um wieder aufzustehen. Wütend starrte er Benedict an, während er mit den Händen den Staub und Schmutz von den Hosenbeinen klopfte. Benedict hielt einen Moment erstaunt inne. Dann stürzte sich Sebastien plötzlich laut schreiend nach vorne. Er stieß ungebremst gegen Benedicts Oberkörper und sie fielen beide zurück auf das Dach. Sie rauften und schlugen mit den Fäusten auf alles ein, was sie erreichen konnten.

Benedict gewann schnell die Oberhand. Während Sebastien weit ausholte, trat und schlug er mit rasch aufeinanderfolgenden Bewegungen, wie er es mit Albert im Wald oft geübt hatte. Auch wenn er kein Raufbold war, hatte es immer wieder Gelegenheiten gegeben, in denen er einem Kampf nicht aus dem Weg gehen konnte. Doch da sie immer dichter an den Abgrund rollten und Sebastien sich stets mit einer Hand an seinem Hemd oder Gürtel festhielt, traute sich Benedict bald nicht mehr, hart zuzuschlagen. Er versuchte, den Griff des anderen zu lösen und in die Mitte des Daches zurückzuweichen. Doch Sebastien klebte an ihm wie zähflüssiges Pech.

Immer wenn er einen Abstand zwischen sie gebracht hatte, war er plötzlich wieder ganz nah. Dann ertönte das scheppernde Geräusch der Dachstreben, die Giffard mit der Kurbel zur Seite rollte, und ein weiterer Abgrund öffnete sich in der Mitte des Daches und näherte sich ihnen beunruhigend schnell.

Mit beiden Händen stieß Benedict Sebastien gegen die Brust und nutzte den kleinen Vorsprung, um zu Milou zu rennen. Er kniete neben ihr und versuchte, das Band an ihren Händen zu lösen. Doch dann packte ihn Sebastien im Nacken und stieß ihn die Treppe hinunter. Schon nach wenigen Stufen konnte Benedict sich am Geländer festklammern. Für einen Augenblick sah er den Boden weit unter sich und ihm wurde furchtbar übel. Milou schrie hinter ihm und er richtete sich auf. Sebastien schwang ein Seil über dem Kopf und schlang es um den Bauch von Milou, die eine ihrer Hände aus der Fessel gezogen hatte und mit ihrer Faust Sebastiens Brust bearbeitete.

»Hör auf, mich zu schlagen«, zischte Sebastien ihr ins Ohr. »Ich rette dich, denn hier fliegt gleich alles in die Luft.«

Es gefiel Benedict nicht, wie nah die beiden nebeneinanderstanden, und er stürzte die Stufen wieder hinauf. Mit dem Kopf voran steuerte er auf Sebastiens Bauch zu und erwischte ihn. Wieder rollten sie über das Dach, doch Benedict ließ dem anderen kaum die Zeit, die Hände zu heben. Er trat und boxte, bis das Blut aus Sebastiens Mund tropfte und furchtbare Spuren auf dem schneeweißen Hemd hinterließ.

Obwohl der graugelbe Dreck vom Dach an vielen Stellen das Hemd bedeckte, erstarrte Benedict beim Anblick der roten Spuren auf dem Stoff. Plötzlich schienen die Schlägereien im Waisenhaus viele Jahre entfernt zu sein. Er war in eine Stadt voller Möglichkeiten geflohen, aber hier gab es keinen Schutz vor Räubern und Jungen, die einem einen Diebstahl anhängen wollten.

»Wenn mein Vater hier ist, seid ihr alle verloren«, keifte Sebastien und Speichel spritzte aus seinem Mund. »Er wird euch umbringen und alles in die Luft sprengen. Ingenieure begleiten ihn, um eure Kessel zu überhitzen. Es wird wie ein Unfall aussehen und niemand wird sich darum kümmern.« Es war purer Hass, der in seinen Augen schimmerte, und Benedict konnte sich nicht vorstellen, wie er das herausgefordert haben sollte.

Nur einmal war er diesem Jungen begegnet und aus irgendwelchen Gründen war er ihm in die Quere gekommen. Mit Schwung trat er Sebastien in den Bauch, und als der zurücktaumelte und dann bewegungslos liegen blieb, wandte sich Benedict von ihm ab und ging zu Milou. Seine Finger zitterten, als er versuchte, auch die zweite Hand aus der Fessel zu befreien. Das Knarren und Ächzen auf dem Dach wurde immer lauter. Beinahe hatten die sich knirschend verschiebenden Dachbalken Sebastiens Körper erreicht.

Benedict wandte sich wieder Milou zu, aber er nahm sich seufzend vor, den bewusstlosen Jungen zur Treppe zu ziehen, bevor sie verschwanden, damit er nicht in die Tiefe stürzte.

Dann schrie Milou plötzlich schrill auf und deutete mit dem freien Arm über Benedicts Schulter. Hinter ihm stand Sebastien. Das Knarren des Daches hatte das Geräusch seiner Schritte verschluckt und er hob die Faust.

Benedict duckte sich und griff nach dem Seil, das Sebastien um Milous Schulter hatte schwingen wollen und das nun zu ihren Füßen lag. Er schlug damit nach Sebastien und traf ihn an der Wange und am Oberarm. Milou riss die zweite Hand aus der gelockerten Schlinge und schnappte sich Monsieur Giffards Instrumente. Mit beiden Händen gleichzeitig schleuderte sie sie auf Sebastien zu, und weil er die Hand nach dem Seil ausstreckte, trafen ihn die Messgeräte an der Stirn. Langsam kippte er zurück und fiel rückwärts neben die Treppe.

Benedict sog erleichtert die Luft in sich hinein und Milou warf sich gegen seinen Oberkörper und schlang die Arme um seinen Rücken. Durch den Schwung ihrer Bewegung taumelte er kurz, doch dann drückte er Milou fest an sich. Dabei hielt er die Augen auf Sebastiens Körper gerichtet, da er sich nicht noch einmal von ihm überrumpeln lassen wollte.

»Wo bleibt ihr denn?«, erschallte Monsieur Giffards Stimme plötzlich aus dem aufgefahrenen Dach.

Benedict und Milou sahen sich an, lachten leise und

kletterten dann flink die Stufen hinab. Als sie um die Halle herumgingen, erlebten sie eine unangenehme Überraschung.

Kutschen, die größer und höher waren als alles, was er je gesehen hatte, näherten sich der Spitze des Hügels. Benedict sah den Staub, den die breiten Hufe der Pferde aufwirbelten, und die Männer, die auf den Kutschböcken und oben auf den Dächern der Gefährte saßen und mit Gewehren auf sie zielten. Noch waren sie zu weit entfernt, um sie zu treffen, doch mit jedem Augenblick kamen sie schnell dichter an die geheime Werkstatt heran. Wie konnte eine solche Armee durch die Stadt zu ihnen heranrollen, ohne von den Beamten entdeckt und aufgehalten zu werden? Hatte Sebastiens Vater Charles Godin die ganze Stadt bestochen?

»Wir müssen Henri warnen!« Milou zog ihn in die Werkstatt hinein, und Benedict schüttelte die Starre ab, die ihn angesichts dieses beängstigenden Bildes ergriffen hatte. Die Welt war unheimlich und ungerecht. Milou kniff ihn in den Arm.

»Schneller!«, rief sie und lief zu den Gerüsten, auf denen Henri Giffard und Marguerite auf und ab kletterten, um das Füllen des Ballons zu überwachen.

»Sie sind fast fertig«, flüsterte Benedict erleichtert.

»Wir haben nur noch wenige Minuten«, rief Milou, dann fiel der erste Schuss.

Aus Giffards Gesicht entwich alle Farbe. Doch der Schrecken lähmte ihn nicht. »Marguerite, dreh die Pumpe auf und überwach die Maschine. Kinder, klettert an Bord und löst die Taue, mit denen die Reling an den Wänden der

Werkstatt festgemacht ist.« Er selbst stieg hinauf und löste die letzten Sandsäcke von der Stoffhülle, die sich fauchend aufrichtete. Ein Ruck ging durch das Schiff, als die Maschinen stampfend und schnaufend ihren Dienst aufnahmen.

Wieder krachte ein Schuss.

»Verdammt«, schimpfte Monsieur Giffard. »Die wollen, dass hier alles explodiert.«

»Ich gehe ihnen entgegen«, schlug Marguerite vor. »Dann habt ihr Zeit zu fliehen und vielleicht folgen sie euch nicht. Charles Godin hat ja nichts gegen euch. Aber ich könnte ihn des Mordes bezichtigen.«

Giffard lachte bitter auf. »Das kommt nicht infrage. Dieser Mann gibt nicht auf. Er gibt erst Ruhe, wenn alles dem Erdboden gleichgemacht ist.« Er griff nach ihrem Arm und zog sie zu sich auf die Plattform. »Wir schaffen das gemeinsam.«

Dann löste er die Gaszufuhr und schloss den Ballon. Die braune Hülle zerrte an den Seilen. Marguerite drehte die Aetherpumpe auf. »Leinen los!«, rief sie, und Milou und Benedict lösten gleichzeitig die letzten Taue und ließen sie auf den Boden der Werkstatt fallen. Mit einem Ruck erhob sich das Luftschiff, neigte sich für einen Augenblick zur Seite, sodass die beiden rasch nach der Reling griffen. Doch dann fand es sein Gleichgewicht wieder und stieg quälend langsam der Decke entgegen. Triumphierend rissen sie die Arme in die Höhe und lachten.

Dann pfiff etwas an ihren Köpfen vorbei und schlug splitternd in die Wand neben ihnen ein. Die Reiter mussten fast auf der Spitze des Hügels angekommen sein und hatten wieder eine gute Sicht für den Einsatz ihrer Gewehre. Der

Abstand zwischen den einzelnen Schüssen wurde immer kürzer und das Krachen lauter.

»Sie sind da!«, schrie Benedict und rannte zur Aetherpumpe, um den Vorgang zu beschleunigen. »Wir müssen schneller abheben!«

Marguerite kletterte von der Plattform herunter und hockte sich neben ihn. »Langsam, langsam, wir dürfen es nicht übertreiben, sonst funktioniert gar nichts mehr.«

Milou holte aus den offenen Gepäckkisten vom Deck ein Fernrohr und stellte sich an der Reling auf. »Sie sind noch nicht an der Werkstatt! Die meisten Kugeln erreichen nur den Weg und die Sträucher!«

»Was tust du denn da?«, brüllte Henri Giffard plötzlich ärgerlich. Benedict fuhr zusammen und lehnte sich zurück, um den Grund für die Wut des Erfinders zu entdecken.

Zu seinem Entsetzen sah er in das grinsende Gesicht von Sebastien Godin. Er stand auf dem Dach und schwenkte die Scherbe eines zerbrochenen Messinstruments über dem Kopf. Immer wieder beugte er sich nach vorne und erreichte fast die Hülle des Ballons.

»Kann er damit den Stoff einritzen?«, wollte Benedict wissen und Marguerite nickte.

»Das ist schon möglich.«

»Ich will den Plan«, rief Sebastien. Eine weitere Kugel erreichte die Werkstatttür, und Funken flogen von der Stelle, wo sie einen Kessel gestreift hatte. Milou keuchte und Benedict konnte trotz des Lärms der Maschinen ihren Atem hören. Er griff nach einer Strickleiter und kletterte Sebastien entgegen. Der Ballon stieg unaufhaltsam und trug ihn weiter zum Dach hinauf.

»Verdammt, Junge, von welchem Plan redest du?«, brüllte Henri Giffard.

»Ihr habt das Buch mit den Dokumenten von Bateaux und ich brauche den Stadtplan!«, verkündete Sebastien.

»Deshalb bringst du uns in Todesgefahr? Wegen eines Stadtplans?«

»Ja, ich schon, aber ich fürchte, meinem Vater wird der Stadtplan nicht genügen. Er hat schon zu viel investiert und will euch tot sehen, damit mit euch seine Albträume und Ängste sterben.« Sebastien seufzte. »Aber ich will nichts damit zu tun haben. Wenn ihr mir die Karte gebt, lasse ich euch ziehen. Oder ihr weigert euch und ich lasse das Gas aus eurem Ballon entweichen und dann fliegt ihr bei dem kleinsten Funken in die Luft.«

»Er hat im Unterricht aufgepasst«, murmelte Milou. Dann hagelten die Gewehrkugeln gegen die Werkstatttür und die ersten Geschosse durchschlugen Holz und Metall. Milou beugte sich über die Reling. »Das Schiff ist getroffen. Es ist nur etwas am Rumpf abgesplittert, aber …« Ihre Worte wurden von neuen Schüssen verschluckt. Benedict zog den Kopf ein und kletterte weiter. Der Ballon hatte fast das Dach hinter sich gelassen, es fehlten nur noch wenige Augenblicke. Sebastien beugte sich mit der Scherbe nach vorne und zählte rückwärts.

»Drei …«

Marguerite schrie auf. »Wo ist die Karte? Niemand sollte für eine alte Zeichnung sterben!«

»Zwei …«

Geschosse knallten gegen die Tische und Gerüste am Boden der Werkstatt.

»Denk doch nach, Bengel! Willst du so werden wie dein Vater?«, brüllte Monsieur Giffard.

»Eins ...«

Funken flogen in alle Richtungen.

»Ich habe sie.« Benedict schlug nach Sebastiens Arm.

Gerade noch rechtzeitig hatte er mit der Strickleiter an der Hülle hinaufklettern und Sebastien in die Augen sehen können, der an der Kante des geöffneten Daches stand.

Blitzschnell griff er unter seine Jacke und zog das Buch mit den Dokumenten hervor. Mit schwitzenden Fingern blätterte er durch die Seiten, erreichte die Karte und trennte sie mit einem Ruck heraus. Sebastien riss die Papiere an sich und faltete den Plan auseinander. Prüfend betrachtete er die Straßen und Gebäude und fuhr mit den Fingern den Fluss entlang. Benedict drehte sich ohne ein weiteres Wort um.

Es gefiel ihm nicht, dem Jungen den Plan zu überlassen nach allem, was er angerichtet hatte. Aber Marguerite hatte recht. Kein Plan war es wert, dafür zu sterben. Auch keine Erfindung und keine Zeichnung.

Doch Benedict konnte Sebastien nicht mit einem Griff nach der Leiter entkommen. Der Ballon hatte sich in den Himmel erhoben und die Strickleiter war nicht mehr vom Dach aus zu erreichen. Konnte er auf die Reling springen, die sich unter ihm näherte, oder würde er das Schiff verfehlen und in die Tiefe stürzen?

»Warte, du brichst dir alle Knochen!«, rief Milou unter ihm. Sie angelte nach dem Ende der Leiter unter dem Ballon, knotete ihre Stiefel daran und warf sie zu ihm auf das Dach hinauf. Benedict umfasste die Stricke und ließ sich fallen. Sein Magen rebellierte, als er ungebremst in die Tiefe sauste. Doch dann hing die Leiter straff und Benedikt krachte gegen den Rumpf.

Ein Ruck ging durch das Luftschiff, doch der Schwung brachte es nicht aus dem Gleichgewicht. Während Benedict die Leiter hinaufkletterte und mit Milous Hilfe über die Reling stieg, sah er immer wieder nach oben.

Tatsächlich erschien irgendwann Sebastiens wütendes Gesicht an der Kante. Der Junge nahm die Scherbe und warf sie nach dem Ballon. Benedict und Milou hielten den Atem an. Aber nichts geschah. Sebastien hatte zu lange gezögert. Die Hülle war weit genug vom Dach entfernt, und die Kraft des halbherzigen Wurfs eines jungen Mannes reichte nicht aus, um sie zu beschädigen. Die Scherbe fiel an dem hölzernen Schiff vorbei in die Werkstatt hinunter. Es gab keine Explosion, das Luftschiff stieg unbeirrt.

Benedict sah Sebastien in die Augen und die Mischung aus Wut und Verzweiflung verschaffte ihm eine Gänsehaut.

»Wir spucken ihm auf den Kopf«, schlug Milou vor. Sie hielten sich an den Händen und lachten, bis Sebastien nur noch ein kleiner dunkler Fleck war und die Gewehrschüsse in einer gewaltigen Explosion mündeten, die den ganzen Hügel in eine Rauchwolke tauchte. Brennende Teile flogen durch die Luft und glühende Papiere flogen zum Wald hinüber. Doch von oben sah es auf eine irritierende Weise bezaubernd aus.

Epilog

Nachdem sie die Werkstatt und das Knallen der Gewehre weit hinter sich gelassen hatten, begannen sie, einander ihre Geschichten zu erzählen. Als Benedict von Marguerites Verzweiflung und ihrer Flucht aus Paris gehört hatte, wäre er am liebsten umgekehrt, um Charles Godin für das zu bestrafen, was er getan hatte. Wie hätte sein Leben ausgesehen, wenn er bei seinen Eltern aufgewachsen wäre? Doch Marguerite und Henri begannen, Pläne für die Zukunft zu schmieden. Er betrachtete die beiden Menschen, die ihm vertraut und doch fremd zu sein schienen, und hörte zu, wie sie von einem kleinen Haus am Meer und einer großen Familie sprachen. Aber dann diskutierten sie plötzlich wieder über den Auftrieb und die Verbesserung der Dampfmaschine und Benedict wusste eines mit Sicherheit: Sein Leben würde nie langweilig sein, wenn er bei ihnen blieb.

Als der Abend dämmerte, entdeckte Benedict in der Ferne einen Leuchtturm, der sich über die Klippen erhob. Es würde nicht mehr lange dauern, bis sie die Landung vorbereiteten. Milou stand neben ihm an der Reling und beobachtete die Baumgipfel, die langsam unter ihnen vorbeizogen. Der Wind hatte ihre Haare zerzaust. Ihre Kleider waren schmutzig und verschwitzt von dem Kampf auf dem Dach und dem ständigen Klettern in den Seilen, weil sie abwechselnd immer wieder alle Ventile überprüften.

Aber sie sah noch schöner aus als je zuvor. Ihre großen dunkelblauen Augen leuchteten unternehmungslustig, und er konnte sich nur mit Mühe dazu bringen, sie nicht unverwandt anzustarren.

»Wir werden bald landen«, sagte er und zeigte auf die Klippen vor ihnen.

Milou hob den Kopf. »Ich muss zurück zu meinen Eltern.« Sie seufzte leise. »Es ist Zeit.«

»Bestimmt«, versicherte Benedict und er hätte gerne ihre Wange berührt, die Finger in ihre dunklen Locken geschoben und sie fest an sich gedrückt. Stattdessen nickte er nur und sah wieder zu dem Leuchtturm. Er wusste nicht, wie es sein würde, mit seinen Eltern in einem Haus zu leben, aber er freute sich darauf, es herauszufinden. »Vielleicht werden wir uns bald wiedersehen. Schließlich bist du …« Wenn ihr Vater Henri Giffards Bruder war, dann musste sie seine Cousine sein. Oder war die Mutter die Schwester seines Vaters?

Milou nahm seine Hand von der Reling und schob ihre Finger zwischen seine. »Wir sind nicht verwandt«, sagte sie leise. »Mein Vater ist der beste Freund von deinem Vater.«

»Mein Vater«, wiederholte Benedict und genoss den Geschmack der Worte auf seiner Zunge. Er sah zu Henri Giffard hoch. Der Erfinder stand neben Marguerite und hatte seinen Arm um ihre Schultern gelegt. Seine Eltern unterhielten sich, lachten und beugten sich zu der Dampfmaschine herunter, um die Einstellungen zu überprüfen.

Benedict spürte, wie Milou mit ihren Fingern kleine Kreise um die Schrammen und Abschürfungen auf seiner Hand malte. Er drehte sich zu ihr um. Sie lächelte und eine Windböe wehte ihr die Haare ins Gesicht. Benedict legte die Arme um ihre Taille, und als sie nicht protestierte, zog er sie dicht zu sich. Mit einer Hand strich er ihr die wilden Locken aus dem Gesicht und dann küsste er sie endlich.

❈

An einem windigen Donnerstag im August des Jahres 1860 gelang Henri Giffard das Unmögliche. Mit einem Flugschiff ließ er Paris weit unter sich und floh vor Charles Godin, der seine Männer unaufhaltsam antrieb, auf das fliegende Ungetüm zu schießen.

Monsieur Giffard hatte ein Luftschiff gebaut, das von einer Dampfmaschine angetrieben wurde und durch die Aetherpumpe, die Marguerite Bateaux entwickelt hatte, wie ein Schiff zu steuern war. Neben ihm stand die Frau, die er sein ganzes Leben lang geliebt hatte, und hielt seine Hand.

Nachwort

Der »echte« Henri Giffard wurde in Frankreich 1825 als Baptiste Henri Jacques Giffard geboren und studierte wirklich am Collège Bourbon. Anschließend arbeitete er als technischer Zeichner bei der Eisenbahnlinie St. Germain, wo er die Dampfstrahlpumpe entwickelte. Nachdem er im Jahr 1850 zusammen mit dem Ingenieur Jullien ein Luftschiff gebaut hatte, dessen Propeller von einem Uhrwerk angetrieben wurde, meldete er ein Jahr später ein Patent auf die *»Anwendung des Dampfes in der Luftschifffahrt«* an und baute ein Luftschiff mit einer Dampfmaschine.

Am 24. September 1852 flog er damit 27,5 Kilometer von Paris über Versailles nach Elancourt bei Trappes. Ein zigarrenförmiger Gasballon wurde dabei von einer drei PS starken Dampfmaschine angetrieben, die eine dreiblättrige Luftschraube bewegte. Giffard entwickelte die Dampfstrahlpumpe und hatte drei Jahre später ein neues Luftschiff konstruiert, das bei der Probefahrt explodierte.

Bei der Londoner Weltausstellung 1868 und der Pariser Weltausstellung 1878 ließ der Ingenieur einen Fesselballon an einer Dampfwinde in den Himmel steigen, in dessen Gondel unzählige Menschen den Ausblick auf die Stadt genossen. Er plante den Bau eines Luftschiffes mit einer Dampfmaschine, die ihren Dampf aus zwei verschiedenen Kesseln erhielt. Dabei sollte der eine Kessel mit Gas aus dem Ballon beheizt werden und der andere mit Petroleum. Das Gewicht des Fahrzeuges würde sich durch den Petroleumverbrauch stetig verringern und der Auftrieb durch den Gasverbrauch ebenfalls sinken. Eine gleichbleibende Fahrthöhe sollte so ohne das kontrollierte Ablassen von Gas erreicht werden, aber es gibt keinen Hinweis auf den tatsächlichen Bau dieses Luftschiffes. Im Alter erblindete Henri Giffard und starb 1882.

In der Fachwerkstadt Celle geboren (*1978), studierte Antoinette Lühmann nach dem Abitur in Lüneburg und Hamburg. Sie ist ausgebildete Märchenerzählerin, Pastorin und Mama von vier Kindern zwischen 1 und 11 Jahren. Mit ihrem Mann, drei Söhnen und einer Tochter wohnt sie in einer Kleinstadt im Westen Hamburgs. Ideen für Geschichten sammelt sie vor der Haustür und in dem Rest der Welt und schreibt immer gerade an irgendeinem Abenteuer. Mehr Infos über die Autorin gibt es hier:
www.antoinette-luehmann.de

Antoinette Lühmann
Das Geheimnis des Spiegelmachers
368 Seiten. Gebunden
ISBN: 978-3-649-61434-0

Magisch schillernde Glaskugeln, goldene Tücher, makellose Spiegel – die atemberaubenden Kunstwerke einer geheimnisvollen Gilde sind in Amsterdam begehrt und nahezu unerschwinglich. Doch auf der Suche nach der ewigen Jugend sind die Handwerker zu weit gegangen.

Zugleich häufen sich die mysteriösen Todesfälle in der Stadt. Zu den Opfern zählen auch die Zwillingsbrüder Matthijs und Claas van Leeuwenhoek und ihr älterer Bruder Nik ist wild entschlossen, den rätselhaften Tod der beiden aufzuklären. Bei einer Reise nach London kommt er den skrupellosen Männern der Gilde endlich auf die Spur, die alles daran setzen, ihr Geheimnis zu wahren und dabei vor nichts zurückschrecken. Eine wilde Jagd beginnt und Nik muss erkennen, dass es plötzlich auch für ihn um Leben und Tod geht.

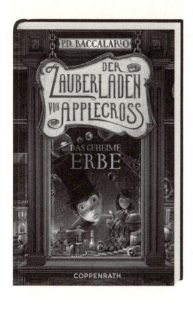

Pierdomenico Baccalario
*Der Zauberladen von Applecross –
Das geheime Erbe*
224 Seiten. Gebunden
ISBN: 978-3-649-61502-6

Finley McPhees Leben verläuft ziemlich eintönig, bis die Lilys plötzlich in Applecross auftauchen und ihren geheimnisvollen Laden eröffnen. Von da an geschehen eine ganze Menge merkwürdiger Dinge in dem kleinen schottischen Ort. Für so manch einen wäre das Grund genug, schnell das Weite zu suchen. Nicht aber für Finley McPhee! Obwohl er es bis dahin nicht mit außer Kontrolle geratenen Magiertötern, nächtlichen Geistererscheinungen und rachedurstigen Meeresriesen zu tun hatte …